Mängelexemplar

Renate Ziegler
Berenike – Liebe schenkt Freiheit

RENATE ZIEGLER

Berenike
Liebe schenkt Freiheit

SCM

Stiftung Christliche Medien

SCM Hänssler ist ein Imprint der SCM Verlagsgruppe, die zur Stiftung Christliche Medien gehört, einer gemeinnützigen Stiftung, die sich für die Förderung und Verbreitung christlicher Bücher, Zeitschriften, Filme und Musik einsetzt.

© der deutschen Ausgabe 2019
SCM Hänssler in der SCM Verlagsgruppe GmbH
Max-Eyth-Straße 41 · 71088 Holzgerlingen
Internet: www.scm-haenssler.de · E-Mail: info@scm-haenssler.de

Die Bibelverse sind, wenn nicht anders angegeben, folgender Ausgabe entnommen: Neues Leben. Die Bibel, © der deutschen Ausgabe 2002 und 2006 SCM R.Brockhaus in der SCM Verlagsgruppe GmbH Witten/Holzgerlingen.

Umschlaggestaltung: Kathrin Spiegelberg, Weil im Schönbuch
Titelbild: Frau: Ilina Simeonova / Trevillion Images, Kolosseum: Belenos / shutterstock.com; Renate Ziegler: Karin Ruider, Fotostudio Karin in Rottenburg
Satz: Satz & Medien Wieser, Stolberg
Druck und Bindung: GGP Media GmbH, Pößneck
Gedruckt in Deutschland
ISBN 978-3-7751-5864-0
Bestell-Nr. 395.864

Inhalt

1. Clivius 7
2. Rom 15
3. Marcus Dequinius 19
4. Im Hause des Prätors 29
5. Der erste Tag 34
6. Erinnerungen 53
7. Der Patrizier Quintus Varus 60
8. Vater und Sohn 63
9. Vor dem Kaiser 72
10. Ein Pferd für Claudius 76
11. Das Soldatenspiel 85
12. Das Eheangebot 95
13. Bei Gericht 98
14. Reitstunden 111
15. Ein Hund für Claudius 117
16. Ein ernstes Gespräch 123
17. Das Wagenrennen 129
18. Berenike und Miran 143
19. Die erste Nacht 153
20. Der Tag danach 155
21. Vergangenheit 163
22. Glaubenszweifel und Glaubensfragen 168
23. Freiheit 185
24. Verlust 190
25. Berenikes Abschied 212
26. Griechenland 217
27. Ein Brief von Quintus Varus 223
28. Claudius 230

29. Der Traum 241
30. Die Gemeinde am Meer 244

1. Clivius

Clivius saß auf seinem Stuhl; er hatte sich zurückgelehnt und musterte das junge Mädchen, das vor ihm stand und trotz ihrer Angst seinem kalten Blick standhielt. Clivius sprach keinen Ton, sah sie nur an, abschätzend, so wie ein Händler die Ware prüft, die er zu kaufen gedenkt.

»Was soll ich mit ihr anfangen, Marcellus? Ist sie das Geld wert, das du verlangst?« Seine Frage galt einem römischen Hauptmann, der hinter dem Mädchen stand.

»O ja, das ist sie.«

Clivius lachte laut auf, rau, mitleidlos. »Sieh sie dir doch an, sie ist zu mager. Kann sie arbeiten? Zupacken?«

Marcellus zuckte mit den Schultern. »Sie hat den Haushalt ihres Vaters geführt«, meinte er fast gleichgültig.

»Ach, hat sie das?« Ungeduldig nahm Clivius ein kleines Messer in die Hand. »Wo hast du sie überhaupt her?« Er hob leicht den Kopf und fing an, mit dem Messer seine Fingernägel zu reinigen. An diesem armseligen Ding hatte er kein Interesse. Sie würde in Rom nicht viel bringen.

Der Hauptmann blieb ruhig. Er war sich seiner Sache sicher. Clivius würde das Mädchen nehmen. »Ihr Vater war ein kleiner Gelehrter, ohne Geld, aber mit einem sturen Kopf. Er war beteiligt an den Unruhen in der Stadt.« Ein zynisches Lächeln huschte über sein Gesicht. »Leider war ein römisches Schwert schneller als er.«

Clivius seufzte gelangweilt. Eine Fliege lief über den Tisch. Mit einem Stoß hatte er sie mit seinem Messer aufgespießt.

»Und?«

»Es heißt, er habe ihr alles beigebracht, was er selbst wusste.«

»Gebildete Sklavinnen sind nicht gefragt.«

Der Soldat machte zwei Schritte auf den Tisch zu und beugte sich vor. »Sie ist die Tochter des Emaios.«

Die Worte verfehlten ihre Wirkung nicht. Mit einem Schlag saß Clivius aufrecht. »Emaios, sagst du?« Als der Hauptmann nickte, sprang er auf, lief um den Tisch herum und fasste das Mädchen am Kinn. Er sah in ihre großen, vor Schreck weit aufgerissenen Augen. »Du bist also Berenike, die Tochter des Emaios? Du bist das Mädchen, das sich gegen jegliche Heiratspläne erfolgreich zur Wehr setzte? Warum? Du hättest reich heiraten können, aber du wolltest nicht. Die ganze Stadt sprach davon.«

Sie antwortete nicht. Was sollte sie diesem Mann auch erzählen? Er würde sie doch nicht verstehen. Im Grunde kümmerte es ihn auch nicht.

Er fasste sie fester, sodass ihr Kiefer schmerzte. »Hattest du einen heimlichen Geliebten?« Er schüttelte den Kopf. »O nein, du nicht, du warst doch für deine Tugendhaftigkeit bekannt.« Mit einem spöttischen Lachen setzte er sich wieder. »So etwas gefällt in Rom.« Er wandte sich wieder an den Hauptmann. »Es ist nicht erlaubt, eine Sklavin wegen ihrer Unschuld zu einem höheren Preis zu verkaufen. Ich denke, das weißt du. Und trotzdem bietest du sie mir an?« Er sah Marcellus prüfend an. Zufrieden mit dem, was er sah, richtete er seinen Blick wieder auf das Mädchen. »Aber es gibt genügend Männer in Rom, die … nun …«, er machte eine Pause und ließ seinen Blick langsam an ihr hinuntergleiten. »… Jungfrauen bevorzugen.« Mit Genugtuung stellte er fest, dass jegliche Farbe aus ihrem Gesicht wich. »Sie zahlen gut dafür.«

Mit einem zynischen Lächeln setzte er sich wieder. »Hol die alte Hebamme!«, befahl er dem Hauptmann.

Nach einer Weile betrat eine alte, ziemlich dicke und schlampig gekleidete Frau den Raum. Sie musterte das Mädchen mit ihren kleinen dunklen Augen.

»Wie immer?«, fragte sie.

Clivius nickte. Die Alte streckte ihre Hand aus. Der Sklavenhändler gab ihr einen gefüllten Beutel, in den die Alte einen kurzen Blick warf. Dann packte sie das Mädchen am Arm und zog sie hinter sich her.

»Komm!« Sie brachte Berenike in einen Raum, in dem nur eine Liege stand. »Leg dich hin!«, befahl sie.

Entsetzt schüttelte das Mädchen den Kopf. »Nein!«

Aber die Hebamme packte sie am Arm, drückte sie auf die Liege. Berenike begann, sich zu wehren. Was sollte das? Warum durfte diese Frau das mit ihr machen?

»Du wagst es, dich zu widersetzen?« Die Alte lachte.

Jetzt erst bemerkte Berenike, dass die Frau eine Rute an ihrem Gürtel trug. Entsetzt sah sie, wie sie diese löste…

Nach einer Weile kam die Hebamme mit Berenike an ihrer Hand zurück. Das Mädchen war blass, ihr Kleid wirkte unordentlich. Sie zitterte am ganzen Körper und hielt ihren Blick gesenkt.

Berenike fühlte sich leer und beschmutzt. Ihr ganzer Körper schmerzte. Noch nie in ihrem Leben war sie so gedemütigt worden.

Aber das schien den Sklavenhändler nicht zu kümmern. »Und?«, fragte er stattdessen ungeduldig.

»Gute Ware«, meinte die Alte. »Aber widerspenstig. Sie hat doch tatsächlich versucht, sich zu wehren, dieses dumme Ding. Ich musste etwas nachhelfen.« Sie drehte Berenike zur Seite. Das Kleid war am Rücken blutbefleckt. An den Oberarmen hatte sie zwei rote Striemen.

Clivius zuckte gleichgültig mit den Schultern. »Das ist egal«, meinte er herablassend. »Einen Römer, der eine Jungfrau will, kümmert es nicht, ob er sie mit Narben bekommt. Im Gegenteil, es gefällt ihm. Und es wird ihm ein Vergnügen sein, sie zu zähmen.«

Als die Alte gegangen war, nahm er einen prall gefüllten Geldbeutel von seinem Gürtel und warf ihn dem Hauptmann zu. »Du hast gehört, Marcellus, die Ware ist gut. Ihre Stacheln werde ich ziehen. Aber das mindert natürlich den Preis.«

Der Hauptmann nickte, zufrieden mit dem Geschäft, das er gemacht hatte.

»Jetzt geh. Und halte den Mund. Und du«, wandte sich Clivius an das Mädchen, »wirst es dir gut überlegen, ob du noch einmal ungehorsam sein wirst, solange du bei mir bist.«

Und ohne Berenike noch eines Blickes zu würdigen, verließ Clivius nach dem Hauptmann den Raum.

Irgendeine Sklavin würde sich um das Mädchen kümmern, das immer noch zitternd dastand, unfähig, sich zu bewegen oder ihren Tränen freien Lauf zu lassen.

Es dauerte nicht lange und sie wurde in eine Kammer gebracht.

Berenike sah sich um.

In der Kammer waren mehrere schmale, einfache Liegen mit dünnen und zerschlissenen Decken darauf. In der Ecke stand ein Hocker mit einer Schüssel, daneben ein großer Wasserkrug. Sonst gab es keine Möbel. Durch ein kleines Fenster fiel spärliches Licht in den Raum.

Auf einer Liege saß ein junges, zartes Mädchen. Sie hatte sich an die Wand gelehnt und die Beine fest an sich gezogen. Ihr gegenüber lag ausgestreckt ein zweites Mädchen, die Arme unter dem Kopf.

»Nein«, flüsterte die Erste. »Nicht noch eine.«

Die andere, größere stand auf. »So.« Sie verschränkte die Arme über ihrer Brust. »Noch ein wertvolles Schmuckstück.«

Berenike war verwirrt. »Wertvoll?«

»Nun, dir müsste doch klar sein, warum du hier bist?«

»Ja. Aber ...« Da erst wurde ihr bewusst, was das Ganze zu bedeuten hatte. »Ihr also auch?«, flüsterte sie.

Das größere Mädchen nickte. »Was hast du denn gedacht?«

»Aber was heißt das genau? Was geschieht jetzt mit uns?«

Das kleinere Mädchen saß noch immer zusammengekauert auf der Liege. »Er wird uns verkaufen. In Rom.«

Die größere deutete auf eine Liege. »Komm. Setz dich erst einmal.« Und als Berenike saß, fuhr sie fort: »Ich heiße Aglaia, das ist Xenia. Clivius hat uns schon vor längerer Zeit gekauft und von seiner Hebamme untersuchen lassen. Ich vermute, du hast sie auch kennengelernt.«

Berenike zuckte zusammen.

»Nun ja. Clivius wird in den nächsten Tagen nach Rom aufbrechen, um dort Sklaven zu verkaufen. Für uns wird er viel Geld bekommen. Darum behandelt er uns auch gut.«

Berenike sah auf die einfachen Liegen und die löchrigen Decken. »Das nennst du gut?«

Aglaia lachte. »Wir bekommen zumindest ausreichend zu essen und zu trinken. Wir bekommen Wasser zum Waschen und Kämme, um unser Haar zu machen. Und falls du frieren solltest, obwohl Sommer ist, bekommst du sicher eine bessere Decke. Es nützt ihm nicht, wenn du krank wirst.«

Das jüngere Mädchen nickte. »Clivius muss besonders gut auf uns aufpassen. Mit uns verdient er das Vielfache von dem, was er für eine einfache Sklavin erhält.«

Berenike zog ihre Knie an und legte ihre Arme um sie. Sie merkte, wie die Angst in ihr hochkroch. Immer stärker wurde ihr klar, dass sie dem Ganzen nicht entrinnen konnte und diesem Mann hilflos ausgeliefert war. »Aber was passiert mit uns, wenn ein Römer uns gekauft und getan hat ... Ich meine, wenn er ...« Es wollte ihr nicht über die Lippen. »Danach sind wir doch wertlos für ihn!«, rief sie schließlich.

Aglaia zuckte mit den Schultern. »Das liegt ganz an dir, was dann mit dir passiert. Ich habe vor, mich dem Römer so hinzugeben, dass er nicht genug von mir bekommen kann und mich zu seiner Geliebten macht. Dann habe ich mehr, als ich brauche. Schmuck, kostbare Kleider, allen Luxus, den man sich denken kann. Und ich muss nicht arbeiten. Die Geliebte eines reiches Römers zu sein ist nicht das schlechteste Leben.«

»Nein!« Berenike war entsetzt. »Das hieße sich verkaufen, das will ich nicht. Und das kann ich nicht. Ein solcher Mann erkauft das Recht, mich zu beschmutzen. Und ich danke es ihm noch, indem ich mich ihm ganz überlasse? Für Schmuck und Luxus? Nein!«

»Das musst du selbst wissen. Die Kleine da ...« Mit einer abfälligen Handbewegung zeigte sie auf Xenia. »Die Kleine da sieht das genau wie du. Aber dann solltet ihr wissen, mit was ihr rechnen müsst.«

Xenia schluckte. Ihre Stimme war kaum ein Flüstern. »Im besten Fall wird uns der Mann, der uns gekauft hat, seinen Gästen anbieten als Zeitvertreib bei ihren ausschweifenden Feiern und Orgien. Vielleicht werden wir auch nur als Hausklavinnen zum Arbeiten eingesetzt. Im schlimmsten Fall verkauft er uns an ein billiges Bordell.«

Berenike zuckte zusammen. »Wie alt bist du, Xenia?«

»15 Jahre.«

»So jung?« Es war entsetzlich.

»Umso besser, wenn sie das Beste daraus macht«, meinte Aglaia ungerührt. »In ihrem Alter kann sie sicher noch am meisten erreichen.«

Berenike sprang auf. »Aglaia! Wie kannst du nur so etwas sagen? Es wird sie zerbrechen.«

Aglaia streckte sich auf ihrer Liege aus. »Es ist mir gleichgültig, was ihr macht. Ich weiß, was ich zu tun habe.«

Aglaia behielt recht mit ihrer Ankündigung. Clivius ließ die Mädchen auf das Beste mit Speisen und Getränken versorgen. Er selbst überzeugte sich jeden Tag von ihrem Wohlergehen.

Berenike fürchtete diese kurzen Augenblicke, wenn er in der Tür stand und sie nacheinander musterte. Jedes Mal hielt er eine Peitsche in der Hand, um ihnen deutlich zu machen, was sie bei einem Fluchtversuch erwartete.

Sein dreckiges Grinsen war Berenike zuwider. Und die Angst vor dem, was er mit ihnen vorhatte, bedrückte sie von Tag zu Tag mehr.

Dann war es so weit. Die Abreise war für den nächsten Tag angesetzt.

Xenia setzte sich am letzten Abend zu Berenike aufs Bett, ganz nahe. Berenike legte ihren Arm um sie, hielt sie fest. Wie so oft in den letzten Tagen.

»Darf ich dich etwas fragen?«

Berenike nickte. »Was möchtest du wissen?«

»Wie alt bist du?«

»Ich bin 19 Jahre alt. Warum fragst du?«

»Wie bist du in seine Hände gekommen? Mich hat er meinem bisherigen Herrn abgekauft, der mich nicht brauchte. Meine Eltern …« Xenia schluckte schwer. »Meine Eltern sind noch dort.« Nach einer kleinen Pause fuhr sie mit betont fester Stimme fort. »Aglaia wurde ihm von ihrer Herrin für wenig Geld überlassen, weil sie faul und widerspenstig war.«

Berenike schloss die Augen. Sie wollte nicht darüber sprechen, konnte Xenia aber auch nicht ohne Antwort lassen. »Ich war keine Sklavin«, sagte sie schließlich. »Ich war frei. Es ist etwas passiert …« Sie atmete tief durch. »Xenia, bitte sei mir nicht böse, ich möchte nicht darüber sprechen. Es ist erst wenige Tage her. Und ich habe es selbst noch nicht wirklich begriffen.« Sie atmete tief durch. »So viel will ich dir sagen: Ich habe meine Freiheit durch ein großes Unglück verloren. Ein Soldat hat mich schließlich an Clivius verkauft.«

Xenia nickte. »Du musst es mir nicht erzählen.« Sie lehnte sich an die Wand, zögerte und fragte dann doch weiter. »Aber, Berenike, eines verstehe ich nicht. Wenn du frei warst, müsstest du da nicht längst verheiratet sein? Mit 19 Jahren?«

Berenike seufzte. Sie dachte an die beiden Männer, die um sie geworben hatten.

»Es gab Männer«, erzählte sie. »Wohlhabende Männer, die mir ein gutes und sicheres Leben bieten konnten. Ein besseres, als ich bis dahin kannte. Aber ich habe mich gegen eine Heirat entschieden, obwohl ich von allen Seiten bedrängt wurde. Niemand verstand, wie ich eine solche Ehe ablehnen konnte.«

»Warum? Was sprach gegen eine Verbindung?« Xenia hatte sich neugierig aufgerichtet. Auch Aglaia spitzte die Ohren.

»Nun, es ist ganz einfach. Ich hätte mein Zuhause verlassen müssen und zu diesen Männern ziehen müssen. Aber das konnte ich nicht.«

Aglaia schnaubte verächtlich. »Warum nicht? Hast du sie etwa nicht geliebt? Das wäre der lächerlichste aller Gründe. Liebe sollte eine Frau nie erwarten. Ein Mann, der sie gut versorgt und ihr einen guten Stand bietet, ist mehr wert als Gefühle!«

Berenike ignorierte Aglaia. Sie wandte sich ganz Xenia zu. »Die Männer waren rechtschaffen und anständig. Aber ich hätte meinen Vater verlassen müssen. Meine Mutter ist schon lange tot. Und so arm mein Vater auch war, so arm wir auch lebten, er wäre nie mit mir gegangen. Unser kleines Haus war der Ort, wo er hingehörte und von dem er sich nie trennen würde. Für ihn wäre es gewesen, als würde er seine Frau, das Leben mit ihr, ein zweites Mal verlieren. Darum war für mich klar, dass ich meinen Vater nie allein lassen werde. Er versuchte zwar, mich von einer Heirat zu überzeugen, weil es mir dann besser gehen würde. Aber ich weiß, dass er im Grunde seines Herzens froh war, dass ich bei ihm geblieben bin.« Und zu Aglaia gewandt fügte sie hinzu: »Das musst du nicht verstehen. Das erwarte ich auch nicht von dir.«

Aglaia schüttelte verächtlich den Kopf. »Dir wird es in Rom übel ergehen«, höhnte sie.

Aber Xenia nahm Berenikes Hand. »Ich verstehe dich gut. Aber …« Sie fasste Berenikes Hand noch fester. »Aber jetzt ist er auch allein, nicht wahr?«

Berenike senkte den Blick, sah auf ihre Hände. »Nein«, sagte sie leise. Sie legte ihren Arm wieder um das jüngere Mädchen. »Er ist tot.«

Stille hüllte sie ein. Der Satz schwebte wie eine dunkle Wolke im Raum. Sie sprachen kein Wort mehr. Selbst Aglaia fühlte sich bedrückt.

Morgen würden sie aufbrechen. Nach Rom. In eine ungewisse Zukunft. Und ihre Vergangenheit würde zurückbleiben müssen.

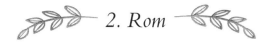

2. Rom

Sie erreichten Rom um die Mittagszeit. Die Sonne brannte vom Himmel. Kein Wind wehte. Die Luft flimmerte in der Hitze.

Clivius ließ die Wagen anhalten. Er sah auf die Stadt, die vor ihnen lag. Ein zufriedenes Lächeln umspielte seine Lippen. Rom. Das bedeutete für ihn die Vergrößerung seines Vermögens.

Den Sklaven befahl er, sein Zelt aufzubauen. Da saß er dann im Schatten, trank Wein und kühles Wasser von einem nahen Brunnen, aß sich an frischem Obst und ausgewählten Speisen satt, während die Sklaven, die ihm dienen mussten, und die, die er verkaufen wollte, sich hungrig und durstig von der langen Reise unter die wenigen Bäume und Sträucher drängten, die nur spärlichen Schatten warfen.

Nur Berenike, Xenia und Aglaia, seine kostbarste Ware, durften in einem der Wagen bleiben. Nur sie bekamen ausreichend zu essen und zu trinken.

Hier würden sie auf die Nacht warten, denn es war verboten, am Tag die Stadt mit Wagen zu befahren. Die Straßen waren sehr eng. Dennoch spielte sich tagsüber das Leben der einfachen Bürger Roms auf ihnen ab, sodass jeder Wagen eine Gefahr bedeutet hätte.

Als es dunkel wurde, brachen sie auf und fuhren in das nächtliche Rom ein.

Die Stadt war durchzogen von Straßen und Gassen, die sich zu gleichen schienen. Kleine Plätze, meist als Marktplätze genutzt, öffneten den Blick zum Himmel. Aber von all dem konnte Berenike nicht viel erkennen, denn die Straßen selbst waren nicht beleuchtet. Zwar trugen die Sklaven Fackeln, aber deren Licht reichte gerade so weit, dass sie den Weg fanden und Hindernissen rechtzeitig ausweichen konnten. Sie konnte aber erkennen, dass links und rechts hohe, mehrstöckige Gebäude standen. Diese Häuser waren die Mietskasernen, die Insulae, in denen die meisten Römer wohnten. Sie hatten vier oder fünf Stockwerke. In den ebenerdigen Geschossen schienen Läden und Handwerksbetriebe zu sein. An manchen Häusern brannte eine Laterne. Das waren die Tavernen, in denen getrunken und gegessen, gefeiert und gespielt wurde. Die Wohnungen darüber waren klein und spärlich eingerichtet, hatten meist nicht einmal eine Küche. Aber das machte nichts. Man holte sein Essen in einer der vielen Garküchen oder aß in den Tavernen. Das Essen dort war billig und nahrhaft zugleich. Ob es auch schmeckte, war nicht wichtig, solange man satt wurde.

Von den großen Häusern und Villen der Reichen und Mächtigen, von den Tempeln, Theatern und Stadien war nichts zu erkennen. Die Dunkelheit zeigte nur die Enge Roms, nicht seine Größe und Pracht.

Und dennoch – hier wohnten auch die Menschen, die Geld und Macht besaßen, von Generation zu Generation vererbt, wie es gerade bei den Adligen, den Patriziern, der Fall war. Sie führten ihren Stammbaum bis auf die Gründer der Stadt Rom zurück, zählten sich zu den direkten Nachkommen von Romulus und Remus. Aus ihren Reihen bildete sich die Regierung Roms, der Senat. Sie stellten die höchsten Richter, die Prätoren, die ihr Amt immer für ein Jahr vom Kaiser verliehen bekamen.

Hier wohnten die Bürger, die im Staatsdienst oder beim Militär zu Rang und Ansehen und damit zu Vermögen gekommen waren oder die eine mächtige und reiche Familie im Hintergrund hatten.

Die meist einstöckigen Villen waren luxuriös ausgestattet. Eine Vielzahl von Sklaven ermöglichte einen bequemen und aufwendigen Lebensstil. Das war aber von außen nicht zu erkennen, denn die meisten Fenster öffneten sich zu den Innenhöfen. Nach außen zeigte sich lediglich eine schlichte Mauer. Nur der Eingang zeugte von dem Reichtum seiner Bewohner.

Berenike hatte von den großen Gebäuden gehört, vom Circus Maximus und dem neu erbauten Stadion des Kaisers Domitian, wo Wagenrennen, Gladiatorenkämpfe und andere spektakuläre Ereignisse stattfanden, von den Theatern und den unzähligen großen und kleinen Tempeln. Ihr Vater hatte ihr von dem neuen Palast des Kaisers auf einem der sieben Hügel Roms, dem Palatin, erzählt, davon, dass dieser an Pracht und Größe nicht zu überbieten war. Sie wusste, dass es große und mit allem Luxus ausgestattete Thermen gab, die der Ruhe und Erholung dienten und die allen Bürgern Roms, egal, ob arm oder reich, zugänglich waren.

Aber all dies blieb in der Dunkelheit der Nacht verborgen.

Schließlich erreichten sie einen Platz, der als Marktplatz diente. Überall standen einfache Holzstände. Wagen mit den verschiedensten Waren fuhren ein und wurden ausgeladen. Die Händler rüsteten sich für den nächsten Tag.

Überwacht wurde das Treiben von Prätorianern, Soldaten, die nachts ihre Rundgänge durch die Stadt machten, um an Orten wie diesen für Ruhe und Ordnung zu sorgen.

Am Ende des Platzes machte Clivius halt. Hier war der Sklavenmarkt. Sie waren am Ziel.

Clivius ließ die Sklaven ein hölzernes Podest aufbauen und einen Vorhang aufhängen, hinter dem er seine Wagen und die Pferde unterbrachte. Berenike und den beiden anderen jungen Mädchen befahl er, dort zu bleiben, bis er sie rufen würde. Wehe, wenn sie es wagten, auch nur einen Blick nach vorne zu werfen!

Bei Tagesanbruch stellte er die anderen Sklaven vor dem Vorhang auf. Er hatte vor, heute gute Geschäfte zu machen. Es würde sich schnell herumsprechen, dass er wieder in Rom war. Und seine besonderen Kunden würden nicht lange auf sich warten lassen.

Berenike fürchtete sich. Was würde nun geschehen? Das, was sie bis jetzt von Rom gesehen hatte, verängstigte sie. Die großen Häuser und die engen Straßen, die fremden Gerüche und Geräusche, nichts glich der kleinen beschaulichen griechischen Stadt, aus der sie kam. Die anderen beiden Mädchen sprachen kein Wort. Xenia war die Angst deutlich anzusehen. Aglaias hochmütiger Blick verdeckte wohl nur, wie es ihr wirklich zumute war.

Trotz des Verbots wagte es Berenike, den Vorhang leicht zur Seite zu schieben und nach vorne zu sehen. Sie musste wissen, wo sie war und was auf sie zukam. »Nicht, Berenike«, flüsterte Xenia erschrocken. »Du hast Clivius doch gehört.« Aber dieser bemerkte überhaupt nicht, was hinter seinem Rücken geschah. Er sprach mit einem Römer, der sichtlich verärgert war und kurz zu Berenike aufsah. Hastig zog sie den Vorhang wieder zurück.

3. Marcus Dequinius

Es war noch sehr früh am Morgen. Die Sonne war gerade erst aufgegangen. Der Prätor Marcus Dequinius war in Begleitung zweier Sklaven auf dem Weg zum Forum Romanum, dem wichtigsten Platz Roms. Hier war die Kurie, der Sitz des Senats. Hier waren die Tempel für die wichtigsten Götter. Hier wurden sie verehrt. Hier wurde ihnen geopfert. Und hier war der Platz, auf dem die Senatoren ihre Reden an das Volk hielten, auf dem diskutiert und debattiert und öffentliche Wahlen abgehalten wurden.

Hier stand auch das Gerichtsgebäude, aber heute wurde der Prätor in der Kurie erwartet. Marcus war schlecht gelaunt. Es war das elfte Jahr der Regierung des Domitian, der Senat verlor immer mehr von seiner Macht. Der Weg in die Kurie war daher ohne Bedeutung, das Erscheinen des Prätors dort diente hauptsächlich dazu, den Schein zu wahren. Aber als einer der obersten Richter Roms hatte er keine Wahl.

Es ärgerte ihn, dass er den Senat brauchte, denn dieser unterstützte seine Ernennung zum Prätor. Auch wenn der Kaiser letztendlich bestimmte, wer dieses Amt bekam, und dem Senat ungern Zugeständnisse machte, so hatte er doch nichts in der Hand, um Marcus dieses Amt zu verweigern. Der Prätor wusste, dass Domitian nach Gründen suchte, um ihn loszuwerden, aber er vermied alles, was ihn angreifbar machen konnte. Sein Ansehen in den vornehmsten Kreisen und bei den einfachen Bürgern Roms war hoch. Man fürchtete ihn, da er die Menschen durchschaute, aber man schätzte ihn auch, denn er war von großem Wissen in Recht und Tradition, unbestechlich und zuverlässig.

Der Weg zum Forum Romanum führte durch die Straßen und Gassen der Stadt. Marcus Dequinius und seine beiden Sklaven kamen zu einem der Marktplätze, auf denen die Händler und Handwerker ihre Waren lautstark anpriesen. Sklaven drängten an ihm vorbei, ebneten den Weg für ihre Herren, andere feilschten mit den Bäckern und Gemüsehändlern um die Preise. Lärm und Geschrei bestimmten das Bild des Platzes.

Marcus ließ die Händler hinter sich und überquerte den Sklavenmarkt. Die Sklavenhändler hatten Podeste aufgestellt, auf denen sie die Männer und Frauen, die sie verkaufen wollten, zur Schau stellten.

Marcus hatte gerade die Mitte des Platzes erreicht, als er angesprochen wurde.

»Brauchst du einen Sklaven, Herr?«

Marcus wandte unwillig den Kopf, er kannte diese Stimme. »Was willst du, Clivius?«

Der Prätor war ein großer, stattlicher Mann. Aber es waren nicht allein seine Größe und seine breiten Schultern, die ihm Autorität verliehen, es waren vielmehr die stolze, aufrechte Haltung und die Art, wie er alles mit scharfen Augen genau und distanziert zugleich betrachtete.

Nach dem Tod seiner Frau vor mehr als acht Jahren hatte er sich seinen Kopf kahl rasiert. Dadurch wirkten die Linien seines Gesichtes noch schärfer gezeichnet, sein Blick noch stechender. Er war kein schöner Mann, hatte nicht die klassische Nase und die fein geschwungenen Lippen, die vielen Römern eigen waren. Aber sein Gesicht war ausdrucksstark, und seine dunklen Augen schienen alles zu durchdringen.

Er war ein Mann mit einem starken Willen und festen Prinzipien, bekannt sowohl für seine Gerechtigkeit als auch für seine Härte gegen sich und gegen andere.

Neben ihm wirkte der Sklavenhändler noch kleiner, noch abstoßender.

Clivius wies auf die Männer und Frauen, die hinter ihm standen. Alle trugen den Reif um den Oberarm, der sie als Sklaven kennzeichnete.

»Sieh sie dir an. Es ist gute Ware.« Clivius zog einen jungen Mann zu sich heran. »Der hier ist stark. Und er ist harte Arbeit gewohnt. Er ist zwar ein Jude, aber er kennt sich gut mit Pferden aus. Und er ist …«

»Lass mich mit deinen Sklaven in Frieden, Clivius«, unterbrach ihn Marcus. »Und wage es nicht noch einmal, mich aufzuhalten.« Er wollte sich abwenden, sah dann aber, wie sich ein junges Mädchen hastig hinter den Vorhang zurückzog, den der Sklavenhändler aufgehängt hatte.

Marcus wusste um die schmutzigen Geschäfte des Clivius, er kannte den Handel, den er mit jungen Mädchen trieb.

»Was ist mit ihr? Warum enthältst du sie mir vor?«

Clivius hob abwehrend die Hände. »Sie ist nichts für dich, Herr. Sie ist schwach, kränklich. Nichts für einen so bekannten und geschätzten Mann, wie du es bist«, fügte er schmeichlerisch hinzu, wobei er sich vor dem Prätor leicht verbeugte, die rechte Hand auf die Brust gelegt.

Verächtlich sah Marcus auf diesen Mann hinab, der sich vor den Großen und Reichen duckte und die, die weniger waren als er, mit Füßen trat.

»Du glaubst, du kannst beurteilen, was gut oder schlecht für mich ist?«

»Nein, Herr, nein. Das würde ich mir nie anmaßen.«

»Gut, dann bring sie her.«

Widerwillig und nur mühsam seine Wut verbergend zog Clivius das Mädchen hinter dem Vorhang hervor. Marcus musterte sie lange. Ihr langes dunkles Haar schimmerte in der Sonne rötlich, es war zu einem losen Zopf gebunden. Das schmale Gesicht war blass. Sie hielt den Blick gesenkt. Marcus fasste sie am Kinn. Erschrocken sah sie ihn an, wich aber seinem Blick nicht aus. Ihre Augen waren von einem warmen dunklen Braun. Die Nase war schmal und zeigte leicht nach oben. Sie stand in einem angenehmen Gegensatz zu ihren vollen Lippen. Das Mädchen war schlank, fast mager. Ihr Körper war in ein einfaches Kleid gehüllt, das die schmalen Schultern nur notdürftig bedeckte. Als Gürtel diente ein altes Seil.

»Wie heißt du?«

»Ihr Name ist Berenike, Herr. Sie stammt aus Griechenland«, antwortete Clivius hastig, nur mühsam seine Wut beherrschend.

Für einen Moment zeigte sich Unmut in Marcus' Gesicht. Doch Clivius bemerkte es nicht.

»Wie alt bist du?«

»Sie ist 19 Jahre alt, Herr.«

Mit einer heftigen Bewegung drehte sich Marcus dem Sklavenhändler zu. »Ist sie taub, stumm oder versteht sie unsere Sprache nicht, dass du für sie antwortest?«, herrschte er ihn an.

Clivius wich erschrocken zurück. »Nein, Herr, nein.«

»Gut, dann schweige, wenn ich mit ihr rede.« Marcus wandte sich wieder dem Mädchen zu. Er nahm ihre Hände, sah sie sich genau an. »Du bist harte Arbeit nicht gewohnt. Aber kränklich scheinst du nicht zu sein«, fügte er mit einem Seitenblick auf Clivius hinzu. »Was kannst du, wenn nicht arbeiten? Singen? Tanzen?«

Berenike schüttelte den Kopf. »Nein, Herr.«

»Sie ist gebildet, Herr«, wagte Clivius einzuwerfen.

»Gebildet?« Marcus lachte. »Sie ist nur eine Frau. Und darum hebt es den Preis nicht.« Prüfend musterte er ihr Gesicht. »Du kannst lesen und schreiben?«

»Ja, Herr.«

»Du hast eine Schule besucht?«

»Mein Vater hat mich unterrichtet, Herr.«

»Dein Vater? War er denn ein Lehrer?«, fragte er belustigt.

»Ja, Herr.«

»Und was hat er dir noch beigebracht?«

»Alles, was er wusste.«

Wieder lachte Marcus. »Das besagt nichts«, meinte er spöttisch. »Vielleicht wusste er ja nicht viel. Dann konnte er dich auch nicht viel lehren. Aber es ist sowieso nicht wichtig.« Langsam drehte er sich zu Clivius um. »Ich gebe dir zweihundert Denare.«

Clivius sog hörbar die Luft ein. »Ich kann das Zehnfache für sie bekommen, Herr.«

»Sie ist nicht mehr wert.«

»Sie ist gebildet.«

»Wäre sie ein Mann, wäre das etwas anderes, aber so spielt es keine Rolle.«

»Herr, für zweihundert werde ich sie dir nicht geben. Sie ist mehr wert«, betonte Clivius noch einmal.

Marcus nickte bedächtig. »Du vergisst eines, Clivius. Der Wert, den du ihr beimisst, ist für mich ohne Bedeutung. Dich aber kann er die Freiheit kosten.«

Clivius wollte aufbrausen, besann sich dann aber. Marcus war Prätor, er war bekannt, was er sagte, galt etwas. Die Warnung war deutlich genug gewesen. Es war besser, auf dieses Geschäft einzugehen, als alles zu riskieren. Darum nickte er nur ergeben.

»Dann zahle diesen Mann aus«, befahl Marcus einem seiner Sklaven. »Nimm das Mädchen und bring sie zu Camilla. Badet sie, kämmt sie und zieht ihr ein anderes Kleid an. Ich will sie heute Abend sehen.«

Damit wandte er sich um und ging Richtung Forum Romanum davon, ohne Clivius noch eines Blickes zu würdigen.

Dieser überließ laut fluchend das Mädchen dem Sklaven.

O nein, er würde es sicher nie mehr wagen, den Prätor Marcus Dequinius aufzuhalten.

Der Prätor war noch schlechter gelaunt als zuvor von der Kurie im Gerichtsgebäude angelangt. Er war sich wie in einer unwürdigen Komödie vorgekommen, als er dem Senat seinen Bericht gab. Oh, wie er es hasste, wie ein Spielstein hin und her geschoben zu werden, nur um einen Glanz vorzutäuschen, der schon lange nicht mehr bestand. Aber er wollte auf keinen Fall, dass der Schreiber und die Rechtsgelehrten, die sich außer den streitenden Parteien im Gerichtssaal aufhielten, bemerkten, in welcher Stimmung er war, und es durfte nicht sein, dass die Parteien oder das Verfahren unter seiner Wut litten. Mit einer heftigen Handbewegung schob er seinen Unmut zur Seite und betrat den Gerichtssaal, um sich den Menschen zu widmen, die sich von ihm eine Entscheidung erhofften.

Wie immer war das Verfahren öffentlich. Viele Zuhörer waren zugegen, bereit, ihre Meinung zu den Aussagen durch lautes Rufen, Lachen oder Klatschen zu kommentieren.

Als Prätor würde Marcus heute noch kein Urteil fällen. Seine Aufgabe war es, die Parteien anzuhören, abzuwägen, ob die Klage, die erhoben wurde, berechtigt war und in einem Gerichtsverfahren geklärt werden sollte. Er hatte heute nur darüber zu entscheiden, ob der Fall auf die Prozessliste gesetzt wurde und welchem Gericht er zugeteilt wurde. Das eigentliche Urteil wurde in einem Geschworenengericht gefällt. Dort führte er zwar den Vorsitz, an der Entscheidung selbst war er aber nicht beteiligt.

Also saß er da und sah sich die Männer an, die vor ihm standen und sich um das Besitzrecht an einem Sklaven stritten. Es war ein kleiner Fall, ermüdend und eigentlich sinnlos.

Der eine von ihnen gab an, einen jungen Sklaven vom anderen gekauft zu haben und damit der Eigentümer zu sein, der andere wiederum behauptete, nicht den vollen Kaufpreis erhalten zu haben und deshalb bis zu dessen Zahlung als Einziger ein Recht an dem Mann zu haben.

Marcus ließ die Männer reden, hörte sich schweigend an, was sie vorzubringen hatten, und musterte dabei ihre vom Streit erhitzten Gesichter. Oft war hier die Wahrheit eher zu finden als in dem, was gesagt wurde.

Die Zwischenrufe der Zuhörer ignorierte er. Daran hatte er sich längst gewöhnt.

Irgendwann merkten die Männer, dass der Prätor kein Wort sagte. Ihre Argumente und Streitereien schienen ihm gleich zu sein. Verwirrt hörten sie auf, sich gegenseitig Beleidigungen und Vorwürfe zuzuschreien. Abwartend standen sie da. Aber ihr Richter sagte kein Wort. Er lehnte in seinem Stuhl, den linken Ellbogen aufgestützt, die Hand am Kinn. Keine Miene verriet, was er über den Fall dachte, wie er ihr Gerede aufgenommen hatte. Nur seine dunklen Augen waren auf die Männer gerichtet, aufmerksam und abwartend zugleich.

Auch die Zuhörer wirkten gespannt. Was war heute von ihrem Prätor zu erwarten?

Es war unangenehm, dazustehen und gemustert zu werden. Jeder fürchtete diesen Blick, der kühl und distanziert auf den Menschen ruhte und der alles zu durchdringen schien.

Eine fast unheimliche Stille legte sich über die Szene. Schließlich wagte sich einer der Männer einen Schritt vor. »Was ist nun, Herr? Wirst du meine Klage zulassen?«, fragte er vorsichtig.

Marcus ließ seinen Blick von einem zum anderen gleiten. Dann wandte er sich an den, der gefragt hatte. »Du, Liber, hast also den Sklaven verkauft?«

»Ja, das habe ich.«

»Der Preis?«

»Eintausend Denare.«

Die Zuhörer pfiffen durch die Zähne. Was für eine Summe!

Der Prätor nickte bedächtig. »Ein stolzer Preis, mein Freund.«

»Es ist ein guter Sklave. Und er versteht sich sehr gut auf Pferde. Ich hatte ihm meinen ganzen Stall anvertraut.«

»Und warum hast du ihn dann verkauft, wenn er so wertvoll ist?«

»Weil, ja, weil – ich war in Geldnot.«

Die Zuhörer lachten laut auf. Ein spöttisches Lächeln huschte über Marcus' Gesicht. Dieser Mann, der vor ihm stand, war sowohl für seine Betrügereien als auch für seinen Reichtum bekannt.

»Und wie viel hat dir Aulus gegeben?«

»Nur sechshundert Denare.«

»Ist das wahr?«

Aulus nickte. »Ja, das ist wahr. Dieser Preis war ausgehandelt worden.«

Marcus versank wieder in Schweigen, während er die beiden Männer miteinander verglich. Liber mit dem unsteten Blick, den Händen, die ständig in Bewegung waren, da an einer Falte zupften, dort ein Haar entfernten. Und Aulus, bekannt für seine Ruhe und Ehrlichkeit, aber auch für seinen plötzlich auftretenden Jähzorn, der ihn auch hier wieder hingerissen hatte.

»Ihr seid alleine gekommen. Wurde der Vertrag denn nicht vor Zeugen geschlossen? Ihr habt keine bei euch, wie ich sehe.«

»Nein«, erwiderte Aulus ernst. »Ich habe auf die Ehrlichkeit dieses Mannes vertraut.«

»Gibt es wenigstens eine schriftliche Vereinbarung?«

Aulus und Liber schüttelten den Kopf.

Marcus seufzte. Er hasste diese Art von Streitereien, bei denen es keine Beweise gab, nur Menschen, die versuchten, sowohl ihn als auch andere zu betrügen. Sie verlangten, dass er Recht sprach, aber das konnte er nicht. Hier war nur eine Entscheidung möglich.

»Ihr seid gebildete Männer. Und ihr wisst beide, wie die Entscheidung vor Gericht ausfallen wird. Ihr habt einen Vertrag geschlossen, aber ihr habt dabei nicht beachtet, was das Gesetz und die Tradition verlangen. Es waren keine Zeugen zugegen, als ihr eure Vereinbarung getroffen habt. Ihr wisst deshalb, dass euer Handel daher nicht vom Gesetz geschützt ist. Und dennoch wollt ihr, dass ich die Klage annehme und einen Gerichtstermin festsetze?«

Die beiden Männer bejahten die Frage.

Marcus nickte. Schließlich wies er den Gerichtsschreiber an, den Fall auf die Prozessliste zu setzen. Liber wollte ihn noch dazu drängen, den Prozesstermin bereits auf einen der nächsten Tage festzulegen. Aber Marcus gab ihm mit einem Blick zu verstehen, dass er von der ganzen Sache genug hatte und dass sie damit entlassen waren.

Unter dem Gespött der Zuhörer verließen die beiden Parteien den Gerichtssaal.

Als die beiden Männer weg waren, lehnte sich Marcus wieder zurück und schüttelte den Kopf. Er ärgerte sich, wenn er seine Zeit mit Fällen verschwenden musste, die lächerlich klein waren und eigentlich unwichtig. Aber das römische Recht ließ ihm keine Wahl. Beide waren Bürger Roms. Sie hatten einen Anspruch darauf, wenigstens von ihm gehört zu werden. Und auch wenn klar war, dass Liber den Fall verlieren würde, so musste er doch den Gerichtstermin festsetzen und wahrnehmen.

Er stand auf und trat durch eine kleine Tür hinaus auf einen schmalen Balkon. Unter ihm erfüllte das Leben der Menschen die Straßen. Und die Begebenheit vom Morgen kam ihm wieder in den Sinn.

Warum hatte er das Mädchen nur gekauft? Er konnte sie eigentlich zu nichts gebrauchen. War es wirklich nur die Tatsache gewesen, dass Clivius der Händler war und er dessen Machenschaften nicht gutheißen konnte? Nein, das war es nicht allein. Was gingen ihn die Geschäfte dieses Sklavenhändlers an! Darum sollten sich andere kümmern.

Dann dachte er wieder an ihr Gesicht, die Angst und der Stolz, der aus ihren klugen Augen sprach. Vielleicht war es das gewesen. Schon immer hatten die Menschen am meisten seine Aufmerksamkeit erregt, deren Denken und Fühlen, deren ganzes Wesen in ihren Augen zu liegen schien, Menschen, die sich über ihren Blick mitteilten, bewusst oder unbewusst.

Aber was sollte er mit ihr anfangen? Sie einfach der Sklavin Camilla überlassen, die sich immer und immer wieder darüber beklagte, dass zu viel Verantwortung auf ihren Schultern lastete? Regelmäßig stöhnte sie darüber, dass sie sich zusätzlich auch noch um seinen Sohn Claudius kümmern musste. Marcus verfolgte diesen Gedanken weiter. Er war zwar froh, dass Camilla seinen Haushalt führte, sie war gewissenhaft und zuverlässig, aber das war auch alles. Es wäre sicherlich gut, wenn Claudius außerhalb der Schule von jemandem betreut wurde, dem er nicht lästig war. Vielleicht sollte er es mit diesem Mädchen versuchen. Wenn es stimmte, was sie gesagt hatte, besaß sie eine gewisse Bildung. Das konnte seinem Sohn nicht schaden. Er wusste, dass es nicht ganz ungefährlich war, Claudius einfach dieser jungen Sklavin zu überlassen. Das Mädchen hatte zwar einen guten Eindruck auf ihn gemacht, aber woher sollte er wissen, was sie dachte, was sie ihm erzählen und welche Flausen sie ihm in den Kopf setzen würde? Aber wusste er es bei Camilla? Wusste er überhaupt, was sein Sohn dachte?

Der Schreiber erschien in der Tür. »Herr, es ist schon spät, und es sind noch einige Fälle zu behandeln.«

Marcus nickte. Er sah noch einmal auf die vielen Menschen hinab. Ja, er würde es wagen und diesem Mädchen seinen Sohn anvertrauen.

4. Im Hause des Prätors

Camilla hatte die Hände in die Hüften gestemmt und musterte die neue Sklavin. Zuerst galt es, ihr klarzumachen, wen sie da vor sich hatte.

»Ich bin Camilla, und ich führe den Haushalt des Prätors. Ich bin für alles verantwortlich, was im Hause geschieht. Damit meine ich den Wohnbereich und die Gärten, nicht die Ställe und die Nebengebäude. Ich stehe als Erste auf und gehe als Letzte zu Bett. Jeden Tag. Nur ein Sklave hat den gleichen Rang wie ich, und das ist Lygius. Er trägt die Verantwortung für alles außerhalb des Wohnbereiches. Du wirst ihn morgen kennenlernen, wenn wir zu Mittag essen. Du weißt, was das bedeutet? Du bist mir gegenüber zu absolutem Gehorsam verpflichtet.«

Camilla vergewisserte sich mit einem Blick, dass Berenike sie verstanden hatte. Dann sah sie sich das Mädchen genauer an, musterte sie von oben bis unten. »Ja«, meinte sie. »Ein Bad hast du wirklich nötig. Also zieh dich aus«, befahl sie barsch.

Berenike löste ihren Gürtel und schlüpfte aus dem Kleid. Camilla nahm ihr die schmutzigen Sachen ab und warf sie angewidert in eine Ecke des Raumes.

Dabei entdeckte Camilla die Striemen auf ihrer Haut. Sie fasste Berenike an den Schultern und sah sich ihren Rücken an. Sie seufzte leicht. »Das werde ich dem Prätor melden müssen.« Sie sah die Angst und Unsicherheit in Berenikes Augen und lächelte ihr aufmunternd zu. »In diesem Haus hast du nichts zu befürchten.«

Berenike erwiderte nichts. Sie dachte an die kühlen Augen ihres Herrn, an seine hochmütige und spöttische Art und daran, wie er über sie gelacht hatte. Sie hatte Angst vor diesem Mann, wusste nicht, was er von ihr wollte. Woher sollte sie auch wissen, dass sein

Verhalten ihr gegenüber nur dazu gedient hatte, Clivius in seine Schranken zu weisen?

Camilla betrachtete das Mädchen. Sie war eine stolze Frau, die sich ihrer Stellung unter den Sklaven sehr wohl bewusst war. Marcus hatte ihr nach dem Tod seiner Gemahlin die Führung des Haushalts anvertraut. So würde es auch ihre Aufgabe sein, Berenike in die Lebensgewohnheiten dieses Hauses einzuführen und ihr ihren Platz unter den Sklaven zuzuweisen.

Camilla war vierzig Jahre alt, aber ihr forsches und strenges Wesen hatte ihr Gesicht geprägt und ließ es älter erscheinen. In ihrer Jugend musste sie von einer herben Schönheit gewesen sein.

»Berenike«, versuchte sie das Mädchen zu beruhigen, und ihre Stimme klang plötzlich erstaunlich weich. »Vor was fürchtest du dich?«

»Vor ihm.«

Camilla schüttelte den Kopf. »Er wird dir nichts zuleide tun.«

»Er ist ein Römer.«

»Spricht das gegen ihn?«

Berenike antwortete nicht. Sie fühlte sich allein, verlassen. Sie war bisher ein freier Mensch gewesen, hatte ein freies Leben geführt. Ihr Vater hatte sie immer vor den Römern gewarnt. »Sie führen ein ausschweifendes Leben, Kind. Nichts ist ihnen heilig. Achtung vor den Frauen, ja, vor den Menschen überhaupt ist ihnen fremd. Nimm dich vor ihnen in Acht.« Und jetzt war sie in Rom, mitten unter diesen Menschen, die ihr Vater so verachtet hatte. Sie wusste nicht, ob sie Camilla vertrauen konnte. Aber war das überhaupt von Bedeutung? Sie war eine Sklavin, der Willkür ihres Herrn ausgeliefert. Gegen ihn würde sie sich nicht wehren können. Und diese Frau genoss sein Vertrauen. Immerhin, sie war freundlich zu ihr. Berenike beschloss, es einfach zu versuchen. Sie hatte ja nichts mehr zu verlieren.

»Was habe ich von ihm zu erwarten?«, fragte sie. »Ich meine – als Frau«, fügte sie leise hinzu.

Berenike erschrak, als Camilla ihr sanft über die Wange strich.

»Davor also fürchtest du dich! Es gab wohl noch keinen Mann in deinem Leben?«

Berenike schüttelte den Kopf.

»Ich verstehe. Und du denkst, dass dies der Grund ist, warum er dich gekauft hat?«

»Er möchte mich heute Abend sehen.«

»Ja, aber nicht, um dich zu besitzen. Man sagt, er habe seit dem Tod seiner Gemahlin keine Frau mehr angerührt. Er wird bei dir keine Ausnahme machen. Er mag auf dich einen harten, herzlosen Eindruck machen, aber glaube mir, er würde nie einem Sklaven ein Leid zufügen. Wir sind zwar sein Eigentum, aber im Gegensatz zu vielen anderen in dieser Stadt betrachtet er uns auch als Menschen. Tu nur deine Pflicht und halte dich im Hintergrund, mehr verlangt er nicht von dir.«

»Und was ist meine Pflicht?«

»Das zu tun, was ich dir auftrage.«

Marcus war spät nach Hause gekommen. Er hatte seinen Sohn begrüßt und zusammen mit diesem eine kleine Mahlzeit zu sich genommen. Dann hatte er sich in seinen Arbeitsraum zurückgezogen. Er war über seine Bücher gebeugt, als Camilla mit Berenike eintrat.

»Herr, ich bringe dir das Mädchen.«

Marcus legte die Schriftrolle, die er in der Hand hielt, auf den Tisch und lehnte sich zurück, wobei er den linken Ellbogen auf die Stuhllehne stützte. Lange sagte er kein Wort, sah die junge Sklavin nur prüfend an.

Sie stand aufrecht und erwiderte seinen Blick. Aber ihre Angst blieb nicht vor ihm verborgen. Er sah die Anspannung in ihrem Gesicht, die Blässe um Nase und Mund, das leichte Zittern ihrer Hände.

Schließlich wandte er sich an Camilla. »Ich möchte, dass sie dir zur Hand geht. Ich will sie nicht in der Waschküche sehen und nicht bei schwerer Arbeit. Sie soll da sein, wenn ich esse, und mir abends den Wein bringen. Außerdem soll sie sich hier im Haus um Claudius kümmern und ihn zur Schule begleiten. Einzig, wenn er sich mit seinen Freunden trifft, wird sie keine Verantwortung für ihn tragen. Das bleibt Ulbertus' Aufgabe.«

Camilla war überrascht. Schon lange hatte er ihr nicht mehr vorgeschrieben, welche Arbeit sie einer Sklavin geben sollte. Aber sie war mit seiner Entscheidung mehr als zufrieden. Daher nickte sie gehorsam.

Marcus beugte sich wieder über seine Bücher, das Zeichen dafür, dass sie gehen konnten.

»Herr.«

Unwillig hob er den Kopf. »Was willst du noch, Camilla?«

»Herr, sie wurde ausgepeitscht.«

»Ausgepeitscht?« Er wandte sich an das Mädchen. »Clivius?«, fragte er nur.

»Ja, Herr«, flüsterte sie.

»Dann habe ich mich also nicht getäuscht. Du bist noch unberührt, nicht wahr? Und du hast dich wohl gewehrt, als er dich daraufhin untersuchen ließ.«

Berenike antwortete nicht. Sie fühlte wieder diese Angst in sich aufsteigen. Sie starrte auf den Boden, damit er nicht sah, wie sich ihre Augen mit Tränen füllten. Sie hatte sich geschworen, ihm gegenüber keine Schwäche zu zeigen, nie seinem Blick auszuweichen, stark zu sein. So wie es ihr Vater von ihr erwartet hätte. Aber er hatte mit seiner Vermutung mitten ins Schwarze getroffen. Und der Schmerz, den die Erinnerung verursachte, ließ sie in sich zusammensinken.

»Berenike, höre.«

Sie reagierte nicht. Marcus sah, wie sie schluckte. Er ahnte, was in ihr vorging.

»Berenike«, wiederholte er, seine Stimme wurde fast weich. »Sieh mich an.«

Aber sie konnte nicht. Marcus stand auf, ging um den Tisch herum. Vor ihr blieb er stehen. Er beugte sich vor und fasste sie am Kinn, sodass sie seinem Blick nicht ausweichen konnte. »Höre, Berenike. Du hast in diesem Hause nichts zu befürchten. Was immer Clivius mit dir vorhatte, ich habe dich nicht deswegen gekauft.«

Berenike nickte zaghaft.

Er ließ sie los. Ein Lächeln huschte über sein Gesicht. »Und jetzt geh. Camilla wird dich morgen in deine Pflichten einweisen.«

»Ja, Herr«, murmelte Berenike und verließ mit Camilla den Raum, verwirrt über die Wärme in seiner Stimme und über das Lächeln, das ihr gegolten hatte.

5. Der erste Tag

Berenike war bereits wach, als sich Camilla über sie beugte, um sie zu wecken. Sie hatte schlecht geschlafen. Es war die erste Nacht in diesem Haus gewesen, unter fremden Menschen. Wie sehr sehnte sie sich nach ihrer kleinen Kammer zurück, danach, ihren Vater bis tief in die Nacht unruhig auf und ab gehen zu hören, sein lautes Schnarchen, wenn er endlich zu Bett gegangen war. Berenike hatte ihn sehr geliebt und vermisste ihn mehr denn je.

»Steh endlich auf, Berenike«, wurde sie von Camilla aus ihren Gedanken gerissen. »Es liegt ein langer Tag vor dir, und du hast viel zu lernen.«

Und so begann der erste Tag.

»Unser Herr steht meist schon vor Sonnenaufgang auf«, fing Camilla an zu erklären. »Wie jeder Römer bringt er zuerst den Laren sein Opfer dar. Das sind die Hausgötter, die schon von seinen Vorfahren verehrt wurden. Ich werde dir nachher den Altar zeigen. Pass auf, dass du diesem die nötige Achtung und Vorsicht entgegenbringst.« Camilla machte eine kurze Pause und vergewisserte sich, dass Berenike verstand, was sie ihr erklärte. Als diese nickte, fuhr sie zufrieden fort: »Danach begibt sich unser Herr immer in seinen Arbeitsraum. Wahrscheinlich hält er sich jetzt schon dort auf. Meistens empfängt er um diese Zeit bereits einen Freund oder jemanden aus seiner Klientel. Während dieser Zeit wirst du mir helfen, den Tisch zu richten. Der Prätor isst gewöhnlich nur etwas Obst und trinkt Wasser, aber diese Mahlzeit am Morgen ist ihm sehr wichtig, da er sie immer zusammen mit seinem Sohn einnimmt. Vergiss das nicht. Störe ihn in dieser Zeit nicht mit unwichtigen Dingen. Deine Aufgabe wird es sein, immer in der Nähe zu bleiben, falls der Prätor oder sein Sohn einen Wunsch haben. Komm jetzt, ich zeige dir, wo du alles findest.«

Berenike folgte ihr.

Sie betraten den vorderen Teil des Gebäudes. Hier war ein großer Innenhof mit einem Wasserbecken in der Mitte. Ein Säulengang umgab den Hof. Mehrere Türen grenzten daran.

Camilla machte eine ausholende Handbewegung. »Hier im Atrium spielt sich ein Großteil des Lebens in diesem Haus ab.« Sie deutete auf verschiedene Türen. »Hier ist der Arbeitsraum unseres Herrn. Dort ist die Küche mit dem Bereich, wo wir Sklaven unsere Mahlzeiten einnehmen. Es gibt ein paar einfachere Schlafräume und Arbeitsräume für uns.« Camilla öffnete eine Tür. »Das hier ist der kleine Speiseraum. Hier nimmt der Prätor zusammen mit seinem Sohn sein Essen ein. Es gibt noch einen großen Speiseraum, den ich dir aber später zeigen werde. Der wird nur benutzt, wenn der Prätor Gäste erwartet.«

Gemeinsam deckten sie den Tisch im Speiseraum. Camilla stellte neben den Wasserkrug und die Schale mit den Früchten noch zwei kleinere Schalen mit Brot und Käse. »Für Claudius«, erklärte sie kurz.

Als alles bereit war, winkte sie Berenike, ihr zur folgen. Sie betraten den hinteren Teil des Gebäudes, das Peristylium, einen von einem Säulengang umgebenen und mit prächtigen Blumenbeeten geschmückten Garten, in dem sich ein kreuzförmiges Wasserbecken und mehrere steinerne Sitzbänke befanden. An den Säulengang schlossen sich mehrere Räume an. Camilla ging auf eine der Türen zu, vor der ein alter Hund lag. Dieser war nicht besonders groß. Sein Fell war leicht struppig und an vielen Stellen bereits ergraut.

»Dies ist die Kammer des Claudius. Wie du siehst, hat er seinen eigenen Leibwächter.« Der Hund stand schwerfällig auf und beschnupperte Berenike. Diese bückte sich zu ihm hinunter, um ihn zu streicheln. Camilla beobachtete die liebevolle Geste und sah, wie der Hund Berenikes Hände leckte. Verwundert schüttelte sie den Kopf. »Er scheint dich zu mögen. Eigentlich müsste er dich anknurren, so wie jeden anderen Fremden.« Sie stemmte ihre Hände in die Hüften und schüttelte noch einmal den Kopf. »Seltsam. Aber wenigstens wirst du damit Claudius' Herz gewinnen. Sein Hund geht ihm über alles. Und wenn der dich mag, kann Claudius dich fast nicht ablehnen«, meinte sie. »Aber jetzt komm, es ist an der Zeit, den jungen Herrn zu wecken. Bis jetzt war das meine Aufgabe, aber es ist der Wunsch des Prätors, dass du dich künftig darum kümmerst.« Mit diesen Worten öffnete sie die Tür und trat ein.

Es war ein spärlich eingerichteter Raum. Außer dem Bett befanden sich ein niedriger Schrank, eine Truhe, zwei Stühle und ein kleiner Tisch darin. Auf dem Boden lagen verschiedene Spielsachen verstreut: Würfel, ein Ball, Pferde und andere Tiere aus Holz.

Der Boden war – wie im gesamten Wohn- und Schlafbereich – mit weißem Marmor ausgelegt, und die Wände schmückten einfache Landschaftsmalereien und lange Vorhänge. Alles war schlicht und einfach gehalten, aber aus den edelsten Materialien gefertigt.

Claudius lag noch in seinem Bett, er hatte seine Decke fest um sich gewickelt, sodass nur ein Schopf dunkelbrauner Locken hervorschaute. Seine ungleichmäßigen Atemzüge jedoch verrieten, dass er längst wach war, wie jedes andere Kind aber nicht die geringste Lust verspürte, freiwillig aufzustehen.

Camilla zog ihm einfach die Decke weg. »Steh auf, sonst vergeht der Tag ohne dich«, rief sie herzhaft. »Und was ein richtiger Mann werden will, darf nicht den halben Tag verschlafen.«

Berenike war erschrocken über den Ton und die Art, wie Camilla den Jungen weckte. Auch wenn er nur ein Kind war, er war der Sohn ihres Herrn und von daher mit der gleichen Achtung und der gleichen Zurückhaltung zu behandeln wie sein Vater.

Aber es schien ein allmorgendliches Ritual zu sein. Claudius rührte sich nicht. Er lag mit dem Rücken zur Wand, und man konnte sehen, wie er die Augen zusammenpresste. »Ich will kein richtiger Mann werden«, erklärte er betont schläfrig. »Lieber bleibe ich liegen.«

Camilla stand mit verschränkten Armen und einem ernsten Gesicht vor dem Bett. »Soll ich einen Krug mit kaltem Wasser holen?«

Die Drohung wirkte. Claudius setzte sich ruckartig auf, hielt aber mitten in seiner Bewegung inne, als er Berenike entdeckte.

»Wer ist das denn?«, fragte er.

»Das ist Berenike«, erwiderte Camilla, während sie die Decke zusammenfaltete. »Dein Vater hat sie gestern auf dem Sklavenmarkt gekauft. Du wirst dich an sie gewöhnen müssen, denn sie wird dich in Zukunft wecken und zur Schule begleiten.«

»Warum? Bisher hat mich immer einer der Sklaven begleitet.«

»Es ist der Wunsch deines Vaters.«

»Soll sie etwa auch dabei sein, wenn ich meine Freunde besuche? Das will ich nicht.« Claudius war empört.

»Nein, das wird sie nicht. Das bleibt die Aufgabe von Ulbertus.«

Claudius fing an, seinen Hund, der neben ihn aufs Bett gekrochen war, hinter den Ohren zu kraulen, und musterte dabei Berenike mit einem finsteren Blick, so als überlegte er sich, ob die Entscheidung seines Vaters richtig war. Schließlich nickte er. »Gut«, sagte er in einem wichtigen und selbstbewussten Ton, so wie ihn Kinder gebrauchen, die zeigen wollen, wie erwachsen sie schon sind. »Wenn es der Wunsch meines Vaters ist, dann ist es wohl auch richtig.«

Berenike unterdrückte ein Lächeln. Der Junge gefiel ihr. Seine weichen Gesichtszüge zeigten wenig Ähnlichkeit mit dem Gesicht seines Vaters, aber seine dunklen Augen hatten sie trotz seiner acht Jahre mit der gleichen kühlen Distanziertheit gemustert, wie es auch der Prätor getan hatte.

Claudius wandte sich an Camilla. »Ist mein Vater alleine?«

»Ich weiß es nicht. Möchtest du denn zu ihm? Du weißt, dass er um diese Zeit nicht gestört werden will.«

»Nein, ich will ihn nicht stören. Aber wenn er keinen Besuch hat, kommt er früher zum Essen. Und ich habe Hunger und keine Lust zu warten.«

»Dann wasch dich, kämme dein Haar und putz dir die Zähne. Vielleicht wartet dein Vater ja bereits auf dich.«

So war es dann auch. Marcus hatte bereits seinen Platz eingenommen und füllte sich gerade seinen Becher mit Wasser, als sie den Speiseraum betraten.

»Nun, mein Sohn, ich dachte schon, du würdest heute den Weg hierher nicht finden«, begrüßte er Claudius. Den beiden Frauen schenkte er keine Beachtung. Der Junge ließ sich neben seinem Vater nieder und rief den Hund, der sich daraufhin an seine Seite legte. Hungrig griff er nach dem Käse. Marcus beobachtete seinen Sohn, während dieser seine Mahlzeit mit dem Hund teilte.

Berenike bemerkte überrascht, wie die harten Gesichtszüge dieses Mannes weicher wurden, wenn er seinen Sohn betrachtete.

Schließlich erkundigte sich der Prätor nach der Schule. Claudius hob nur gleichmütig die Schultern. »Es ist wie immer«, sagte er gelangweilt und schob sich ein Stück Brot in den Mund.

»So. Wie immer.« Marcus wirkte belustigt. »Du weißt, wie wichtig es ist, in der Schule sein Bestes zu geben und zu lernen?«

»Ja, ich weiß«, rief Claudius fast trotzig. »Aber Aeleos ist sehr streng, er lacht nie und ist sehr ungeduldig.«

»Die Schule soll kein Vergnügen sein, mein Sohn.«

»Ja, ich weiß.« Claudius sah seinen Vater fast herausfordernd an. »Sag mir, warum mich die Sklavin da in die Schule begleiten soll.«

»Weil ich es so will.«

»Und warum?«

Marcus drehte sich zu den Frauen um, die sich im Hintergrund hielten, bereit, den nächsten Befehl entgegenzunehmen.

Aber anstatt seinem Sohn zu antworten, stellte er ihm eine Gegenfrage. »Möchtest du denn nicht, dass sie dich begleitet?«

»Es ist mir gleich, Vater.«

»Gut. Dann ist der Grund für meine Entscheidung auch nicht wichtig.« Marcus setzte sich auf, das Mahl war damit für ihn beendet. Er fuhr seinem Sohn mit einer liebevollen Handbewegung durchs Haar. »Denk immer daran, dass man nie genug lernen kann, auch wenn du jetzt lieber andere Dinge tun würdest. Dein Wissen kann dir keiner nehmen, und es kann eine stärkere und gefährlichere Waffe sein als jedes Schwert.«

Damit stand er auf und verließ den Raum.

Claudius sah seinem Vater nach und schüttelte den Kopf, sagte aber kein Wort.

»Fang nicht wieder an, darüber nachzugrübeln, was dein Vater wohl gemeint hat«, sagte Camilla fast ungeduldig, während sie mit Berenike den Tisch abräumte. »Hol lieber deine Tafeln und dein Rechenbrett, es wird Zeit für die Schule. Und du geh mit ihm«, befahl sie Berenike. Diese nickte und begleitete Claudius in dessen Kammer, wo er die Dinge ergriff, die er für den Unterricht brauchte, und sie der jungen Sklavin widerwillig in die Hand drückte.

Dann machten sie sich auf den Weg. Claudius, der natürlich den Weg kannte, lief vorweg, Berenike ging einen Schritt hinter ihm. Die junge Sklavin genoss es, durch die Straßen zu gehen und das geschäftige Leben der Stadt zu spüren, das Lachen und Reden der Menschen zu hören. Sie fühlte sich in dem Haus ihres Herrn eingesperrt, beengt. Hier draußen schien sie freier atmen zu können.

Claudius sagte kein Wort, warf ihr aber ab und zu verstohlen einen Blick zu. Offensichtlich war er mit der Entscheidung seines Vaters, ihm eine Sklavin, die er nicht kannte, mitzugeben, nicht einverstanden.

Vor dem Haus eines Töpfers blieb er stehen. »Hier wird der Unterricht abgehalten«, erklärte er hochmütig. »Du wirst im Hintergrund sitzen und warten, bis der Unterricht zu Ende ist, so wie es die anderen Sklaven tun, die ihren Herrn begleiten.« Damit betrat er das Haus. Berenike folgte ihm.

Durch den Laden führte eine Tür in einen schmalen Gang, von dem aus sie in einen kleinen Raum gelangten. Hier standen mehrere Bänke für die Schüler sowie ein Stuhl, auf dem ein älterer Mann saß. Es war Aeleos, der in diesem Raum acht Jungen unterrichtete. Claudius war an diesem Morgen der letzte. Er begrüßte seinen Lehrer ehrerbietig und setzte sich auf seinen Platz.

Drei seiner Mitschüler waren ebenfalls in Begleitung ihrer Sklaven gekommen. Diese saßen auf einer Holzbank im hinteren Teil des Raumes, um zu warten, bis der Unterricht zur Mittagszeit unterbrochen wurde. Berenike setzte sich zu ihnen und wurde mit einem freundlichen Nicken begrüßt.

Der Unterricht begann. Aeleos war ein strenger und ungeduldiger Mann, der keinerlei Nachlässigkeit und Unaufmerksamkeit bei seinen Schülern duldete. Ungehorsam und mangelnde Disziplin bestrafte er, indem er dem betroffenen Schüler mit einem Stock auf die Handflächen schlug, eine schmerzhafte, aber sehr wirkungsvolle Strafe.

Aeleos lachte wirklich nie, seine Stimme war unfreundlich und zeigte deutlich seine ständige Gereiztheit. Aber er war ein Lehrer, der gut erklären konnte und auf jede ernst gemeinte Frage seiner Schüler einging.

Fasziniert folgte Berenike dem Unterricht. Die Schüler hatten gerade erst das Lesen und Schreiben gelernt. Sie übten den Umgang mit Zahlen, machten die ersten einfachen Rechenübungen. Aber der größte Teil des Unterrichts bestand darin, dass Aeleos ihnen Texte vorlas, die sie nachsprechen und so auswendig lernen mussten. Texte, die sie schon länger geübt hatten, forderte er von ihnen als Wiederholung ein. Fehler bestrafte er ebenso mit einem Schlag auf die Handfläche. Wenn sie es richtig vortrugen, nickte er nur missmutig.

Langsam jedoch schweiften Berenikes Gedanken ab, zurück in ihre Kindheit. Sie sah ihren Vater vor sich im Schulzimmer in ihrem Haus, wie er einer kleinen Anzahl von Jungen Unterricht gab. Er war ein geduldiger Lehrer gewesen, der seine Schüler liebte. Aber immer wieder hatte er ihnen von seinen politischen Ansichten erzählt, hatte gegen die Römer gescholten und versucht, seine Schüler gegen die Besatzungsmacht aufzuwiegeln, bis ihm schließlich untersagt wurde, weiterhin Unterricht zu erteilen. Emaios war jedoch ein Kämpfer gewesen, heimlich gab er sein Wissen an die Kinder armer Leute und an seine lernbegierige Tochter weiter. Bis zu dem Tag, an dem er öffentlich eine Rede gegen die Römer und ihre Herrschaft hielt und damit einen – wenn auch kleinen – Aufstand herbeiführte.

Es kam zu gewaltsamen Auseinandersetzungen, bei denen Emaios schließlich sein Leben ließ.

Berenike riss sich zusammen, sie wollte nicht mehr daran denken. Stattdessen fing sie an, Claudius zu beobachten. Er war ein aufmerksamer und wissbegieriger Schüler mit einem wachen Verstand und einer schnellen Auffassungsgabe. Nichts war von der Gleichgültigkeit übrig geblieben, die er an diesem Morgen seinem Vater gegenüber an den Tag gelegt hatte, als dieser ihn nach der Schule gefragt hatte.

So verging der Morgen, für die Kinder anstrengend und für die meisten Sklaven ermüdend. Gegen Mittag wurde der Unterricht unterbrochen.

Berenike begleitete Claudius nach Hause, wieder sprach er kein Wort mit ihr. Im Atrium kam ihnen der Hund entgegen. Er sprang an Claudius hoch, so gut es seine altersschwachen Knochen noch erlaubten, und leckte ihm das Gesicht. »Ist ja gut, Hermes. Komm, bald gibt es was zu essen.« Camilla war hinzugekommen und gab Berenike mit einem Wink zu verstehen, dass sie ihr folgen sollte.

»Der Prätor kommt über Mittag nicht nach Hause. Wir müssen also nur für Claudius sorgen.« Gemeinsam deckten sie den Tisch. Claudius kam herein, sah den Fisch und das Gemüse und machte sich darüber her. Wieder teilte er sein Essen mit dem Hund.

Berenike stand daneben, müde und hungrig. Sie hatte den ganzen Tag noch nichts gegessen und wartete, bis ihr junger Herr sein Mahl beendet hatte.

Irgendwann stand Claudius auf, verkündete, dass er nun genug habe, und verließ mit dem Hund den Raum, um zu spielen, bis der Unterricht am Nachmittag weitergehen würde.

Die beiden Sklavinnen brachten das, was übrig geblieben war, in die Küche. Dort setzte sich Camilla an den Tisch und forderte Berenike auf, das Gleiche zu tun. Es fanden sich noch andere Haussklaven ein, um miteinander zu essen. Sie begrüßten Berenike, fragten nach ihrer Herkunft und begannen, über ihre Arbeit und ihre täglichen

Sorgen zu reden. Sie lachten und erzählten sich den neuesten Klatsch. Berenike war überrascht darüber; es waren doch alles Sklaven, unfreie Menschen, und doch saßen sie hier, als würde ihnen ihre Unfreiheit nichts ausmachen. Sie wurde in die Gespräche miteinbezogen, als wäre sie schon immer dabei gewesen. Sie fühlte sich in die Gemeinschaft aufgenommen, und wenigstens für die kurze Mittagszeit fielen die Bedrückung und das Gefühl der Einsamkeit von ihr ab.

Dann war es Zeit, Claudius zurück zur Schule zu bringen. Wieder saß sie in dem kleinen Raum und fühlte die Müdigkeit in sich aufsteigen, während sie auf das Ende des Unterrichts wartete. Sosehr sie es auch genoss, Aeleos zuzuhören, sosehr war es doch ein Unterricht für kleine Kinder. Außerdem hatte sie in der ersten Nacht kaum geschlafen. All die neuen Eindrücke füllten ihren Kopf und verwirrten sie. Gleichzeitig fühlte sie sich leer und erschöpft.

Berenike war froh, dass sie Claudius zu seinem Unterricht begleiten durfte. Für heute aber hatte sie genug gehört.

Irgendwann am späteren Nachmittag war es schließlich so weit. Wieder ging Claudius vor ihr her, ohne ein Wort zu sagen.

Zu Hause wurden sie genau wie am Mittag von Hermes empfangen, nur dass er es dieses Mal nicht schaffte, an seinem Herrn hochzuspringen. Claudius schlang seine Arme um den Hund, den er über alles liebte und der doch schon so alt war. Hermes befreite sich aus seiner Umarmung und beschnupperte Berenike. Sie streichelte den Hund, der es sich schwanzwedelnd gefallen ließ.

Überrascht sah Claudius zu. Hermes war zwar alt, aber gegenüber Fremden sonst nicht sehr zutraulich. »Er scheint dich zu mögen«, bemerkte der Junge widerstrebend.

Berenike hob lächelnd den Kopf. »Ich hatte als Kind selbst einen Hund.«

»Was wurde aus ihm?«, fragte Claudius, dessen Neugierde erwacht war.

»Er wurde von einem Wagen überfahren und brach sich dabei beide Hinterläufe. Wir mussten ihn töten, um ihn von seinen Qualen zu befreien.«

Claudius erschrak. »Warst du sehr traurig?«

»O ja, das war ich. Tagelang habe ich nur geweint und fast nichts gegessen. Er war schließlich mein bester Freund.«

Der Junge nickte eifrig. »Das kann ich gut verstehen. Ich müsste auch weinen, wenn Hermes sterben würde. Vater sagt, dass er nicht mehr lange leben wird«, fügte er traurig hinzu.

Berenike nickte und beugte sich wieder über den Hund. »Er ist alt und hat fast keine Zähne mehr. Du fütterst ihn mit Fisch und Käse, weil er kein Fleisch mehr zerbeißen kann. Dein Vater hat wohl recht.«

»Mein Vater hat immer recht«, stieß der Junge heftig hervor.

Überrascht hob Berenike den Kopf. Aber Claudius wandte sich ab. »Ich werde meine Freunde besuchen, um mit ihnen zu spielen«, erklärte er mit betonter Leichtigkeit. »Komm, Hermes, wir gehen.« Dann rief er den Sklaven Ulbertus, der ihn bei diesen Besuchen begleitete, und befahl diesem, ihm zu folgen.

Berenike sah ihm nach, wie er mit dem Hund das Haus verließ, und ging dann, um Camilla zu suchen. Es gab noch so vieles, das sie nicht wusste.

Sie fand Camilla in der Küche, wo sie gemeinsam mit einer älteren Sklavin die Vorräte überprüfte.

»Ach, da bist du ja. Ich habe schon auf dich gewartet. Claudius ist wohl zu seinen Freunden gegangen?«

Berenike nickte. »Ich habe ihn einfach gehen lassen. Er hat Ulbertus gerufen und ihm befohlen, ihn zu begleiten. Hätte ich es ihm erlauben müssen?«

»Nein, das ist schon richtig so«, unterbrach sie Camilla. »Das hätte ich dir vielleicht genauer erklären müssen. Es wird immer Ulbertus' Aufgabe sein, Claudius zu seinen Freunden zu begleiten. Und nur

Claudius entscheidet, ob er diese besucht, es sei denn, der Prätor hat ein ausdrückliches Verbot ausgesprochen. Wenn seine Freunde zu ihm kommen, wirst du dich ebenfalls zurückhalten müssen. Auch dann wird Ulbertus die Betreuung übernehmen. Wenn du die Jungen kennenlernst, mit denen sich Claudius trifft, wirst du verstehen, warum das besser ein Mann macht. Aber jetzt komm, ich muss dir noch einiges zeigen.«

Sie verließen die Küche und betraten das Peristylium. Camilla zeigte auf eine der Türen. »Das ist der große Speiseraum und hier«, sie deutete auf die Tür der Kammer, die an die von Claudius grenzte, »ist eine der größeren Schlafkammern, die wie die meisten Räume in diesem Teil des Hauses für besondere Gäste bestimmt ist. Diese und der große Speiseraum sind nur dann wichtig für dich, wenn du sie herrichten musst. Das kommt aber sehr selten vor.« Sie wandte sich um, immer um sich zeigend. »Das Bad kennst du ja schon. Ebenso den Durchgang zum Hinterhof mit den Stallungen und Geräteschuppen.« Sie ging auf eine der übrigen Türen zu. »Und hier ist der Schlafraum des Prätors.« Sie öffnete die Tür und trat ein. Außer dem Bett befanden sich lediglich ein niedriger Schrank, eine Truhe, ein Regal mit verschiedenen Schriftrollen sowie ein kleiner runder Tisch, an dem zwei Stühle standen, in dem Raum. Die Wände waren ebenso wie in Claudius' Kammer mit einfachen, aber sehr eindrucksvollen Landschaftsmalereien und langen Vorhängen geschmückt. Auf dem Tisch lag ein Spielbrett aus schwarzem und weißem Marmor, auf dem sich Spielsteine aus grünem und rotem Glas befanden.

»Jetzt höre mir gut zu, Berenike«, begann Camilla. »In den meisten Häusern ist es üblich, dass der Herr und seine Familie immer von einer stattlichen Anzahl an Sklaven umgeben sind, die jeden Wunsch und jeden Befehl auszuführen haben, bevor er ausgesprochen wird. In diesem Hause ist das anders. Der Prätor ist ein Mann, der die Ruhe liebt. Es gibt feste Zeiten, in denen er nicht gestört werden will. Dazu gehört auch der Abend, nachdem Claudius zu Bett gegangen ist. Dann zieht er sich immer hierher zurück, um zu lesen oder mit sich selbst zu spielen.« Camilla deutete auf das Spielbrett und schüttelte den Kopf. »Ich werde nie verstehen, was ein erwachsener Mann an bunten Steinen findet, die er über eine Steinplatte schiebt.« Sie sah Berenike an. »Schau mich nicht so entsetzt an, Mädchen, das ist meine Meinung, warum sollte ich sie nicht äußern?«

»Du bist auch nur eine Sklavin, und du hast nicht das Recht, das Verhalten deines Herrn zu beurteilen.«

Camilla lachte laut. »Ja, da magst du wohl recht haben, und ich würde dir raten, dich auch entsprechend zu verhalten. Aber ich habe hier eine Sonderstellung, merke dir das. Und ich darf und werde mir mehr erlauben, als es dir jemals möglich sein wird. Für dich gelten andere Grenzen als für mich. Außerdem sage ich es ja nicht in der Gegenwart unseres Herrn.« Sie lachte wieder und sah Berenike fast mitleidig an. »Du musst noch viel lernen, Kind. Aber das ist jetzt nicht von Bedeutung. Wichtiger ist, dass du genau weißt, was du zu tun hast. Sobald der Prätor sich hierher zurückgezogen hat, ist dieser Raum für uns Sklaven verboten. Lediglich du wirst ihm noch einen Krug mit Wein bringen. Bisher war das meine Aufgabe, aber auch das sollst du übernehmen. Schenke ihm immer den ersten Becher ein und verlasse daraufhin den Raum. Er liebt es nicht, wenn man ihn hier mit unwichtigen Fragen belästigt.«

Berenike sah Camilla fast herausfordernd an. »Warum soll ich das jetzt tun? Warum nicht mehr du? Und warum hat er seinen Sohn mir überlassen und nicht mehr dir?«

Camilla nickte nachdenklich. »Viele Fragen, aber eine einfache Antwort. Du denkst wahrscheinlich, dass es eine Zurücksetzung für mich bedeutet? Warum sollte es das? Du bist doch nur irgendeine Sklavin, die er gekauft hat, um Clivius ein Geschäft zu verderben. Gut, irgendetwas an dir muss ihn aufmerksam gemacht haben, ich weiß nicht, was. Vielleicht ist es die Tatsache, dass du lesen und schreiben kannst.«

»Was besagt das schon? Ich bin doch nur eine Frau.«

»O nein, Berenike. Das mag er zwar gesagt haben, aber so denkt er nicht. Er musste dich lediglich auf einen geringeren Preis herunterhandeln. Aber ich habe dir noch keine Antwort auf deine Fragen gegeben. Claudius ist ein lieber Junge, ich habe ihn auch auf gewisse Art gern. Aber er ist ein Kind. Und ich habe dem Prätor schon lange gesagt, dass es mir zu anstrengend ist, mich um ihn zu kümmern. Ich habe genug andere und vor allem wichtigere Aufgaben. Die Last des ganzen Haushalts liegt auf mir. Marcus hat keine Frau. Darum habe ich die Verantwortung. Da stört ein Kind nur. Jetzt bist du im Haus. Das ist gut. Ich habe es leichter, und du hast es nicht schwer. Somit ist jedem geholfen.«

»Und der Wein am Abend?«

»Es ist kein Privileg, in diesen Raum zu kommen, einen Becher Wein einzuschenken und dann wieder zu gehen, ohne ein Wort zu sagen und ohne bemerkt zu werden. Er wird nicht einmal den Kopf heben, wenn du hereinkommst.«

Berenike schluckte. »Du sagtest, dass er weder herzlos noch kalt sei. Aber was du gerade erzählt hast, spricht dagegen.«

»Nein, das tut es nicht.« Camilla lächelte dem Mädchen beruhigend zu. »Ich möchte dir nur klarmachen, dass mir nichts weggenommen wurde, im Gegenteil, er ist nur einem Wunsch von mir gefolgt. Wärest du mir in die Quere gekommen, glaube mir, du hättest es gespürt.«

Berenike nickte. Sie nahm einen der Spielsteine in die Hand. »Und er spielt immer alleine, sagst du?«

»Ja, aber frage mich nicht danach. Mit so etwas kenne ich mich nicht aus.«

»Es ist das Soldatenspiel.«

Camilla sah sie erstaunt an. »Du kennst dieses Spiel? Du bist doch eine Griechin.«

Berenike legte den Stein zurück. »Mein Vater hat es mir beigebracht. Er sagte: Wenn du ein Volk verstehen willst, dann lerne ihre Spiele. Es ist eine einfache Weise, um ihre Art zu denken kennenzulernen.« Sie vermied es, das Wort »Feind« zu benutzen, so wie es ihr Vater getan hatte.

Camilla schüttelte verächtlich den Kopf. »Das ist doch alles Kinderkram«, winkte sie ab. »Komm, der Prätor wird bald nach Hause kommen. Bis dahin muss ich dir noch viel zeigen.« Damit verließen sie den Raum.

Es war schon spät, als der Prätor heimkehrte. Claudius war längst von seinen Freunden zurückgekommen, und da er hungrig war, wartete er ungeduldig auf seinen Vater.

Marcus kam in Begleitung eines anderen Römers. Camilla schickte einen jungen Sklaven los, um ihrem Herrn und dessen Gast die Toga abzunehmen und ihnen bequemere Schuhe zu bringen. Dann lief sie in den Garten, wo Claudius neben Berenike saß und ihr gerade erklärte, warum sein Hund nicht so bald sterben würde.

»Dein Vater ist soeben gekommen«, rief Camilla ihm zu. »Geh, um ihn zu begrüßen.«

Claudius sprang auf. »Ist er alleine?«

»Nein, der Tribun Gaius Dexter ist bei ihm.«

Der Junge verzog das Gesicht. »Dann wird er auch zum Essen hier sein.«

Camilla nickte. »Wie immer, das weißt du doch. Und jetzt geh.«

Claudius pfiff nach seinem Hund und trottete davon.

»Der Junge hat dich in sein Herz geschlossen, den Gast unseres Herrn aber nicht«, wandte sich Camilla an die junge Sklavin.

»Wer ist er?«, fragte Berenike.

»Der Tribun? Er ist sehr häufig hier. Er und unser Herr sind zusammen aufgewachsen, er ist der Bruder seiner verstorbenen Frau. Bediene ihn, so wie du unseren Herrn bedienst, aber du brauchst ihn nicht weiter zu beachten. Er weiß immer viel zu erzählen, und es gefällt ihm, wenn er eine junge Sklavin wie dich in Verwirrung bringen kann. Vielleicht wird er dich ansprechen, aber er erwartet keine Antwort. Es genügt ihm schon, wenn du rot wirst.« Camilla lachte über das verwirrte Gesicht Berenikes. »Er ist wahrscheinlich die Art von Römer, die du fürchtest. Ein Lebemann und Großmaul mit viel Geld und wenig Verpflichtungen. Er ist verheiratet, hat vier Kinder und ständig eine oder zwei Geliebte, die Sklavinnen, die er sich nimmt, nicht mitgerechnet. Und jetzt schau nicht so entsetzt, sondern komm. Wir müssen den Tisch decken. Der Prätor und sein Gast werden hungrig sein.«

Während sie den Tisch richteten, meinte Camilla nebenbei: »Ich vergaß zu erwähnen, dass der Tribun hier übernachtet, wenn er abends zu Gast ist. Einer der Schlafräume steht immer für ihn bereit. So gesehen gibt es doch regelmäßig Besuch in diesem Haus.« Sie lachte. »Wie konnte ich das nur vergessen?«

Berenike war nicht wohl bei dem Gedanken. Sie kannte den Tribun noch nicht, aber nach allem, was Camilla ihr erzählt hatte, fürchtete sie ihn jetzt schon.

Gaius war durchschnittlich groß und schlank, seine schwarzen Locken trug er kurz geschnitten. Er sah sehr gut aus, hatte auffallend blaue Augen, ein markantes Kinn, eine schmale und gerade Nase und immer einen spöttischen Zug um den Mund.

Er musterte Berenike von oben bis unten, als er den Speiseraum betrat. Dann nickte er anerkennend. »Da hast du den alten Gauner Clivius wirklich um etwas gebracht, Marcus.«

Der Prätor lud ihn mit einer Handbewegung ein, Platz zu nehmen. »Spricht denn schon die ganze Stadt davon, dass du es weißt?«

»O ja, es soll sogar ein paar Männer geben, die dir sehr übel nehmen, dass du das Mädchen gekauft hast.«

Marcus zuckte gleichgültig mit den Schultern. »Bis jetzt ist noch keiner zu mir gekommen und hat sich deswegen beschwert.«

»Worüber redet ihr?«, fragte Claudius neugierig.

Gaius fuhr dem Jungen mit der Hand durchs Haar. »Männergespräche. Nichts für kleine Kinder wie dich.«

»Ich bin kein kleines Kind mehr«, widersprach Claudius wütend und strich sich die Haare mit einer heftigen Handbewegung wieder zurecht. Er mochte diesen Mann nicht. Und er verstand nicht, warum sein Vater ihn immer wieder mitbrachte.

Gaius streckte Berenike seinen Becher entgegen, damit sie ihn mit Wein füllen konnte. Dann packte er sie am Arm. »Du bist ein hübsches Ding. Falls du traurig darüber bist, dass Clivius dich nicht wie geplant verkaufen konnte und du deswegen in diesem langweiligen Haushalt leben musst, dann kann ich dich trösten. Es gibt ja noch mich. Ich bin oft genug zu Gast. Und du weißt sicher, wo ich schlafen werde.«

»Gaius!«

Der Tribun wandte sich Marcus grinsend zu. »Warum so zornig, mein lieber Schwager? Ich werde mich in deinem Haus schon zu benehmen wissen.« Er nahm einen tiefen Schluck aus seinem Becher und betrachtete Berenike noch einmal von oben bis unten.

Berenike fühlte sich, als würde er sie mit seinen Blicken ausziehen. Es war der gleiche schmutzige Blick wie der von Clivius. In ihr wurde es kalt. Sie hatte Angst. Aber der Tribun hatte sich bereits wieder dem Prätor zugewandt.

»Es gibt noch andere Dinge, über die man spricht«, meinte er. »So hat Sextus Mullus seine Frau Julia verstoßen.«

»Wie das? Sie erwartete doch ihr erstes Kind von ihm.«

»Dieses Kind wurde auch gestern geboren, ein Junge. Und wie es der Brauch verlangt, hat die Hebamme es gewaschen und Sextus zu Füßen gelegt. Er hat das Kind aber nicht auf den Arm genommen.«

Marcus nickte. »Und damit nicht als das seine anerkannt. Warum?«

Gaius leerte seinen Becher und ließ ihn wieder von Berenike füllen. »Es hatte die Hautfarbe des ägyptischen Sklaven, der immer an der Seite von Julia war.«

Berenike hörte Gaius ungläubig zu. Da war von Menschen die Rede, die liebten und lebten, die Gründe für ihr Handeln hatten und die sicher unter dem, was geschehen war, litten. Es war traurig für den Mann und für die Frau. Was würde sie erwarten? Und das Kind, wo würde es nun aufwachsen? Oh, wie konnte dieser Mann nur so kalt und zynisch darüber sprechen, so als wäre es eine Komödie! Und warum hörte ihr Herr sich das an? War es für ihn genauso belustigend wie für seinen Gast? Sie sah, wie der Prätor nachdenklich seinen Becher in der Hand drehte. »Wie einfach es doch ist, einen

Menschen, den man vorgibt zu lieben, von sich zu stoßen.« Er hob den Kopf und sah Gaius ernst an. »Es ist nicht gut, was alles im Namen der Ehre geschieht.«

Gaius klopfte seinem Gastgeber lachend auf die Schulter. »O Marcus! Ich vergesse immer wieder, wie wenig du von all dem Klatsch hältst. Aber so ist das Leben. Die Frau kann froh sein, dass er sie und das Kind nur verstoßen hat. Du kennst das Gesetz. Du weißt, dass Mullus das Recht hätte, das Kind irgendwo auszusetzen zu lassen. Es ist ja offensichtlich nicht von ihm. Und was wäre dann? Der Junge müsste sterben. Jetzt kann er wenigstens bei seiner Mutter bleiben und im Haus ihrer Eltern aufwachsen.« Der Tribun nahm seinen Becher und leerte ihn. Das Ganze schien ihn nicht weiter zu berühren. Stattdessen fuhr er in einem leichten Tonfall fort: »Du bist zu ernst, Marcus. Du lachst zu wenig, du feierst zu wenig. Und du gehst zu wenig unter Menschen. Nimm dir kein Beispiel an deinem Vater, Claudius, man hat wenig vom Leben, wenn man so trübsinnig und grüblerisch ist wie er.«

Claudius warf Gaius einen verächtlichen Blick zu und stand auf. »Ich bin satt, Vater. Darf ich gehen?«

Marcus nickte. »Berenike«, befahl er. »Begleite meinen Sohn und leiste ihm Gesellschaft.«

Überrascht folgte Berenike ihrem jungen Herrn. Sie konnte den Prätor nicht begreifen. Er war so unnahbar, wirkte so kalt und abweisend. Trotzdem schien es ihm nicht gleichgültig zu sein, was in anderen Menschen vor sich ging.

Aber wie ertrug er einen Mann wie diesen Gaius Dexter?

Lange, nachdem Claudius schlafen gegangen war, ging auch Gaius zu Bett. Marcus zog sich in seine Schlafkammer zurück, und die beiden Sklavinnen räumten den Tisch im Speiseraum ab.

»Es wird Zeit, dass du unserem Herrn den Wein bringst«, sagte Camilla und reichte Berenike einen Krug. »Und beeile dich.«

Der Prätor saß über das Spielbrett gebeugt. Er sah nicht auf, als Berenike den Raum betrat. Sie schenkte ihm den Becher ein und stellte den Krug ab, um dann den Raum wieder zu verlassen. Leise schloss sie die Tür hinter sich. Es war, wie Camilla gesagt hatte. Er schien sie überhaupt nicht bemerkt zu haben.

Camilla war noch in der Küche. »Bist du müde?«

»Es war ein langer Tag.« Nachdenklich strich sich Berenike über ihr Kleid. »Sag mir eins, Camilla. Der Prätor ist doch sehr reich. Warum lässt er seinen Sohn nicht von einem eigenen Hauslehrer unterrichten? Warum schickt er ihn auf eine Schule?«

Camilla nickte. »Diese Frage habe ich unserem Herrn auch schon gestellt. Du musst wissen, dass Aeleos einen ausgezeichneten Ruf als Lehrer besitzt. Er ist allerdings etwas stur und möchte nicht als Hauslehrer arbeiten, auch wenn er da besser bezahlt würde. Ich glaube, er braucht die Freiheit eines einfachen Lehrers, auch wenn er oft um das Schulgeld, das die Eltern zahlen müssen, kämpfen muss. Aber der Hauptgrund ist ein anderer. Nun, ich habe dir ja schon erzählt, dass der Prätor nicht unbedingt so lebt, wie es die meisten anderen Menschen seines Standes tun. So ist das auch mit der Schule. Er möchte, dass sein Sohn noch etwas anderes kennenlernt als dieses Haus. Es schadet ihm nicht, wenn er mit anderen zusammen lernen muss. Und es bewahrt Claudius davor, sich allein wegen seiner Herkunft für etwas Besonderes zu halten. Unser Herr möchte, dass er sich auch vor anderen beweist und erkennt, wo seine wahren Stärken und Schwächen liegen.«

Berenike schüttelte den Kopf. »Er scheint sich viele Gedanken um seinen Sohn zu machen.«

»O ja, das tut er.« Camilla sah die junge Frau lächelnd an. »Du hast viele Fragen. Und du wirst schnell merken, wie viel du noch nicht weißt. Aber jetzt geh und lege dich schlafen.«

Berenike wandte sich zum Gehen. An der Tür drehte sie sich noch einmal um. »Wird jeder Tag so sein wie dieser?«, fragte sie leise.

»Nein, Berenike, aber fast jeder Tag.« Camilla lächelte ihr freundlich zu. »Jeder siebte Tag ist ein freier Tag für Claudius und für unseren Herrn. Dann ist keine Schule, und es wird nicht gearbeitet. Aber das gilt natürlich nicht für uns Sklaven. An diesen Tagen wirst du

ganz für Claudius da sein müssen. Und es gibt die Feiertage, die den Göttern geweiht sind. Für uns bedeutet es aber vor allem Arbeit. Wir werden immer früh aufstehen müssen und immer erst spät zu Bett gehen. Aber hab keine Angst, du wirst dich daran gewöhnen. Und jetzt geh. Sonst kann ich morgen früh nichts mit dir anfangen.«
Berenike nickte und verließ die Küche.

Camilla wartete, bis Berenike weg war. Dann nahm sie ihren Umhang, den sie zuvor bereitgelegt hatte, und verließ leise das Haus über einen Ausgang an der Rückseite des Gebäudes. Von hier gelangte sie in den hinteren Garten und überquerte den Hof, an den ein lang gezogenes, niedrig gebautes Gebäude grenzte, in dem sich sowohl der Wagenschuppen als auch der Pferdestall befanden. Sich vorsichtig umblickend näherte sie sich dem Tor, das auf die Straße hinausführte. Dort erwartete sie bereits ein älterer Sklave. Leise öffneten sie das Tor und eilten dann im Schutz der Mauern davon.

Einige Straßen weiter schlossen sich ihnen zwei junge Frauen an. Gemeinsam schlichen sie durch die dunklen Straßen, zweimal mussten sie sich vor Prätorianern verstecken. Doch schließlich erreichten sie ihr Ziel, einen alten, großen Garten, umgeben von dichten, hohen Büschen. In diesem Garten stand eine Ruine. Es musste einst ein großes Haus gewesen sein, denn die Mauern, die noch standen, ragten hoch in den Himmel. Sie bildeten genug Schutz, sodass kein Licht nach außen drang und diesen Ort als geheimen Treffpunkt verriet.

Erst sehr viel später kehrten Camilla und der ältere Sklave wieder in das Haus ihres Herrn zurück. Wie immer waren sie froh, dass niemand sie vermisst hatte.

6. Erinnerungen

So vergingen die Wochen. Im Hause des Prätors wurde ein ruhiges Leben geführt. Die Gleichmäßigkeit der Tage bewirkte, dass sich Berenike schnell eingewöhnte, erleichtert darüber, dass der Prätor sie nicht weiter zu beachten schien. Seine Gedanken galten seinem Sohn. Manchmal erkundigte er sich bei ihr nach der Schule, danach, was Claudius in seiner freien Zeit machte. Obwohl es Fragen waren, die nichts mit ihr zu tun hatten, die sie nicht selbst betrafen, fürchtete sie sich vor ihnen. Aber sie hätte nicht erklären können, warum das so war. Obwohl Marcus ihr freundlich begegnete, blieb das Gefühl der Angst bestehen.

»Komm, Berenike, wo bleibst du?«, wurde sie aus ihren Gedanken gerissen. Claudius hatte sich in den Garten gesetzt und winkte Berenike, es ihm gleichzutun. »Du musst mir von deiner Heimat erzählen.«

»Da gibt es nicht viel zu sagen. Meine Heimat ist weit fort, und die Menschen, die ich liebte, leben nicht mehr.«

»Hast du denn keinen Vater mehr, keine Mutter?«

»Nein, Claudius, sie sind beide tot.«

»Vermisst du sie sehr?«

Berenike schluckte, wieder kam die Erinnerung. Aber sie durfte ihren Schmerz nicht vor diesem Kind zeigen. Sie streichelte Hermes über sein struppiges Fell. »Warum willst du das wissen? Ich bin eine Sklavin, du bist mein Herr. Meine Gefühle und Gedanken sind nicht wichtig.«

»Doch, für mich schon«, erwiderte Claudius laut. »Auch wenn es für meinen Vater anders ist.«

»Für deinen Vater? Weißt du denn, was er denkt?«

»Ich weiß, dass er streng ist und dass er immer recht hat. Und dass ich ihm gleichgültig bin, so wie ihm jeder Mensch gleichgültig ist.«

»Wer sagt das, Claudius?« Berenike dachte daran, wie Marcus seinen Sohn betrachtet hatte, an die Liebe, die aus seinen Augen gesprochen hatte.

»Camilla sagt, ich darf ihn morgens und abends nicht stören, weil er da seine Ruhe haben will. Ich bin sein Sohn. Wenn ich ihm wichtig wäre, würde dieses Verbot nicht für mich gelten. Und ich solle ihm bloß nicht widersprechen oder das infrage stellen, was er sagt, schließlich ist er der Prätor, der sehr viel mehr weiß als ich. Ich dagegen bin nur ein kleines dummes Kind.«

Berenike schüttelte den Kopf. Was versprach sich Camilla davon, wenn sie dem Jungen solche unsinnigen Dinge erzählte? »Hast du jemals mit deinem Vater darüber gesprochen?«

»Warum sollte ich? Ich bin ihm doch nicht wichtig.«

»Nicht wichtig? Und warum, glaubst du, legt er so großen Wert darauf, morgens und meist auch abends mit dir zu essen, ohne dabei gestört zu werden? Die Zeit, die er mit dir verbringt, ist ihm sogar sehr wichtig. Claudius, dein Vater liebt dich. Ich bin zwar erst kurze Zeit hier, aber ich bin nicht blind. Hast du nie bemerkt, wie er dich ansieht? Warum redest du nicht mit ihm, sondern glaubst nur das, was dir erzählt wird? Warum versuchst du nicht selbst, ihn kennenzulernen?«

Claudius sah trotzig zur Seite.

»Denk darüber nach, mein Junge«, sagte sie sanft.

Aber er schüttelte nur den Kopf. »Was weißt du schon?«, murmelte er traurig.

Damit hatte er recht. Berenike versuchte, einen Mann seinem eigenen Sohn gegenüber zu verteidigen, ohne selbst zu wissen, was sie von ihm halten sollte. Aber er war der Vater dieses Jungen, und ihr lag viel daran, dass Claudius ein gutes Verhältnis zu ihm hatte.

Der Junge stand auf und setzte sich an den Rand des Wasserbeckens. Er tauchte seine Hand hinein und bespritzte seinen Hund. Dieser sprang erschrocken auf und schüttelte sich, so gut es noch ging.

»Berenike, was hältst du von meinem Vater?«

»Es steht mir nicht zu, ein Urteil über ihn zu fällen. Er ist mein Herr. Das alleine zählt.«

Claudius nickte. Dann sah er Berenike offen und vertrauensvoll ins Gesicht. »Ich glaube, ich bin froh, dass du gekommen bist«, sagte er leise.

Und sie spürte die Einsamkeit dieses Jungen, der so dringend der Freundschaft seines Vaters bedurfte. Ob der Prätor wohl merkte, wie weit er von ihm entfernt war? Manchmal bedauerte Berenike, nur eine Sklavin zu sein, der es nicht erlaubt war, einfach mit ihrem Herrn darüber zu sprechen. Und Claudius würde es sicher auch nicht wollen. Ob sie Camilla um Rat fragen sollte? Nein, das würde nicht weiterhelfen – hatte nicht gerade sie mit ihren Worten die Mauer zwischen Vater und Sohn errichtet? Berenike würde ihr nie klarmachen können, was sie dem Jungen damit angetan hatte. Oh, könnte sie doch nur den Prätor darauf ansprechen! Aber dazu war ihre Furcht zu groß. Wie würde er reagieren? Immer wieder sagte sie sich, dass sein Sohn ihm wichtig war, aber der Gedanke an seine undurchschaubare, kühle Art schreckte sie ab.

Nur wenige Tage später saß sie mit den anderen Sklaven zusammen am Mittagstisch. Es war die kurze Zeit am Tag, zu der sie unter sich waren. Lygius, der unter den Sklaven den ersten Platz einnahm, erzählte von einem Sklaven aus einem anderen Haus, der von seinem Herrn freigelassen worden war.

»Ist so etwas wirklich möglich?«, fragte Berenike erstaunt. »Ich meine, warum sollte ein Römer so etwas tun?«

»Warum? Nun«, erklärte Lygius, »es kann durchaus vorkommen, dass ein Sklave, der sich sehr verdient gemacht hat, zur Belohnung die Freiheit erhält. Oder sich sogar selbst freikaufen kann. Aber ich weiß nicht, ob ich diese Art von Freiheit möchte.«

»Warum nicht? Freiheit ist doch das, was uns fehlt!«, rief Berenike aus.

»Ja, da magst du recht haben. Jeder von uns sehnt sich nach Freiheit. Niemand ist freiwillig Sklave.« Lygius nahm einen Schluck aus seinem Becher. »Das Problem ist, dass diese Art von Freiheit dir nicht das Recht gibt, zu tun und zu lassen, was du willst. Ein Freigelassener bleibt seinem Herrn verpflichtet. Er soll sich diesem gegenüber so verhalten wie ein Sohn.«

»Was heißt das?« Berenike war irritiert. »Inwiefern verpflichtet?« Lygius wandte sich ihr jetzt ganz zu. »Ganz einfach. Er muss seinen ehemaligen Herrn regelmäßig aufsuchen und diesem aus seinem Leben berichten. Er ist ihm weiterhin Rechenschaft schuldig. Er kann nicht einfach Rom verlassen und in seine Heimat zurückkehren.«

»Und sein früherer Herr? Ich meine …« Berenike suchte nach Worten. »Was muss er tun? Hat er auch Pflichten gegenüber seinem ehemaligen Sklaven?«

»Nach dem Gesetz schon«, entgegnete Lygius. »Danach ist sein früherer Herr verpflichtet, für ihn zu sorgen oder ihn wenigstens ausreichend zu unterstützen. Aber die meisten halten sich nicht daran. Auch wenn ein Herr nach dem Gesetz keine wirkliche Macht mehr über seine ehemaligen Sklaven hat, so kann er sie doch ins Verderben stürzen, wenn sie sich nicht so verhalten, wie von ihnen erwartet wird.« Er lachte bitter auf. »Das ist so widersinnig und eigentlich traurig. Obwohl ehemalige Sklaven als Bürger Roms gelten, erlangen doch die wenigsten echte Freiheit, die sie aus Rom wegbringt. Und noch weniger bringen es in ihrer Freiheit zu eigenem Besitz und eigenen Herrenrechten. Die meisten bleiben ihrem Schicksal überlassen, leben von einfachen, aber schweren Arbeiten.«

Berenike war nachdenklich geworden. »Aber ist eine solche Freiheit nicht trotz allem besser als das Leben als Sklave? Ich kann dann doch wenigstens versuchen, meine eigenes Leben zu führen, mein eigener Herr zu sein. Und als Bürger Roms bin ich nicht vollkommen rechtlos.«

Hier mischte sich Camilla ein. »Das mag sein, Berenike, aber das sind nur Äußerlichkeiten. Du bist nicht wirklich dein eigener Herr. Du hast auch nicht die vollen Bürgerrechte. Und du bist schlechter versorgt, als du es als Sklave warst. Ich denke, dass Freiheit etwas ist, das man im Herzen tragen muss.«

»Im Herzen? Wie meinst du das?«

»Nun, meinst du nicht auch, dass das, was du denkst und fühlst, niemand wirklich lenken und kontrollieren kann? Du kannst zu deinem Herrn freundlich und unterwürfig sein, aber weiß er, was du wirklich denkst? Das meine ich. Was in dir ist, kann dich frei machen und dem, was von außen auf dich einwirkt, die Macht nehmen.«

Lygius nickte. »Ja, so heißt es. Aber ist es auch wirklich wahr, Camilla? Man sagt, dass die Christen auch so eine Lehre haben. Sie behaupten, dass ihr Glaube sie frei macht. Aber darüber sollten wir besser nicht reden. Es ist nicht gern gesehen.«

Camilla stand hastig auf und gab damit das Zeichen, dass der Mittag vorbei war. »Dann sollten wir das Gespräch besser sofort beenden«, meinte sie und fing an, den Tisch abzuräumen.

Berenike saß in dem kleinen Raum, in dem der Unterricht abgehalten wurde. Sie versuchte, das Gespräch vom Vortag aus ihrem Kopf zu verdrängen. Aber das ging nicht. Warum musste Lygius ausgerechnet die Christen erwähnen? Und warum musste Camilla das Gespräch in diese Richtung lenken? Und damit die Wunden aufreißen, die noch immer nicht verheilt waren?

Sie dachte zurück an damals. An das kleine Haus, in dem sie mit ihrem Vater gewohnt hatte. An Milos, ihren Nachbarn. Milos, klein, beleibt und behäbig. Nichts konnte ihn aus der Ruhe bringen. Wie oft hatte er bei ihnen gesessen. In ihm hatte ihr Vater einen ebenbürtigen und interessanten Gesprächspartner gefunden. Und dann hatte er von diesem neuen Glauben berichtet. Er hatte dabei eine Lebendigkeit und Leidenschaft entwickelt, die ihm sonst nicht zu eigen war. Er erzählte von einem Gott, der die Menschen liebte, von seinem Sohn Jesus Christus.

Berenike hatte diesen Gesprächen immer gespannt gelauscht, die Argumente und Gegenargumente aufmerksam verfolgt. Milos, der mit Inbrunst und Überzeugung von diesem Gott erzählte. Und ihr Vater, der sich nicht überzeugen ließ und sein ganzes Wissen dagegenhielt.

Am Abend vor seinem Tod hatte sie in ihrem Bett gelegen. Sie hatte ihren Vater wie immer in seiner Kammer auf und ab gehen gehört. Aber dann war Emaios noch einmal zu ihr hereingekommen. Das hatte er noch nie getan. »Bist du noch wach, Berenike?«, hatte er leise gefragt.

Berenike hatte sich in ihrem Bett aufgesetzt und abgewartet, was jetzt wohl auf sie zukommen würde.

»Mit gehen so viele Gedanken durch den Kopf. Ich muss sie jetzt einfach einmal aussprechen«, fing ihr Vater an. »Weißt du, Berenike, ich frage mich, was es bedeuten würde, wenn Milos recht hätte? Was ist, wenn es seinen Gott wirklich gibt und er so ist, wie Milos sagt? Schau doch einmal unsere Götter an: Sie saufen und fressen, sie lügen und betrügen, sie streiten und hintergehen sich gegenseitig. Sie haben zwar alle Macht über uns, aber sie handeln sehr menschlich. Dieser Gott ist anders. Er tut all das nicht. Er begibt sich durch seinen Sohn auf die Stufe des Menschen, aber er begibt sich nicht in dessen Niederungen. Er ist und handelt wirklich göttlich. Wenn es nun diesen Gott gibt, dann bräuchte man sich doch vor nichts und niemandem mehr zu fürchten, weil dieser Gott beschützt und trägt und begleitet. Weil dieser Gott Liebe und Freiheit, Hoffnung und Frieden gibt.« Emaios lief hin und her. Ganz in Gedanken und wie zu sich selbst sagte er noch: »Keine Angst mehr, man bräuchte keine Angst mehr zu haben.« Dann hatte er ihre Kammer wieder verlassen und war in seiner noch lange hin und her gelaufen.

Am nächsten Morgen hatte er sich von Berenike verabschiedet und gesagt: »Ich brauche mich nicht mehr zu fürchten, ich stehe unter dem höchsten Schutz.« An der Tür hatte er sich noch einmal umgedreht. »Ach, und warte nicht auf mich. Ich komme heute vielleicht erst spät zurück.« Dann war er so leicht und fröhlich wie schon lange nicht mehr davongegangen. Und Berenike war besorgt und verwirrt zurückgeblieben.

Ja, und dann war er nicht mehr zurückgekommen. Eine Nachbarin hatte sie aufgesucht und ihr vom Tod ihres Vaters erzählt. »Lauf, Mädchen, versteck dich. Die Römer kommen, du bist hier nicht sicher!«, hatte sie noch gerufen, aber es war bereits zu spät gewesen.

Die Römer kamen. Sie nahmen mit, was sie brauchen konnten, den Rest zerstörten sie. Berenike fesselten sie die Hände und führten sie ab. Und dann brachte einer von ihnen sie in dieses große, reich ausgestattete Haus, das dem Sklavenhändler Clivius gehörte.

Berenike schloss die Augen. Sie spürte, wie dieser Zorn in ihr hochkam. Zorn auf diesen Gott. Liebe und Freiheit, Hoffnung und Frieden würde er geben, hatte ihr Vater gesagt. Aber ihr hatte er das Gegenteil gebracht. In ihrem Leben waren Hass und Sklaverei, Hoffnungs- und Trostlosigkeit. So einen Gott wollte sie nicht kennen, an so einen Gott konnte sie nicht glauben. Wie war es möglich, dass andere das taten? Und wie war es möglich, dass ihr Vater sich diesem Gott zugewandt hatte? Berenike fragte sich, ob er auch noch daran festgehalten hatte, als er merkte, dass es ihn das Leben kosten würde?

Sie verschränkte ihre Hände fest ineinander, denn die Sehnsucht nach ihrer Heimat, nach ihrem Vater und nach einem freien Leben nahm ihr fast den Atem. Nur mit Mühe schaffte sie es, ihren Zorn zu unterdrücken und ruhig neben den anderen Sklaven sitzen zu bleiben, bis der Unterricht vorbei war. Verzweifelt versuchte sie sich an dem Gedanken festzuhalten, dass sie Claudius gern hatte, dass er sie brauchte. Wenn der Junge nicht wäre, wie könnte sie das alles sonst aushalten? Wie dieses Leben ertragen?

7. Der Patrizier Quintus Varus

Eines Nachts schlich sich Camilla wieder aus dem Haus. Wie immer hoffte sie, dass niemand ihr Verschwinden entdeckte. Sie wollte sich nicht vorstellen, was passieren würde, wenn ihr Herr sie erwischen würde. Wie sollte sie ihm erklären, dass sie diesem neuen Glauben anhing und sich nachts heimlich mit anderen Christen traf? Als Prätor würde er das sicher nicht dulden.

Heute aber war Camilla aus einem anderen Grund unruhig. Etwas beschäftigte sie, und sie brauchte jemanden, der ihr zuhörte, ihr vielleicht sogar weiterhelfen konnte. Sie hielt Ausschau nach dem Patrizier Quintus Varus, einem Freund ihres Herrn. Er war ein Mann, dem sie vertraute und von dem sie sich heute Rat erhoffte. Aber erst als einer der Ältesten zu ihnen gesprochen hatte und die meisten sich zum Aufbruch rüsteten, konnte sie ihn ansprechen. Bereitwillig setzte sich Quintus Varus zu ihr.

Der Patrizier war bereits an die sechzig Jahre alt. Sein Haar war noch voll, aber stark ergraut. Sein durch tiefe Falten zerfurchtes Gesicht war geprägt von seinen grünen, klaren Augen, die eine große innere Stärke ausstrahlten. Die große Hakennase und die hohen Backenknochen ließen ihn hagerer erscheinen, als er in Wirklichkeit war.

Nun saß er neben ihr und hörte aufmerksam zu, wie Camilla von der neuen Sklavin erzählte. »Sie ist noch so jung und furchtsam. Oh, sie ist die Art Mensch, mit der ich nichts anzufangen weiß. Sie wirkt zerbrechlich und hilflos. Und sie hat Angst vor unserem Herrn. Du kennst den Prätor gut; er ist dein Freund. Und du weißt, dass er ihr nie etwas zuleide tun würde. Aber sie weiß es nicht. An dem Tag, an dem sie zu uns gekommen ist, kam sie mir so verloren und zutiefst verletzt vor. Am liebsten hätte ich sie in die Arme genommen, als sie mir sagte, dass sie sich vor meinem Herrn fürchtet. Aber alles, was ich fertigbringe, ist, ihr über die Wangen zu streichen. Ach Herr, du kennst mich lange genug. Und du weißt, dass ich unseren Glauben sehr ernst nehme. Aber ...« Sie suchte nach Worten, und als sie keine fand, schüttelte sie schließlich nur den Kopf.

Quintus betrachtete die Frau, die da vor ihm saß. »Aber?«, fragte er nach einer Weile.

»Ich kann nicht so sanft und so, ja, so geduldig sein, wie unser Herr Jesus es ist. Manchmal fühle ich mich einfach überfordert. Ich weiß genau, dass ich eines Tages ganz einfach wütend auf dieses Mädchen sein werde, nur weil ich mit ihrer Art nicht zurechtkomme. Dabei tut sie mir doch leid. Und trotzdem, ich kann nicht recht freundlich zu ihr sein. Sag mir, Herr, was ich tun soll. Ich möchte, dass Gott mit mir zufrieden ist. Aber wie soll er das, wenn ich mich so verhalte?«

Der alte Patrizier lachte. »Glaube mir, liebe Camilla, Gott fragt nicht danach, ob du einen harten oder weichen Charakter hast. Es ist für ihn auch nicht entscheidend, ob du immer freundlich warst und geduldig. Er kennt dich, und er liebt dich so, wie du bist. So hat er dich geschaffen.«

»Was verlangt er dann von mir?«

»Er verlangt nichts von dir, Camilla. Er wünscht sich, dass du ihn so liebst, wie er dich liebt. Und er wünscht sich, dass du ihm vertraust. Er kann in dir bewirken, was du selbst nicht vermagst. Also bete für dich und für diese junge Sklavin. Gott wird dir die Geduld schenken, die du brauchst. Bemühe dich auch weiterhin, dem Vorbild seines Sohnes zu folgen. Aber setze dich nicht selbst unter Druck, denn aus dir heraus vermagst du nichts. Wenn du dich zur Liebe zwingen willst, wirst du nur Enttäuschungen erleben. Nimm dieses Mädchen an als das, was sie ist. Ein Kind Gottes, von ihm geliebt, von ihm gewollt. Auch für sie ist unser Herr am Kreuz gestorben. Versuche, sie durch seine Augen zu sehen. Dann wird dir der Umgang mit ihr leichter fallen.«

Camilla seufzte. »Was du sagst, klingt einleuchtend. Aber es ist nicht leicht, es auch zu leben. Du bist da viel weiter als ich.«

Quintus schüttelte den Kopf. »Nein, Camilla, dem ist nicht so. Auch ich habe meine Kämpfe auszutragen, auch ich trage viel Schuld. Aber das Wissen, dass sie mir vergeben ist, hilft mir, mich und mein Leben anzunehmen. Und jetzt gräme dich nicht weiter. Sei dankbar, dass Gott dieses Mädchen aus der Hand des Clivius gerissen und in euer Haus geführt hat, wo sie nichts Schlimmes zu befürchten hat. Dass sie unter deiner Aufsicht steht, ist doch auch Teil seines Willens.«

Camilla nickte. »Du bist klüger als ich. Ich bin nur ein einfach denkender Mensch, der nichts von Philosophie und anderen großen Dingen versteht. Mein Leben ist das einer Sklavin, die für das Wohlergehen ihres Herrn zu sorgen hat. Das füllt mich aus, und das ist mir genug.«

»Und das ist gut so. Freue dich darüber und halte dich daran fest. Glaube mir, zweifelnde Gedanken und das Grübeln über die Welt und ihren Sinn können den Glauben zerfressen und immer wieder auf eine harte Probe stellen.« Er stand auf und fasste Camilla an der Schulter. »Aber jetzt steh auf. Mitternacht ist vorüber, und es ist Zeit, nach Hause zu gehen.«

Und so machten sie sich gemeinsam mit ihren Mitchristen auf den Weg zurück durch die dunkle Stadt Rom.

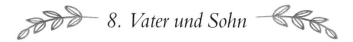

8. Vater und Sohn

Es war ein kühler Morgen. Der Herbst hatte bereits seine ersten Vorboten gesandt. Berenike fröstelte, als sie ging, um Claudius zu wecken.

Hermes lag wie immer vor der Tür, aber er regte sich nicht. Normalerweise stand er auf, sobald Berenike sich näherte. Mit einem unguten Gefühl bückte sich die junge Sklavin, um ihn zu streicheln, aber noch bevor sie ihn berührte, wusste sie bereits, dass er tot war. Traurig streichelte sie sein Fell. Armer Claudius, wie würde er es verkraften? Immer wieder hatte er sich eingeredet, dass sein Hermes, der doch sein bester Freund war, nicht sterben würde. Keiner der vielen Götter konnte dies zulassen. Und jetzt war es so weit.

Berenike hob den Hund auf und trug ihn in die Schlafkammer des Jungen. Wie jeden Morgen lag dieser da und stellte sich schlafend. Berenike legte den Hund vorsichtig auf den Boden und berührte Claudius sanft an der Schulter.

»Claudius, wach auf«, sagte sie leise.

Irgendetwas an ihrer Stimme ließ den Jungen hellhörig werden. Etwas war anders als sonst. Erstaunt hob er den Kopf, wollte etwas sagen, als er den Hund entdeckte …

An diesem Morgen war Gaius bereits früh beim Prätor erschienen. Er erzählte gerade die neuesten Geschichten aus der Stadt, als sie den Schrei hörten.

Marcus sprang auf. »Das war Claudius«, sagte er nur und verließ hastig seinen Arbeitsraum. Gaius folgte ihm neugierig.

Eilig durchquerte Marcus das Haus und blieb in der Tür zur Schlafkammer seines Sohnes stehen. Das Bild, das sich ihm bot, ließ ihn innehalten.

Claudius saß auf dem Boden und hielt seinen toten Hund fest umklammert. Er hatte sein Gesicht in dessen Fell vergraben, sein kleiner Körper wurde von einem heftigen Schluchzen geschüttelt. Berenike kniete neben ihm und hatte ihren Arm um ihn gelegt. Sie sprach kein Wort, sondern strich dem Jungen nur sanft über das zerzauste Haar.

Marcus begriff den Schmerz seines Sohnes. Aber im gleichen Augenblick wurde ihm bewusst, wie wenig er ihn kannte, wie fremd und wie weit entfernt er von ihm war. Langsam trat er näher.

Berenike hob den Kopf, sah ihn an. Sie hatte Tränen in den Augen, und überrascht erkannte er, dass diese junge Sklavin seinen Sohn liebte.

Zum ersten Mal in seinem Leben wusste Marcus nicht, was er tun sollte. Er fühlte sich wie ein Fremder, der nichts in diesem Raum zu suchen hatte. Dann begegnete er Berenikes Blick, verstand ihre unausgesprochene Bitte, sich um seinen Sohn zu kümmern. Sie ließ den Jungen los und erhob sich. Claudius sah auf, entdeckte seinen Vater. »Hermes ist tot«, schluchzte der Junge verzweifelt.

»Ich weiß, mein Sohn. Und ich weiß, wie weh es dir tut.« Marcus kniete neben seinen Sohn nieder, wischte ihm zärtlich die Tränen aus dem Gesicht.

Gaius beobachtete das Ganze ungerührt. »Was ist schon ein Hund, Claudius. Bei den Göttern! Das ist doch nicht tragisch. Es gibt tausend andere, die auf einen neuen Herrn warten«, rief er spöttisch.

Marcus schüttelte den Kopf. »Nein«, sagte er leise, aber bestimmt. »Kein Freund dieser Welt kann einfach so ersetzt werden. Auch ein Hund nicht. Und jetzt verschwinde, Gaius.«

Berenike nahm ihren ganzen Mut zusammen, sie schob den völlig überrumpelten Tribun aus der Kammer. Als sie die Tür hinter sich schloss, sah sie noch, wie Marcus Claudius in die Arme nahm und versuchte, das heftig schluchzende Kind zu beruhigen.

An diesem Abend kam der Prätor in die Kammer seines Sohnes, als dieser sich zum Schlafen bereit machte. »Lass uns alleine«, befahl er Berenike, ohne sie dabei anzusehen.

Als sie die Tür hinter sich geschlossen hatte, setzte er sich zu Claudius aufs Bett.

»Wie geht es dir, mein Junge?«

Claudius schluckte. Er wollte nicht wieder weinen. Und er wollte nicht mit seinem Vater darüber reden.

Marcus strich ihm mit der Hand über die Stirn, durch das dunkle Haar. Er sah, wie sich sein Sohn vor ihm verschloss. Wieder fühlte er sich fremd, spürte die Mauer, die ihn von seinem Sohn trennte.

»Claudius, ich weiß nicht, warum du kein Vertrauen zu mir hast. Ich sehe nur, dass du nicht darüber reden willst. Aber glaube mir, ich weiß, wie dir zumute ist. Du brauchst dich deiner Tränen nicht zu schämen.«

Claudius reagierte nicht, sah seinen Vater nicht einmal an.

Langsam stand Marcus auf und strich seinem Sohn noch einmal über den Kopf. »Schlaf gut, mein Junge«, sagte er leise. Dann verließ er den Raum.

Berenike stand draußen und wartete. Er sah sie kurz an, so als wollte er etwas sagen, ging dann aber schweigend an ihr vorüber. Als er sich noch einmal umwandte, sah er, wie sie wieder Claudius' Kammer betrat.

Marcus seufzte leise. Er war der Vater des Jungen, und doch war diesem eine Sklavin näher als er. Dazu eine Sklavin, die erst kurze Zeit in seinem Haus war. Aber warum? Was hatte er falsch gemacht? Wann hatte er das Vertrauen seines Sohnes verloren? Er, dem es nicht schwerfiel, andere Menschen zu durchschauen, nachzuvollziehen, was in ihnen vorging, ja, ihre Gedankengänge und Gefühle zu verstehen, er verstand seinen eigenen Sohn nicht, hatte die Nähe zu ihm verloren. Und er hatte es nicht einmal gemerkt.

Als Berenike ihm später den Wein brachte, hob Marcus den Kopf. Er deutete auf den Stuhl, der ihm gegenüberstand. »Setz dich.«

Berenike folgte dem Befehl, unsicher, aber ohne die Angst, die sie sonst in seiner Nähe verspürt hatte. An diesem Morgen hatte sie die Einsamkeit und Trauer in den Augen dieses Mannes gesehen, als er merkte, wie wenig ihn mit seinem Sohn verband. Und sie hatte begriffen, wie sehr er darunter litt. Nein, er war nicht kalt, er hatte nur gelernt, seine Gefühle und Gedanken vor den Menschen zu verbergen.

So saß sie ihm nun aufrecht gegenüber und wartete, aber er sagte kein Wort, sein Blick war nur starr auf das Spielbrett gerichtet.

Dann sah er sie plötzlich an. »Du bist noch nicht lange hier, und dennoch stehst du meinem Sohn sehr nahe. Was bedeutet er dir?«

Berenike war überrascht. Mit dieser Frage hatte sie nicht gerechnet. »Ich habe ihn gern, Herr«, antwortete sie nach kurzem Zögern.

Marcus fasste sich ans Kinn, betrachtete sie nachdenklich. »Und Claudius?«, fragte er. »Wie steht er zu dir?«

»Ich bin nur eine Sklavin, Herr.«

»Nur eine Sklavin.« Er lächelte Berenike an. »Du weißt, dass das so nicht stimmt. Mein Sohn sieht dich anders.«

Sie senkte den Kopf. »Ist das falsch, Herr?«

Marcus seufzte. »Ich weiß es nicht«, sagte er leise. »Ich weiß es nicht.«

Überrascht sah Berenike ihn an. Sie spürte, dass sie jetzt reden musste. »Herr.« Ihre Stimme zitterte leicht. »Herr, ich mag deinem Sohn sehr nahestehen. Aber ...« Sie schluckte. Es war so schwer.

»Aber?« Marcus musterte ihr Gesicht und bemerkte die Anspannung, die sich darin zeigte.

Berenike blickte ihn jetzt offen an. »Aber ich kann ihm seinen Vater nicht ersetzen.« Nun war es heraus. Sie wusste, dass sie sich in etwas einmischte, das sie nichts anging. Als Sklavin hatte sie nicht das Recht, ihrem Herrn zu sagen, was sie dachte. Aber es ging um Claudius. Das musste er doch verstehen.

Marcus starrte wieder auf das Spielbrett, das Kinn auf die linke Hand gestützt. »Was denkt er?«

»Er glaubt, dass er dir gleichgültig ist, Herr. Ich habe versucht, es ihm auszureden, aber ...«

Überrascht sah Marcus sie an. »Was hast du?«

»Herr, vergib mir, wenn ich etwas falsch gemacht habe. Aber Claudius, dein Sohn, er braucht dich. Es ist nicht genug, mit ihm die Mahlzeiten einzunehmen, um ihn dann der Obhut der Sklaven zu überlassen. Er hört nur, was die ihm erzählen. Aber, Herr, so wird ihm ein falsches Bild vermittelt. Wie soll er dich da verstehen lernen? Wie soll er Vertrauen zu dir fassen? Und, Herr, wie willst du so erfahren, was wirklich in ihm vorgeht?«

Marcus war erstaunt über diese junge Sklavin, über den Mut, mit dem sie sich für seinen Sohn einsetzte. Aber sie hatte recht mit dem, was sie sagte. Oh, wie blind war er doch gewesen, er, der überall gefürchtet wurde, weil ihm niemand etwas vormachen konnte. Doch es musste erst ein junges Mädchen kommen, um ihm in seinem eigenen Hause die Augen zu öffnen. Er lächelte sie an. »Du bist sehr mutig, Berenike. Aber es ist gut so.« Freundlich nickte er ihr zu. »Und jetzt geh. Du wirst müde sein.«

Gedankenverloren sah er ihr nach, wie sie seinen Schlafraum verließ. Er würde sich mehr um seinen Sohn kümmern. Vielleicht war es noch nicht zu spät.

Berenike konnte das Gespräch nicht vergessen. Es überraschte sie, dass der Prätor Claudius so wenig kannte, obwohl das Interesse an seinem Sohn groß war. Sie war dabei, wenn sie beim Essen miteinander sprachen, hörte seine Fragen. Und die kurzen, nichtssagenden Antworten von Claudius. Was hatte ihr der Junge erzählt? Camilla hatte ihm wiederholt klargemacht, dass er seinen Vater nicht stören dürfe. Warum tat sie das? War ihr klar, dass sie diejenige war, die Claudius das Gefühl vermittelte, seinem Vater nicht wichtig zu sein? Der Junge fühlte sich klein und dumm. Sein Vater wurde überall geschätzt und von einigen sogar gefürchtet, weil er die Menschen durchschaute und ihm keiner etwas vormachen konnte. Aber ihn, seinen eigenen Sohn, sah er nicht. Claudius hatte den Eindruck, seinem Vater unwichtig zu sein, manchmal vielleicht sogar lästig.

Nur, so fragte sich Berenike, konnte ein Sohn seinen Vater wirklich belästigen? Berenike sah den Prätor vor sich, erinnerte sich an seinen Gesichtsausdruck, wenn Claudius so abweisend war. War das Enttäuschung? Traurigkeit? Das Gespräch mit ihm hatte ihr gezeigt, dass es ihn beschäftigte. Hätte er sonst nachgefragt?

Aber warum machte Camilla das? Warum entfremdete sie Vater und Sohn voneinander? War ihr das möglicherweise gar nicht bewusst?

Berenike beschloss mit Camilla zu reden. Das konnte so nicht weitergehen.

Zwei Tage später ergab sich eine Gelegenheit. Sie waren allein in Claudius' Schlafraum und ordneten seine Kleidung.

»Der Junge ist gewachsen«, meinte Camilla. »Wir sollten nachsehen, was er an neuen Stücken braucht und was geändert werden kann.«

Gemeinsam räumten sie die Truhe aus, sahen Teil für Teil durch.

Nervös nahm Berenike ein Kleidungsstück an sich. Sie nahm ihren ganzen Mut zusammen.

»Camilla.« Die Stimme blieb ihr im Hals stecken. Sie musste sich räuspern.

Camilla hielt ein einfaches Untergewand gegen das Licht, das ganz unten in der Truhe gelegen hatte. Es war an mehreren Stellen eingerissen. »Hm, da hat wohl jemand gedacht, wir merken das nicht, wenn er es ganz unten versteckt. Was Claudius da wohl angestellt hat?«

»Camilla«, wiederholte Berenike, nun mit lauterer Stimme.

»Ja, was ist?« Camilla ließ das Kleidungsstück sinken und sah die junge Sklavin an.

»Ich muss dich etwas fragen. Bitte, sei mir nicht böse. Aber es beschäftigt mich sehr.«

»Aha.« Die ältere Sklavin legte das Untergewand in einen Korb. Dann nahm sie das nächste in die Hand. »Ich warte.«

Der leicht gereizte Ton machte Berenike noch nervöser. Camilla konnte so unfreundlich sein, wenn ihr etwas gegen den Strich ging.

Berenike atmete tief durch, nahm ihren ganzen Mut zusammen und beschloss, ganz direkt und ohne Umschweife zu fragen.

»Warum erzählst du Claudius, dass er seinen Vater nicht mit seinen Fragen stören darf? Warum sagst du ihm, dass sein Vater Wichtigeres zu tun hat, als sich mit ihm zu beschäftigen?«

Verblüfft sah Camilla auf. »Weil es so ist! Marcus ist Prätor. Claudius ist gerade acht Jahre alt, ein Kind. Für seine Fragen hat er seinen Lehrer und die Sklaven, die ihn betreuen. Also vor allem dich, seit du hier bist.«

»Du findest das richtig?«

»Ja, natürlich. Wie sollte es anders sein? Der Junge muss früh lernen, wo sein Platz ist und welchen Rang sein Vater hat. Auch ihm gegenüber.«

Ungläubig schüttelte Berenike den Kopf. »Aber für Claudius ist er in erster Linie sein Vater, nicht der Prätor. Vor allem, da er keine Mutter mehr hat. Claudius denkt, dass sein Vater ihn nicht liebt. Dass er sich nicht für ihn interessiert. Im Gegenteil, er glaubt, dass er seinem Vater völlig gleichgültig ist. Merkst du nicht, wie du mit dem, was du zu dem Jungen sagst, die beiden einander entfremdet hast? Dass Claudius deswegen überhaupt kein Vertrauen zu seinem Vater hat?«

Camilla lachte laut auf. »Das ist albern, Berenike, und das weißt du auch. Was will ein so angesehener Mann mit einem achtjährigen Jungen anfangen? Was sollen ihm Gespräche mit ihm nützen? Ich muss dir vielleicht erklären, was ein Prätor ist.« Berenike wollte sie unterbrechen, aber Camilla hob abwehrend die Hand. »Du hörst mir jetzt zu!«, fuhr sie das Mädchen an. »Es gibt mehrere Prätoren. Die genaue Zahl weiß ich nicht. Aber es sind die obersten Richter Roms. Sie verwalten die Gesetze, die Rechtsprechung. Und sie sind nur dem Kaiser unterstellt – ein hohes Amt, das Hochachtung und Unterordnung verlangt. Nicht jeder, der dieses Amt anstrebt, erhält es auch. Unser Herr ist so hochgeschätzt, dass ihm das Amt wiederholt verliehen wurde. Der Senat unterstützt ihn und schlägt ihn immer wieder aufs Neue vor. Domitian hat gar keine andere Wahl, als ihn zu ernennen. Und weißt du, was ein Prätor nach seiner letzten Amtszeit erhält?« Camilla hob die Stimme, um ihren Worten mehr Nachdruck zu geben. »Eine Präfektur. Er bekommt eine Provinz, die er zu verwalten hat. Dort ist er dann der mächtigste Mann, Herr über das Gesetz und oberster Befehlshaber. Ich sage es noch einmal. So ein Mann verdient die höchste Achtung! Auch von seinem Sohn.«

Berenike seufzte. Camilla verstand sie nicht. »Camilla«, fing sie an. Aber die ältere Sklavin unterbrach sie.

»Es ist unsere Aufgabe, dem Prätor den Rücken für seine Pflichten frei zu halten. Das heißt auch, ihn vor kindlicher Neugier und Geschwätzigkeit zu schützen. Merke dir das.«

»Nein, Camilla, nein!«, rief Berenike. »Merkst du nicht, dass Claudius keine Achtung vor seinem Vater hat? Wie auch? Er hat das Gefühl, seinem Vater gleichgültig zu sein. Verstehst du, was ich meine? Er glaubt, dass er dem eigenen Vater nichts bedeutet, dass er diesem nur lästig ist. Und dabei sollte er ihm doch vertrauen. Camilla, ich weiß, was du meinst. Und ich kann mir vorstellen, was es bedeutet, Prätor zu sein. Das brauchst du mir nicht zu erklären. Du hast recht, wenn du sagst, dass unser Herr Achtung verdient. Aber für Claudius ist er doch in erster Linie der Vater. Sind denn Liebe und Vertrauen, gerade zwischen Vater und Sohn, nicht genauso wichtig, wenn nicht gar wichtiger als Achtung? Verstehst du nicht, dass das, was du ihm beigebracht hast, die beiden nur trennt, wo sie verbunden sein sollten?«

Camilla war nachdenklich geworden. So hatte sie das noch nie gesehen. »Das war nicht meine Absicht«, sagte sie langsam. »Ich wollte keinen Keil zwischen die beiden treiben. Das ist es doch, was du mir vorwirfst, nicht wahr?« Sie setzte sich aufs Bett, die Hände auf dem Schoß. »Ich wollte nur das Beste für den Jungen.«

»Bist du sicher, Camilla?« Jetzt musste alles geklärt werden. »Bist du sicher, dass du Claudius überhaupt gesehen hast? Weißt du noch, was du mir am ersten Tag gesagt hast? Dass du die Verantwortung für den ganzen Haushalt trägst? Und dass ein Kind dabei nur stört? Kann es sein, dass du dich nur dem Prätor verpflichtet fühlst? Und dass du deine eigenen Gedanken und Bedenken auf ihn übertragen hast? Dass du vergessen hast, dass auch Claudius dein Herr ist?«

Camilla presste die Lippen aufeinander. Sie wusste nicht, was sie denken sollte, fühlte sich durch Berenikes Worte verunsichert. Und das ärgerte sie zutiefst. »Du hast kein Recht, mir das alles zu sagen«, presste sie schließlich hervor. Ruckartig stand sie auf. »Genug geredet. Wir haben noch viel zu tun.« Sie strich das Bett glatt und wandte sich wieder der Truhe zu, ohne Berenike dabei anzusehen.

Die junge Sklavin nickte. Sie hatte getan, was in ihrer Macht stand. Wie Camilla jetzt damit umgehen würde, lag nicht mehr in ihrer Hand. Sie selbst würde aber alles daransetzen, Claudius für seinen Vater zu gewinnen.

9. Vor dem Kaiser

Von all dem ahnte Marcus Dequinius nichts. Er war zur gleichen Zeit im kaiserlichen Palast.

In regelmäßigen Abständen erschienen Abgesandte des Senats, die Prätoren und einige Beamte beim Kaiser, um ihm über ihre Beschlüsse, die für Domitian sowieso nicht bindend waren, sowie über die wichtigsten Ereignisse in der Stadt einen Bericht abzugeben.

Der Kaiser hörte gelangweilt den Berichten der Senatoren zu. Was interessierte es ihn, wie das Leben der Menschen in Rom aussah? Wenn sie nur ihre Steuern zahlten, sich ruhig verhielten und ihm die nötige Ehre erwiesen, dann war alles in Ordnung.

Schließlich trat Pius Tullius vor und verneigte sich.

»Herr und Gott«, begann er seine Rede, so wie es der Kaiser verlangte. »Es gibt eine besorgniserregende Entwicklung in deinem Volk, auf die ich dich aufmerksam machen möchte.«

Domitian warf dem Senator einen kalten Blick zu. »Besorgniserregend? Ich hoffe, dein Bericht wird diesem Wort gerecht.«

»Ja, das tut er.« Tullius verneigte sich wieder.

Marcus schüttelte kaum merkbar den Kopf und warf Quintus Varus einen Blick zu, dem einzigen Mann in diesem Raum, der vernünftig genug war, dem Kaiser nicht zu trauen.

»Es geht um dich, Herr und Gott«, fuhr Tullius in seinem Bericht fort. »Es gibt eine Gruppe von Menschen, die sich weigern, dir den nötigen Respekt zu erweisen. Ja, sie weigern sich öffentlich, deinen göttlichen Schutz anzuerkennen.«

Domitian war von seinem Sitz aufgefahren. Sein Gesicht war rot vor Zorn. »Wer sind diese Menschen?«, schrie er.

Tullius verneigte sich wieder und machte dabei ein paar Schritte rückwärts. Jeder fürchtete die Wutausbrüche Domitians. »Es sind die Christen.«

»Die Christen!«, rief der Kaiser. »Oh, ich wünschte, Nero hätte das ganze Gesindel ausgerottet. Aber immer, wenn man glaubt, mit ihnen fertig zu sein, tauchen sie wieder auf.« Mit einer heftigen Bewegung drehte er sich den Prätoren zu. »Was sagt ihr dazu? Können mir diese Barbaren gefährlich werden?«

Als keiner der Männer eine Antwort gab, packte er den, der ihm am nächsten stand, am Arm. »Fällt dir keine Antwort ein, Septimus Sergius?«

Der Angesprochene zuckte unsicher mit den Schultern. »Herr, natürlich … Wenn du meinst …«, stotterte er. Dem Kaiser zu widersprechen wagte er nicht, um nicht dessen Zorn auf sich zu ziehen.

Angewidert ließ Domitian den Prätor los. Dann wandte er sich an Marcus. »Und du, Dequinius, du hast doch zu allem und jedem eine ausgeprägte Meinung. Was sagst du zu der ganzen Sache? Sind die Christen gefährlich?«

Der Prätor schüttelte den Kopf. »Ich würde sie nicht ernst nehmen. Es sind Bürger Roms, die arbeiten und Steuern zahlen. Sie möchten nur mit ihren Familien in Frieden leben. Warum sollten sie dir gefährlich werden?«

»Weil sie sich weigern, mir die Verehrung entgegenzubringen, die mir zusteht!«, schnaubte der Kaiser. »Ich bin euer Herr und Gott. Und das müssen auch diese Anhänger eines gekreuzigten Juden lernen. Meldet mir jeden, der sich diesen sogenannten Christen anschließt.«

»Willst du das wirklich tun? Du verursachst nur unnötige Unruhe unter dem Volk«, wagte Marcus einzuwenden.

Domitian ging langsam zu seinem Sitz zurück, den Blick auf den Prätor gerichtet.

»Merke dir eins, Dequinius«, sagte er leise, warnend. »Ich wünsche deine Meinung nur zu hören, wenn ich dich danach frage.«

Dann machte er eine heftige Handbewegung in Richtung Tür. »Und jetzt geht. Alle, die ihr hier seid. Ich möchte allein sein.«

Marcus verließ den Palast über einen Seiteneingang. Dort wurde er bereits von Quintus Varus erwartet.

»Nun, mein Freund, wie fühlst du dich?«

Der Prätor seufzte. »Wütend und machtlos.«

Quintus nickte. »Das kann ich gut verstehen. Aber du musst aufpassen. Domitian liebt deine Meinungen nicht gerade. Du bist einer seiner fähigsten Richter. Er achtet und er fürchtet dich, aber irgendwann ist sein Zorn größer. Pass auf, dass du nicht in Ungnade fällst.«

»Ja, ich weiß. Ich habe zu spät erkannt, dass aus einem harten, aber gerechten Herrscher ein grausamer und unbeherrschter, vielleicht sogar wahnsinniger Despot geworden ist.«

»Lass ihn das nicht hören, Marcus. Es könnte dich nicht nur deine Stellung und dein Vermögen kosten. Der Kaiser würde nicht davor zurückschrecken, dich wegen dieser Äußerung hinrichten zu lassen.«

Schweigend gingen die Männer weiter. Jeder hing seinen Gedanken nach. Nur Quintus warf ab und zu einen besorgten Blick auf seinen Begleiter.

»Weißt du, Quintus«, meinte Marcus plötzlich. »Manchmal denke ich, es wäre besser, das alles hier aufzugeben. Vielleicht sollte ich mich auf meinen Landsitz zurückziehen und das Leben genießen.«

»Rom den Rücken kehren und Pferde züchten, ich weiß.« Der alte Patrizier lachte. »Diesen Traum haben schon viele geträumt. Aber er wird selten wahr. Trotz allem liebst du deine Aufgaben, deine Pflichten, die du zu erfüllen hast. Und wenn du Rom verlässt, dann ist keiner mehr da, der etwas Vernunft unter diesen Wahnsinn mischt.«

»Doch«, erwiderte Marcus. »Du, Quintus.«

»O nein, ich bin ein alter Mann, meine Jahre sind gezählt.« Der Patrizier wandte sich seinem Freund zu. »Aber du musst vorsichtig sein. Du bist bereits im dritten Jahr Prätor. Du weißt, dass Domitian dich nur deswegen dazu ernennt, weil du als untadelig, äußerst rechtskundig und erfahren giltst. Es gibt viele, die deine Wahl unterstützen und dich auch weiterhin in dieser Position sehen wollen. Der Senat steht hinter dir. Aber wie lange noch? Wann wirst du das Amt nicht mehr erhalten? Wann wirst du eine Präfektur in einer der Provinzen Roms verliehen bekommen, so wie die Prätoren vor dir?«

Marcus nickte. »Ich befürchte, dass der Kaiser mir keine sehr angesehene oder angenehme Provinz übergeben wird. Da ist es vielleicht doch besser, selbst mein Amt niederzulegen und mich auf mein Landgut zurückzuziehen.«

Quintus lachte. »Du bist durch und durch Römer. Pflichtbewusst und treu dem Staat ergeben, egal, wie du zum Kaiser stehst. Du wirst dich deinen Pflichten auch dann nicht entziehen, wenn sie weniger angenehm sind.« Er klopfte Marcus freundschaftlich auf die Schulter. »Aber genug damit. Es wäre schön, wenn du einmal mit deinem Sohn zu mir kommen würdest. Gerne schon morgen, sofern es deine Pflichten erlauben. Claudius sollte endlich reiten lernen. Und ich habe ein junges Pferd, das genau richtig für ihn wäre.«

Marcus nickte. »Du hast recht. Claudius ist schon längst alt genug für ein eigenes Pferd.«

»Dann werdet ihr morgen meine Gäste sein?«

»Ja, Quintus, ich nehme deine Einladung gerne an. Aber es ist Zeit für mich. Man erwartet mich vor Gericht.« Sie gaben sich noch einmal die Hand, um dann jeder für sich seinen Geschäften nachzugehen.

10. Ein Pferd für Claudius

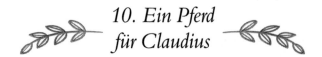

Am nächsten Morgen sprang Claudius auf, kaum dass er sein Brot gegessen hatte, und wollte den Speiseraum verlassen.
»Wohin so eilig?«, wurde er von seinem Vater aufgehalten.
Claudius sah Marcus erstaunt an. »Es ist Zeit für die Schule.«
Der Prätor nickte. »Ich weiß. Aber Aeleos erwartet dich nicht. Denn heute würde ich dich gerne mitnehmen.«
»Wohin?«
»Zu den Stallungen von Quintus Varus.«
Überrascht sah Claudius seinen Vater an. »Du hast mich noch nie mitgenommen, wenn du ihn besucht hast.«
»Heute aber möchte ich das gerne tun. Vorausgesetzt, dass du es auch willst.«
Der Junge strahlte über das ganze Gesicht. »Darf ich auch einmal reiten?«
»Aber natürlich. Das ist ja der Grund, warum wir dorthin gehen.«
Claudius war begeistert. »Ich werde Berenike sagen, dass wir heute nicht da sein werden«, rief er und rannte davon. Marcus beobachtete, wie sein Sohn Berenike aufgeregt und mit weit ausholenden Gesten erzählte, was sie vorhatten. Was hatte er ihm bis jetzt nicht alles vorenthalten! Viel zu lange hatte er seinen Sohn an dieses Haus und an die Menschen, die darin wohnten, gebunden. Er musste endlich etwas anderes sehen und hören.
Dann kam Claudius zurück. »Wir können gehen«, erklärte er atemlos.
»Gut, dann komm.« Marcus legte seinen Arm um die Schulter seines Sohnes. »Ich denke, es wird dir gefallen.«

Claudius streichelte den Hals eines großen Rappen.

Quintus beobachtete das strahlende Jungengesicht. Lächelnd wandte er sich an Marcus. »Er scheint keine Angst zu haben.«

»Das ist wahr.« Der Prätor stand gegen die Wand gelehnt und strich sich mit der Hand über den Kopf. »Wenn ich bedenke, wie alt er ist … und er kann immer noch nicht reiten! Ich weiß nicht, warum ich mich bis jetzt nicht darum gekümmert habe. Als ich so alt war wie Claudius, hatte ich schon längst ein eigenes Pferd.«

Quintus nickte. »Ich erinnere mich gut. Es war ein sanftmütiger, kleiner Schimmel. Dein Vater hat ihn ausgesucht, weil mit ihm nichts passieren konnte. Aber du hast es fertiggebracht, dass er dich abgeworfen hat.«

Claudius war überrascht. Sein Vater war ein guter Reiter. »Das Pferd hat dich wirklich abgeworfen?«, fragte er ungläubig.

Marcus nickte. »Ich muss leider gestehen, dass ich selbst die Schuld hatte. Selbst das sanftmütigste Pferd liebt es nicht, wenn man es an den Ohren und an der Mähne zieht und wie verrückt auf es einschlägt.«

»Das hast du gemacht?«

»Ich war ein Kind. Und ich dachte, ich müsste ihm zeigen, wer hier der Herr ist. Das war auch sehr schnell geklärt. Nur war es sehr schmerzhaft für mich. Mich wundert noch heute, dass er mich wieder aufsitzen ließ.«

Claudius ging an den Boxen entlang. »Ich würde niemals ein Tier quälen.«

»Das ist die richtige Einstellung, meine Junge. Also komm, ich habe etwas für dich.« Quintus führte Claudius hinaus und ging über den Hof. Dort betraten sie den zweiten Stall. Dieser war kleiner als der erste, und es befanden sich nur wenige Pferde darin. Vor einem jungen Fuchs blieb Quintus stehen.

»Ist der schön«, rief Claudius. »Darf ich ihn streicheln?«

Quintus nickte. »Geh nur.«

»Wie heißt er?«, fragte der Junge.

»Er hört auf den Namen Musculus.«

Marcus sah seinem Sohn zu, wie dieser dem Pferd sanft über den Hals, den Rücken strich. »Er gehört dir.«

Claudius hob ruckartig den Kopf und starrte seinen Vater mit offenem Mund an. »Das kann nicht sein.«

»Warum sollte ich dich belügen? Du bist mein Sohn.«

Da umarmte der Junge das Tier und drückte es an sich. »Danke«, sagte er leise, ohne seinen Vater dabei anzusehen. »Danke.«

Voller Stolz erzählte Claudius am Tag darauf von seinem Pferd, immer und immer wieder. Und Berenike hörte geduldig zu, während sie ein Tuch bestickte.

»Jetzt muss es noch bei Quintus bleiben. Aber wenn der nächste Winter vorbei ist, darf ich es hierherholen. Dann kommt es in unseren Stall. Ich muss ihm noch einen Platz neben dem Rappen meines Vaters einrichten.«

Berenike schüttelte lachend den Kopf. »Kannst du denn überhaupt reiten?«

»Nein, noch nicht, aber das werde ich jetzt von Quintus lernen. Vater sagt, dass er mich gerne unterrichten würde, wenn es seine Zeit erlaubt. Aber das glaube ich erst, wenn es so weit ist.«

»Warum glaubst du ihm nicht einfach, was er sagt?«

Claudius zuckte die Achseln, gab aber keine Antwort.

»Dein Vater meint es doch nur gut mit dir.«

Der Junge hob ruckartig den Kopf. »Ich habe ihm nie viel bedeutet, warum sollte sich das geändert haben?«

»Er hat dir dieses Pferd geschenkt.«

»Aber nur, um sein schlechtes Gewissen zu beruhigen.«

Berenike seufzte. Sie legte ihre Arbeit zur Seite. »Claudius, warum bist du so verbohrt? Siehst du nicht, wie sehr er sich um dich bemüht?«

Der Junge reagierte nicht. Er hatte einen kleinen Stock genommen und stocherte damit zwischen den Blumen herum.

Berenike nahm ihm das Stöckchen aus der Hand. »Warum antwortest du mir nicht?«

»Du bist nur eine Sklavin«, sagte Claudius trotzig. »Ich muss nicht mit dir reden, wenn ich nicht will.«

»Nein, das musst du nicht. Aber du wirst deine Ohren nicht vor dem verschließen können, was ich dir sage.« Sie fasste ihn an den Schultern, drehte ihn zu sich. »Claudius, was versprichst du dir von deinem Verhalten? Glaubst du, man kann etwas ändern, indem man sich stur und trotzig stellt? Du musst mit den Menschen reden. Wenn dich jemand mit dem, was er sagt und tut, verletzt, dann musst du mit ihm darüber sprechen. Es sei denn, dieser Mensch ist dir gleichgültig.«

»Mein Vater ist Prätor. Sie sagen, er kennt die Menschen und dass er weiß, was sie denken und fühlen. Warum soll ich mit ihm reden? Er müsste es doch von sich aus merken.«

Berenike nickte. »Ja, das mag sein. Aber machst du es dir damit nicht sehr einfach?«

»Warum einfach?«

»Wenn du ihm die alleinige Schuld an allem gibst, dann musst du dich nicht mehr selbst bemühen, nicht wahr? Und damit hast du den leichteren und bequemeren Weg gewählt. Aber ändern wird sich dadurch nichts.«

»Du redest schon wie mein Vater«, stieß Claudius wütend hervor.

Berenike seufzte. Sie ließ den Jungen los und nahm ihre Stickerei wieder in die Hand. »Wie soll ich dir helfen, wenn du dir nicht helfen lassen willst?«, sagte sie leise.

Von den beiden unbemerkt hatte Marcus das Peristylium betreten. An eine Säule gelehnt hatte er seinen Sohn und die junge Sklavin beobachtet, hatte gehört, was sie sprachen.

Jetzt ging er langsam die Treppe in den Garten hinunter und setzte sich an den Rand des Wasserbeckens. Er hatte bemerkt, dass Claudius über sein Erscheinen erschrocken war, und er hatte auch die leichte Röte bemerkt, die plötzlich Berenikes Wangen überzogen hatte.

Aber er machte sich keine Gedanken darüber, was es zu bedeuten hatte.

Nichts in Marcus' Miene verriet, dass er ihr Gespräch belauscht hatte. »Erzählst du von Musculus?«, fragte er lediglich, so als wäre er wirklich erst jetzt hinzugekommen.

Claudius nickte.

Der Prätor musterte seinen Sohn, die trotzigen Gesichtszüge. »Ist irgendetwas nicht in Ordnung?«, fragte er den Jungen.

»Darf Berenike mich begleiten, wenn ich zu Quintus gehe?«, fragte Claudius anstelle einer Antwort.

»Natürlich, es sei denn, sie fürchtet sich vor Pferden.« Er sah die junge Sklavin an, die sich sofort verlegen über ihre Arbeit beugte. Aber er hatte bemerkt, dass sich wieder diese leichte Röte über ihr Gesicht zog.

Unwillkürlich musste er lachen. Berenike hob überrascht den Kopf und sah, dass sein spöttischer Blick immer noch auf sie gerichtet war.

»Habe ich etwas falsch gemacht?«, fragte sie verwirrt.

Der Prätor schüttelte nur den Kopf. »Nein, Berenike«, meinte er belustigt. »Ganz gewiss nicht.« Dann nickte er ihr freundlich zu, strich seinem Jungen noch einmal liebevoll übers Haar und ließ beide allein.

Claudius stampfte wütend mit dem Fuß auf. »Er darf dich nicht auslachen.«

»Das hat er auch nicht getan, Claudius«, versuchte Berenike ihn zu beruhigen. »Warum sollte er?«

»Weil er glaubt, dass du Angst vor Pferden hast.«

Sie schüttelte den Kopf. »Das habe ich aber nicht.«

»Das ist gut. Dann wirst du mich also begleiten?«

»Ja, das werde ich sogar sehr gerne tun.«

Zufrieden mit dieser Antwort und wieder einigermaßen beruhigt setzte sich Claudius neben sie. »Kannst du reiten? Hast du schon einmal auf einem Pferd gesessen?«, fragte er neugierig.

»O ja, aber das ist lange her. Ich war noch ein Kind. Ein Bruder meines Vaters nahm mich immer mit hinaus aufs Land. Er arbeitete dort auf einem großen Gut. Und da habe ich reiten gelernt.«

»Wie lange ist das her?«

»Fünf oder sechs Jahre.« Berenike stand auf und faltete das Tuch zusammen. »Aber es ist spät, Claudius. Es wird bald dunkel. Und für dich wird es Zeit, ins Bett zu gehen.«

Auch Camilla hatte das Gespräch gehört, ohne dass jemand sie bemerkt hatte. Berenikes Vorwürfe kamen ihr wieder in den Sinn. Sie fühlte sich zu Unrecht angegriffen, glaubte, alles richtig gemacht zu haben. Aber die Zweifel nagten an ihr. Nur einer konnte ihr raten und ihr diese Zweifel nehmen.

Als sie in der gleichen Nacht Quintus bei den heimlichen Treffen der Christen begegnete, sprach sie ihn an.

»Herr, ich möchte dich nicht belästigen, aber ich brauche wieder einmal deinen Rat.«

Der Patrizier nickte freundlich. »Dann komm, lass uns einen ruhigen Platz suchen. Noch ist Zeit, bis einer der Ältesten zu uns spricht.«

Sie setzten sich in eine Ecke, wo sie ungestört reden konnten.

Camilla überlegte, wie sie anfangen sollte. »Nun«, sagte sie schließlich vorsichtig. »Es geht um Berenike. Ich wüsste gern von dir, wie ich mit ihr umgehen soll und wie ich es schaffe, sie in ihre Schranken zu weisen.«

Quintus sah sie verwundert an. »Dafür fragst du ausgerechnet mich? Das ist ungewöhnlich.«

»Sie denkt offensichtlich, sie könne sich alles erlauben, nur weil sie Claudius betreut. Und sie meint, sie wisse über alles Bescheid und könne mir Vorwürfe machen, dabei ist sie erst kurze Zeit im Haus.«

Der Patrizier nickte bedächtig. »Erzähle.«

»Also, es war so«, begann sie und breitete das ganze Gespräch mit Berenike vor ihm aus. Die Empörung war ihr deutlich anzumerken. Schließlich war sie fertig und sah Quintus gespannt an. Er würde ihr zustimmen, da war sie sich sicher.

»Was erwartest du jetzt von mir?« Der alte Patrizier lächelte. »Die Bestätigung, dass du im Recht bist und Berenike das völlig falsch beurteilt?«

»Ja!«, rief Camilla. »So ist es doch auch!«

»Du würdest mich nicht fragen, wenn du dir ganz sicher wärst. Irgendwelche Zweifel musst du haben.«

»Nun, ich ... nein, eigentlich nicht. Ich denke schon, dass der Prätor Achtung von seinem Sohn verdient. Das muss er lernen. Dazu muss er erzogen werden.«

»Um den Preis, dass er Angst vor seinem Vater hat? Wer Angst hat, hat keine Achtung. Wer Angst hat, vertraut nicht. Und Claudius vertraut seinem Vater nicht. Ich habe beide beobachtet, als sie bei mir waren. Dequinius liebt seinen Sohn. Er will nur das Beste für ihn. Er wünscht sich die Nähe, die zwischen Vater und Sohn herrschen sollte. Aber es gibt sie nicht. Claudius weicht ihm aus.«

Camilla war blass geworden. »Das ist mir nie aufgefallen. Das kann doch nicht sein. Ich kenne Claudius von Geburt an. Ich weiß, wie er ist. Wenn da etwas falsch gelaufen wäre, dann ... dann ... Das hätte ich doch gemerkt! Ich bin doch nicht blind!«

»Glaubst du das wirklich, Camilla? Ja, du kennst Claudius von Geburt an. Aber hast du ihn auch als eigenständige Person gesehen? Weißt du, was er denkt und fühlt? Hast du ihn je danach gefragt? Oder stimmt das, was Berenike sagt, dass du dich immer nur um die Bedürfnisse des Prätors gekümmert hast?«

Jetzt war Camilla rot geworden. Sie war wütend. »Ich habe immer meine Pflicht erfüllt! Ich war gehorsam und treu in allem. Mehr noch. Ich war immer sorgfältig und umsichtig. Nie habe ich meine Aufgaben aus den Augen verloren.«

Quintus nickte. »Das ist wahr. Und ich will dein Tun nicht abwerten, Camilla. Es ist, wie du sagst. Du bist eine treue und zuverlässige Haushälterin. Dein Herr kann sich auf dich verlassen. Und er weiß, was er an dir hat. Aber hast du wirklich versucht, dem Sohn gerecht zu werden? Und damit auch dem Vater? Hast du vielleicht nur gesehen, was du sehen willst? Weil es so für dich einfacher war? Weil du dich so nicht mit ihm auseinandersetzen musstest? Wie kommst du auf die Idee, dass der Prätor das genauso empfindet wie du?«

»Dann habe ich also alles falsch gemacht?«

»Nein, Camilla, das hast du nicht. Claudius muss begreifen, wer sein Vater ist und welches Amt er hat. Achtung ist unabdingbar. Aber es sollte in erster Linie die Achtung des Sohnes vor seinem Vater sein. Und diese muss immer geprägt sein von gegenseitiger Liebe und Vertrauen. Erst wenn Claudius älter ist, wird er auch die Achtung vor dem Amt haben, wenn er wirklich versteht, was damit verbunden ist. Noch ist er ein Kind. Er ist doch erst acht Jahre alt.«

Der alte Patrizier legte seine Hand auf Camillas Arm. »Denk in Ruhe darüber nach. Bete darüber. Du weißt, dass du alles vor Gott bringen kannst. Er versteht dich, und er hilft dir zu verstehen. Sei nicht wütend auf Berenike. Es war sehr mutig von ihr, mit dir darüber zu sprechen. Du weißt selbst, dass Freundlichkeit und Geduld nicht deine Stärke sind. Trotzdem hat sie mit dir gesprochen. Das hätte sie nicht getan, wenn ihr das Ganze nicht wichtig wäre. Es geht ihr um das Wohlergehen eurer Herren. Du weißt, dass auch Claudius dein Herr ist.«

Camilla nickte. »Ich habe mich noch nie so beschämt gefühlt«, gab sie kleinlaut zu. »Was soll ich jetzt tun?«

»Nachdenken, beten. Und dein Verhalten gegenüber dem Jungen ändern.«

»Und mit Berenike?«

»Vergiss deine Wut auf sie. Ob du sie um Vergebung bitten willst für das, wie du sie behandelt hast, musst du selbst wissen. Es sollte aber von Herzen kommen.«

Quintus erhob sich. »Komm. Die anderen sind still geworden. Jetzt ist es Zeit, um auf Gottes Wort zu hören.«

Camilla stand ebenfalls auf. »Ich danke dir«, sagte sie leise. Gemeinsam begaben sie sich wieder zu den anderen.

Camilla konnte in dieser Nacht kaum schlafen. Quintus' Worte beschäftigten sie noch sehr lange. Sie begriff immer mehr, was da passiert war, was sie falsch gemacht hatte. Jetzt lag es allein an ihr, einen anderen Weg einzuschlagen.

Leicht würde es nicht sein.

11. Das Soldatenspiel

Marcus hatte sich auf einer Bank im Garten niedergelassen. Er war früher als gewohnt von den Thermen zurückgekehrt. Noch zeigte sich der Herbst von seiner freundlichen Seite, und der Prätor genoss es, in der warmen Sonne zu sitzen und zu lesen.

Berenike saß nicht weit von ihm und stickte an ihrem Tuch. Manchmal hob er den Kopf, um sie für einige Sekunden zu beobachten. Einmal begegnete er ihrem Blick. Rasch ließ ihre Verlegenheit sie wieder wegschauen.

Marcus lächelte in sich hinein. Er hatte das Mädchen nicht mehr beachtet als notwendig, seit er ihr Claudius anvertraut hatte. Aber jetzt, da er wusste, wie sehr sie sich für seinen Sohn einsetzte, fing er an, sich mehr für sie zu interessieren. Was war sie wohl für ein Mensch? Und warum wurde sie so verlegen, wenn er sie ansah oder mit ihr sprach?

Claudius kam die Treppe herunter, ein Spielbrett und einen kleinen Beutel in den Händen. Er legte beides ab und verschwand wieder. Kurz darauf kehrte er mit dem kleinen Tisch aus seiner Kammer zurück. Er stellte diesen vor Berenike auf und legte das Brett darauf. Dann holte er aus dem Beutel weiße und braune Spielsteine und stellte diese auf.

»Spielst du mit mir?«, fragte er die junge Sklavin schließlich.

Überrascht sah Berenike auf. »Aber das geht doch nicht, Claudius«, sagte sie erschrocken. Sie konnte doch nicht einfach ihre Arbeit niederlegen, um mit dem Jungen zu spielen! Was sollte der Prätor denken? Dafür war sie doch nicht da!

»Warum nicht? Wenn du das Spiel nicht kennst – das kann ich dir beibringen.«

Unsicher sah Berenike zum Prätor. Der hatte sein Buch auf die Knie gelegt und ihrem Gespräch aufmerksam zugehört.

»Was ist?«, fragte Claudius ungeduldig. »Wir nennen es das Soldatenspiel. Es ist nicht ganz leicht, aber ich kann es dir erklären.«

»Gut«, wandte sich Berenike an den Jungen. »Ich werde mit dir spielen, wenn es dein Vater erlaubt.«

»Warum sollte ich es nicht erlauben?«, fragte Marcus. Was ging nur in dem Mädchen vor? Wenn es um seinen Sohn ging, war sie mutig, selbstbewusst. Aber in Situationen wie diesen wirkte sie so unsicher. Hatte sie etwa Angst vor ihm? Er beugte sich wieder über sein Buch.

»Also, dann zeige ich dir, wie es geht«, erklärte Claudius und kam sich dabei sehr wichtig vor.

Berenike schüttelte den Kopf. »Das brauchst du nicht. Ich kenne das Spiel.«

Überrascht sah Marcus auf. »Woher?«

»Von meinem Vater.«

»Wie kommt es, dass ein griechischer Lehrer römische Spiele beherrscht?«

Sie antwortete nicht, hielt den Blick starr auf das Brett gerichtet. Wie sollte sie ihm erzählen, was ihren Vater veranlasst hatte, sich mit solchen Dingen zu beschäftigen und sie auch noch seiner Tochter beizubringen? »Ich weiß es nicht«, sagte sie schließlich zögernd. Irgendeine Antwort musste sie ihrem Herrn geben.

»Das ist auch nicht wichtig«, rief Claudius ungeduldig. Er drehte das Brett so, dass die weißen Steine auf Berenikes Seite lagen. »Du fängst an«, entschied er großzügig.

Berenike setzte den ersten Stein, noch unsicher. Es war lange her, dass sie gespielt hatte, und sie musste sich erst wieder an die Regeln erinnern. Sie spürte, dass der Prätor sie beobachtete, und es fiel ihr schwer, sich zu konzentrieren. Sie machte ein paar grobe Fehler, bei denen Claudius missbilligend den Kopf schüttelte. Schließlich gewann er. »Das war nicht gut«, erklärte er von oben herab. »Du musst noch viel lernen.«

Dann stellte er die Steine erneut auf. »Jetzt fange ich an«, verkündete er laut.

Berenike nickte und nahm sich vor, besser aufzupassen. Sie versuchte zu vergessen, dass Marcus danebensaß und aufmerksam zusah. Sie verstand selbst nicht, warum sie sich so unsicher und verwirrt fühlte, wenn er in ihrer Nähe war.

Der Prätor bemerkte, dass ihre Hände, die so geschickt mit der Nadel umzugehen verstanden, leicht zitterten, wenn sie mit ihren Steinen zog. Im ersten Spiel hatte sie sich nicht gut geschlagen, sie war unkonzentriert gewesen, aber im zweiten schien es ihr leichter zu fallen, sich ganz dem Spiel zu widmen. Sie war aufmerksamer, spielte sicherer.

Es war interessant, seinem Sohn und der jungen Sklavin zuzusehen, zu beobachten, wie sie einander auf dem Spielbrett bekämpften, wie sie beide jeden Zug genau überlegten, Fallen stellten und selbst in Fallen gerieten. Claudius spielte für sein Alter recht gut, aber nachdem Berenike ihre erste Unsicherheit überwunden hatte, zeigte sich bald, dass sie ihm überlegen war. Sie gewann die nächsten drei Spiele.

Claudius sammelte die Steine wieder ein und steckte sie zurück in den Beutel. Er war wütend, weil er verloren hatte, und das auch noch gegen eine Frau. Dabei spielte er besser als alle seine Freunde.

»Was ist los, Claudius? Hast du keine Lust auf ein fünftes Spiel?«, fragte ihn Berenike.

»Nein«, erwiderte er nur knapp.

»Bist du wütend, weil du verloren hast?«

Heftig schüttelte er den Kopf. »So gut bist du nicht! Gegen mich gewinnt man nicht so einfach. Ich wollte nur nicht, dass du dich ärgerst, wenn du verlierst.«

»Oh, du hast mich also gewinnen lassen?«

»Ja, das habe ich.«

Marcus lachte. »Es fällt dir wohl schwer, auch einmal zu verlieren, mein Sohn. Du scheinst es nicht gewohnt zu sein.«

»Gegen meine Freunde gewinne ich meistens«, sagte Claudius trotzig, nahm das Spielbrett unter den Arm und wandte sich zur Treppe. Oben angekommen drehte er sich noch einmal um.

»Spielen wir morgen wieder, Berenike?«, fragte er.

»Wenn du willst«, antwortete diese lächelnd.

Der Junge nickte. »Ja, das will ich. Aber jetzt habe ich Hunger, es ist schon spät.«

Berenike nickte erschrocken. »Du hast recht. Camilla wird schon auf mich warten.« Sie wandte sich entschuldigend an den Prätor. »Vergib mir, aber ich habe über dem Spiel die Zeit vergessen.«

Marcus hob leicht die Hände. »Es ist gut, Berenike. Du brauchst dich nicht zu entschuldigen. Du hattest ja meine Erlaubnis. Aber jetzt geh, Camilla ist vielleicht nicht so rücksichtsvoll. Du weißt, dass sie nicht gerne auf andere wartet.«

Da nahm sie ihre Stickerei und verließ schnell den Garten. Warum beunruhigte es sie nur so, wenn er sie bei ihrem Namen nannte?

Wenige Tage später kamen zwei von Claudius' Freunden in Begleitung ihrer Sklaven zu Besuch. Beide kamen aus vornehmen und angesehenen Häusern. Der Vater von Titus Flavius war Senator, Tiberius Cornelius' Vater gehörte dem Adel an. Es waren aufgeweckte und lebhafte Jungen.

Sie gingen in den Garten, um zu spielen.

Ihre Sklaven hatten genau wie Ulbertus die Aufgabe, in der Nähe der Jungen zu bleiben und darauf achtzugeben, dass nichts passierte.

Berenike hielt sich im Hintergrund. Das hier war nicht ihre Aufgabe. Sie kannte die beiden nicht und musste sich zurückhalten.

Zu dritt saßen sie um ein Spielbrett. Claudius spielte gegen Titus, Tiberius kommentierte jeden Zug, den er natürlich viel besser gesetzt hätte, was schließlich in einen handfesten Streit zwischen den Freunden mündete. Die Sklaven hatten alle Mühe, die Kinder wieder zu beruhigen.

Berenike beobachtete das gespannt. Claudius unter seinen Freunden zu sehen, war etwas Neues. In der Schule war keine Zeit für Spiele und dergleichen.

Als Camilla sie rief, ging sie nur ungern davon. Gerne hätte sie die Jungen weiter beobachtet.

Camilla nahm sie mit in die Speisekammer. »Komm, hilf mir, die Vorräte zu sichten«, befahl sie barsch. »Du solltest das lernen, weil ich dich mit zum Markt nehmen werde. Du musst wissen, was wir brauchen. Und vielleicht kannst du das Einkaufen ab und zu übernehmen. Claudius könnte dich begleiten. Der Prätor hat mir schon mehrmals gesagt, dass ich den Jungen mitnehmen soll, damit er das Leben auf der Straße sieht und sich selbst ein Bild davon machen kann.«

»Aber du möchtest ihn nicht dabeihaben?«

»Ach, ohne ihn bin ich schneller. Wahrscheinlich würde er alles in die Hand nehmen wollen und mich nur aufhalten.«

Sie überprüften die Körbe, Töpfe und Krüge. »Wenn du auf den Markt gehst, nimm immer einen Sklaven mit. Du brauchst einen Mann, der dir in der Menge den Weg frei macht und dir die schweren Einkäufe trägt. Die leichten kannst du selber nehmen. Aber komm ja nicht auf die Idee und gib Claudius etwas zu tragen. Er darf dich begleiten, aber du darfst ihn nicht als Helfer anstellen. Das würde dem Sohn des Prätors nicht gut anstehen. Und dir sicherlich den Ärger unseres Herrn einbringen.«

»Wo denkst du hin, Camilla«, rief Berenike. »Dessen bin ich mir bewusst.«

»Hm. Gut. Was du lernen musst, ist das Handeln. Gib dem Händler nie den Betrag, den er verlangt. Das ist immer zu viel.«

»Oh, das kenne ich. Glaube mir, das beherrsche ich. Mein Vater hatte nicht viel Geld. Ich musste handeln, sonst hätten wir nicht genug zu essen gehabt.«

Camilla drehte sich ihr zu. »Deine Familie war arm?«

»O ja!« Berenike nickte. »Aber es hat immer zum Leben gereicht. Wir haben nicht viel gebraucht. Und ich wusste, wie man richtig wirtschaftet. Das hat mir meine Mutter beigebracht.«

Camilla nahm nachdenklich einen irdenen Topf und öffnete ihn. »Bist du darum in die Sklaverei geraten? Weil du arm warst? Hattet ihr Schulden, die ihr nicht bezahlen konntet? Hat man dich deswegen an Clivius verkauft?« Sie setzte den Deckel wieder auf den Topf und stellte ihn zurück ins Regal. »Du wärst nicht die Erste, der so etwas passiert.« Sie wandte sich wieder der jungen Sklavin zu. »Ich weiß, ich habe dich das nie gefragt. Aber es beschäftigt mich von Anfang an.«

Berenike schluckte schwer. Camilla war erstaunlich freundlich. Aber das war kein Grund, ihr alles zu erzählen. Vielleicht konnte sie mit Verrat am römischen Volk nicht gut umgehen. Und was war es anderes, was ihr Vater getan hatte?

»Du willst nicht darüber reden?«, fragte Camilla. »Nun denn.« Sie klang fast beleidigt. »Das ist deine Sache. Ich kann dich nicht dazu zwingen.«

In diesem Moment hörten sie laute Rufe aus dem Garten. »Titus, Claudius, Tiberius! Wo seid ihr?«

Camilla und Berenike sahen sich erschrocken an. Was, wenn die Jungen entwischt waren? Keiner der Väter würde es verzeihen, wenn ihnen etwas zustieß.

Schnell eilten sie nach draußen. Ulbertus und die anderen Sklaven liefen aufgeregt umher.

»Was ist passiert?«, rief Camilla.

»Die Jungs haben gerade noch hier gespielt. Sie wollten nur kurz in Claudius' Schlafkammer, um die Spielsteine wegzubringen. Aber dort sind sie nicht. Wir wissen nicht, wohin sie entwischt sind.«

Tiberius' Sklave begann laut zu schimpfen. »Es ist jedes Mal das Gleiche. Die Kinder hecken etwas aus und überlisten uns, und wir werden dafür bestraft. Anbinden sollte man sie. Immer diese dummen Flausen im Kopf.«

»Schweig!«, zischte Camilla. »Zügle deinen Zorn. Er hilft uns auch nicht weiter. Lass uns lieber nach den Jungen suchen. Vielleicht sind sie nach hinten gegangen zu den Pferden.«

Sie gingen gemeinsam zum hinteren Ausgang, der zu den Stallungen und zum Wagenschuppen führte. Dort kam ihnen bereits Lygius mit den drei Freunden entgegen. Sie hatten die Köpfe hoch erhoben und schienen sich keiner Schuld bewusst zu sein.

»Ich vermute, ihr sucht die drei Ausreißer?« Er schüttelte den Kopf. »Ich habe sie am Ausgang zur Straße erwischt.«

Camilla lief verärgert zu Claudius. »Wie konntest du nur? Weißt du eigentlich, in welche Gefahr du dich und deine Freunde bringst, wenn du alleine mit ihnen und ohne den Schutz eurer Sklaven das Haus verlässt? Noch seid ihr Kinder. Auf den Straßen Roms lauern viele Gefahren. Denkst du daran, was passiert, wenn ihr euch verlauft und den Weg zurück nicht mehr findet? Wo sollten wir euch suchen? Wie euch finden?«

»Wir kennen uns gut genug aus. Uns kann nichts passieren.« Claudius war trotzig. Mit hochrotem Kopf, die Arme in die Hüften gestemmt, stand er vor Camilla. Streitlustig sah er sie an.

Die Sklavin schnaubte und drehte sich zu Berenike um. »Weißt du jetzt, was ich meine?«

Aber Berenike beachtete sie nicht. Sie sah die Jungen an, einen nach dem anderen. »Bitte überlegt einmal, was euer Tun für Folgen hätte. Was hätte euch alles passieren können! Und wenn euch ein Unglück zustößt oder ihr einen Unfall habt, wird man euren Sklaven die Schuld geben. Sie werden für euer Handeln bestraft werden. Ausgepeitscht zu werden wäre wahrscheinlich noch die geringste Strafe. Wollt ihr das wirklich?« Sie war sich jedoch bewusst, dass die Jungen diese Mahnung nicht verstehen würden.

Und tatsächlich. Tiberius brauste auf. »Was kümmert mich mein Sklave? Hätte er besser aufgepasst, hätten wir nicht entwischen können. Er verdient seine Strafe zu Recht!«

»Ja, so ist es!«, pflichtete ihm Titus bei. »Schließlich ist er für mich verantwortlich. Warum sollte er nicht bestraft werden?«

Lediglich Claudius schien sich nicht sehr wohl in seiner Haut zu fühlen.

Da standen sie, vier Sklaven und zwei Sklavinnen. Und alle sechs wussten, dass die Väter der beiden es genauso sehen würden, wie die Jungen es gesagt hatten. Sie konnten nichts daran ändern.

»Kommt«, sagte Ulbertus schließlich. »Lasst uns zurück in den

Garten gehen. Es ist sowieso bald Zeit, dass ihr wieder nach Hause zurückkehrt.«

Berenike aber sprach Claudius darauf an, nachdem seine Freunde das Haus verlassen hatten.

»Siehst du das genauso wie deine Freunde? Wäre es dir gleich, wenn Ulbertus oder ich für deine Taten bestraft werden würden?«

Claudius saß mit schuldbewusstem Blick auf der Bank, die Knie fest an sich gezogen und umklammert. Er schüttelte kaum merkbar den Kopf. »Nein, eigentlich nicht«, sagte er kleinlaut. »Vater würde das auch nicht so sehen. Er hat noch nie einen Sklaven auspeitschen lassen.«

»Weißt du auch, warum?«

»Er sagt, dass wir auf euren Dienst angewiesen sind. Schließlich müsst ihr all die Aufgaben erledigen, die uns das Leben angenehm und bequem machen. Er meint, dass kein Herr das Recht hat, seinen Sklaven schlecht zu behandeln.«

»Und wenn etwas passiert, wie bestraft dann dein Vater?«

»Ich weiß nicht. Das ist ganz verschieden. Meistens überträgt er demjenigen unangenehme Arbeiten. Marcia wurde einmal dazu verdonnert, die Kloaken zu putzen, obwohl das sonst nicht ihre Aufgabe ist. Und Filippos musste alleine die Ställe ausmisten. Und du weißt ja, wie er ist. Er scheut alles, bei dem er schmutzige Hände bekommen könnte.«

»Glaubst du wirklich, dass dein Vater uns so milde bestrafen würde, wenn dir, seinem einzigen Sohn, etwas zustoßen würde? Du vielleicht sogar verloren gingest?« Berenike sah ihn ernst an.

Claudius schluckte. »Das … das … Ich glaube nicht, dass er so streng wäre wie die anderen Väter.«

»Denkst du wirklich? Ja, dann wäre es also nicht so schlimm, wenn Ulbertus oder ich für dein Verhalten bestraft werden? Was meinst du? Findest du, dass alles in Ordnung ist, solange dein Vater uns nicht der Peitsche ausliefert oder uns Brandwunden zufügen lässt?«

Der Junge wagte es nicht, Berenike in die Augen zu sehen. »Doch, es wäre trotzdem schlimm.« Er hob den Kopf. »Bitte, Berenike, sei mir nicht böse. Ich habe nicht so weit gedacht.«

»Das glaube ich dir. Für dich hat nur der Spaß gezählt, nicht wahr? Den Sklaven zu entwischen ist schon etwas Reizvolles und gibt euch viel Grund zum Lachen. Nur, Claudius, eure Väter geben sie euch nicht nur als Aufpasser mit. Sie sollen euch schützen. Zu schnell passiert etwas. Und auch, wenn du das nicht gerne hörst, so seid ihr doch noch Kinder.«

Claudius nickte. »Du musst das Ganze meinem Vater erzählen, nicht wahr?«

»Vermutlich wird das Ulbertus tun. Er war heute für dich verantwortlich.«

»Dann muss ich mir all das, was du gerade gesagt hast, noch einmal anhören.«

»Das wird sich wohl nicht vermeiden lassen. Aber Claudius, das hättest du dir vorher überlegen sollen.«

So kam es dann auch. Ulbertus berichtete dem Prätor, was passiert war. Er nahm die ganze Schuld auf sich, aber der Prätor winkte ab. »Ich war auch mal ein Kind. Und ich bin auch oft genug meinem Aufpasser entkommen. Du bist ein verantwortungsvoller Mensch, Ulbertus. Ich kann dich nur ermahnen, die Jungen noch besser im Blick zu behalten. Aber wenn sie etwas anstellen wollen, werden sie immer Mittel und Wege finden, dich und die anderen Sklaven zu überlisten. Ich werde mit Claudius reden.«

Und so kam es, dass Claudius beim Essen zurechtgewiesen wurde und all das noch einmal zu hören bekam, was Berenike bereits zu ihm gesagt hatte.

Mit hochrotem Kopf saß er da, die Hände unter die Beine geschoben. Er starrte auf den Tisch und hörte zu.

»Hast du verstanden, was ich dir sagen will?«, fragte der Prätor schließlich. »Siehst du, in welche Gefahr ihr euch selbst bringt? Und wie ihr die Männer, die für euch verantwortlich sind, einer ungerechten Strafe ausliefert?«

»Ja, ja«, stieß Claudius trotzig hervor. »Berenike hat mir schon das Gleiche gesagt.«

»Oh.« Der Prätor war erstaunt.

Claudius sah seinen Vater herausfordernd an. »Ich bin nicht dumm. Ich weiß, dass das heute falsch war.«

»Mehr hast du dazu nicht zu sagen?«

»Doch.« Claudius war wieder kleinlaut geworden. »Es tut mir leid. Bitte verzeih mir.«

»Ich nehme deine Entschuldigung an, erwarte aber, dass du künftig solche Streiche lässt.« Marcus machte es sich bequem. »Und jetzt iss, mein Sohn. Mit leerem Magen kommt man nicht auf klügere Gedanken.«

12. Das Eheangebot

Marcus genoss den täglichen Aufenthalt in den Thermen sehr. Hier konnte er sich erholen, sich ausruhen.

Meist kam er mit Gaius her. Dann suchten sie zuerst den Sport- oder den Ringplatz auf, um ihre Kräfte zu messen. Sie rangen miteinander, liefen gegeneinander an, übten sich im Speerwurf oder beteiligten sich gemeinsam mit anderen an den verschiedenen Ballspielen.

Danach begaben sie sich in die Bäder. Während Gaius dort sämtliche Anwesenden auf einmal unterhielt, scherzte und mit ihnen lachte, genoss es Marcus, in die verschiedenen Bäder zu tauchen, das kalte und warme Wasser zu spüren, in den Heißlufträumen zu sitzen und zu schwitzen. Dann saß er mit geschlossenen Augen da und gab sich seinen Gedanken hin. Hier war er nicht ansprechbar. Und die meisten Römer respektierten das auch.

Wenn sie das Bad beendet hatten, verbrachten sie meistens etwas Zeit in den Lesesälen, um mit anderen zu reden, zu diskutieren. Oder sie gaben sich dem müßigen Nichtstun hin, maßen sich in Würfel- und Brettspielen.

An diesem Tag aber begaben sie sich nach dem Bad hinaus in den Garten. Gaius hatte Marcus darum gebeten. »Ich muss mit dir reden«, hatte er gesagt. »Und es soll nicht jeder hören, was ich dir zu sagen habe.«

So gingen sie nun im Schatten der Bäume gemächlich spazieren.

»Nun, mein Freund, was gibt es?«, fragte Marcus, nachdem sie eine Weile schweigend nebeneinander hergegangen waren.

Gaius vergewisserte sich, dass niemand in der Nähe war. »Pius Tullius hat mich angesprochen. Seine Tochter ist nun seit einem Jahr verwitwet. Und er denkt, dass es an der Zeit wäre, sie wieder zu verheiraten. Sie ist noch jung. Und sie sieht recht gut aus.«

Marcus war stehen geblieben. »Warum erzählst du mir das?«
»Deine Frau ist vor acht Jahren gestorben. Das ist lange her. Warum heiratest du nicht wieder?«
»Die Tochter von Pius Tullius, einem der korruptesten Senatoren Roms?«
»Er hat Geld. Und er sagt, es solle dein Schaden nicht sein, wenn du sie heiratest. Marcus, du wirst auch nicht jünger. Wie lange willst du noch warten?«

Marcus war langsam weitergegangen. Jetzt wandte er sich Gaius zu. »Was bist du eigentlich? Tribun oder Heiratsvermittler? Die wievielte Ehe ist es, die du mir seit dem Tod deiner Schwester angetragen hast? Die zehnte, die elfte? Ich habe langsam das Gefühl, dass halb Rom mich heiraten möchte. Oder dass halb Rom mich gerne als Schwiegersohn sehen würde. Warum? Bestimmt nicht wegen meiner schönen Augen und meines guten Aussehens«, meinte er spöttisch. »Wenn es danach ginge, würde mich keiner dieser Männer seinen Töchtern zumuten wollen. Warum also tun sie es? Weil ich reich bin? Oder weil ich Prätor bin? Hoffen sie, dass sie durch eine eheliche Verbindung irgendwelche Vorteile erlangen könnten? Kannst du mir das beantworten, Gaius?« Er ging ein paar Schritte weiter. »Was geben sie dir, wenn du mich immer und immer wieder fragst? Und was würden sie dir geben, wenn ich endlich einmal Ja sagen würde?«

Gaius atmete tief durch. »Ich verstehe dich nicht, Marcus. Die Ehen, die ich dir angeboten habe, wären auch für dich recht vorteilhaft gewesen.«

»Ja, das mag sein. Aber ich habe es dir schon oft gesagt, und ich sage es dir noch einmal: Ich werde nicht wieder heiraten. Ich werde es nicht noch einmal zulassen, dass eine Frau an meiner Seite lebt, die zur Ehe gedrängt oder gar gezwungen wurde. Warum fällt es euch so leicht, einen Menschen unglücklich zu machen, wenn es nur eurem Machtstreben und eurer Geldgier dient? Ich werde keine Frau mehr anrühren, es sei denn, ich liebe sie und sie liebt mich auch. Vergiss das nicht, Gaius.«

»Liebe! Was ist das schon? Du redest wie ein unausgereifter Jüngling, der noch nichts vom Leben weiß.«

»Nein, Gaius, ich rede so, weil ich zu viel vom Leben weiß.«

»O Marcus, was bist du nur für ein Mensch! Leben. Was weißt du schon davon? Schau doch unsere Götter an. Bacchus. Oder Venus. Oder Amor. Sie zeigen uns, wie man das Leben genießen kann. Feiern, essen und trinken. Und vor allem die Liebe. Sind nicht sie es, die die Liebe erschaffen haben? Und bringen nicht gerade sie diese zu uns?«

Der Prätor schüttelte den Kopf. »Du redest zwar von Liebe. Was du jedoch meinst, Gaius, ist Lust. Aber genug damit. Meine Antwort kennst du. Leite sie weiter und versuche nicht, mich umzustimmen.« Damit wandte er sich wieder den Bädern zu. »Es ist spät, ich denke, es wird Zeit zu gehen. Ich wünsche dir eine gute Nacht, Gaius«, sagte er und ließ den Tribun stehen.

Der ballte die Fäuste und fluchte leise vor sich hin. Wenn Marcus nur nicht so stur wäre! Und wenn er vor allem die Absichten dieser Männer nicht durchschauen würde, dann könnte er, Gaius, sich eine nette Summe verdienen.

13. Bei Gericht

»Er sagt, es sei wichtig. Und er hat seine Frau bei sich.« Der Gerichtsschreiber wirkte wie immer aufgeregt. Er hasste es, wenn jemand außerhalb der Gerichtszeiten kam, um mit dem Prätor zu reden.

»Dann schick ihn zu mir. Ich werde ihn anhören.«

Der Mann, der daraufhin den Raum betrat, war nicht besonders groß, aber stämmig. Ein Handwerker mit großen Händen und einem von der Arbeit leicht gekrümmten Rücken. Er mochte vielleicht vierzig Jahre alt sein, sah aber älter aus. Doch trotz seiner ärmlichen Kleidung und seiner gebückten Haltung wirkte er stolz und selbstbewusst.

Die Frau, die er bei sich hatte, war wesentlich jünger als er. Ihr langes schwarzes Haar hatte sie zu einem dicken Zopf geflochten. Unsicher ließ sie ihren Blick durch den Raum schweifen. Nur einen Augenblick lang sah sie dem Prätor in die Augen, dann senkte sie sofort den Kopf und blieb abwartend stehen.

Marcus betrachtete das ungleiche Paar. »Wer bist du? Und was willst du?«, fragte er schließlich.

Der Mann legte seine Hand auf die Brust. »Ich bin der Schmied Septimus Ravenus.« Verächtlich zeigte er auf die Frau. »Und das ist mein Weib. Zumindest habe ich sie bisher dafür gehalten.«

Der Prätor wandte sich an die Frau. »Dein Name?«

»Lucia«, flüsterte sie.

»Sprich lauter. Und sieh mich an, wenn du mir antwortest.«

»Ich heiße Lucia«, wiederholte sie und hob dabei den Kopf. Jetzt erst fiel Marcus auf, dass sie erstaunlich klare blaue Augen hatte.

»Und was führt euch zu mir?«

»Du bist Prätor. Und ich brauche deine Hilfe.« Wieder deutete er auf seine Frau. »Dieses Weib ist mir vor vier Jahren anvertraut worden. Ich habe sie in mein Haus aufgenommen und sie vor drei

Jahren sogar zu meiner Frau gemacht. Sie selbst kam aus dem ärmsten Viertel Roms. Der Vater ein Trinker, die Mutter eine Hure. Und wie dankt sie mir all das, was ich für sie getan habe? Sie schleicht sich nachts heimlich aus dem Haus. Vielleicht hat sie einen Geliebten. Ich weiß weder, wohin sie geht noch was sie treibt. Wenn ich sie verfolge, verliere ich sie jedes Mal nach kurzer Zeit aus den Augen. Und wenn ich sie danach frage, gibt sie mir keine Antwort.«

»Und was soll ich deiner Meinung nach tun? Wenn dir ihr Verhalten nicht gefällt, ist es deine Aufgabe, dafür zu sorgen, dass sie nachts das Haus nicht mehr verlässt.«

»Ich will wissen, wohin sie geht und mit welcher Absicht. Mir sagt sie es nicht. Aber du bist der Prätor. Dir muss sie es sagen.«

Marcus seufzte. Jetzt sollte er auch noch die Eheprobleme der Bürger Roms lösen! »Also gut«, wandte er sich an die Frau. »Stimmt das, was dein Mann sagt?«

Sie nickte.

»Du verlässt nachts heimlich das Haus?«

Wieder nickte sie.

»Und aus welchen Gründen?«

Sie senkte erneut den Blick.

»Du willst auch mir keine Antwort geben?«

Sie reagierte nicht.

»Nun mach schon den Mund auf, du dummes und störrisches Weib!«, schrie ihr Mann sie an.

»Ravenus, du vergisst wohl, wo du bist und vor wem du stehst«, wies der Prätor ihn zurecht. »Und rede nur, wenn ich dich dazu auffordere.« Er musterte die Frau, die sowohl eingeschüchtert als auch entschlossen schien, nichts zu sagen.

»Warum willst du mir nicht antworten?«

Jetzt erst hob sie den Kopf. »Ich werde dir antworten, Herr, wenn er zuvor den Raum verlässt.«

»Du hältst es für richtig, dass du vor deinem Ehemann Geheimnisse hast?«

Sie nickte. »Ja, Herr, manchmal muss es so sein.«

Marcus sah beide nachdenklich an. Den Mann, der vor Wut einen hochroten Kopf bekommen hatte, es aber nicht wagte, auch nur einen Ton zu sagen. Und die Frau, die auf einmal so seltsam aufrecht vor ihm stand und in keiner Weise mehr dem Eindruck entsprach, den sie bei ihrem Eintritt erweckt hatte.

Schließlich bedeutete er dem Gerichtsschreiber, mit Septimus Ravenus den Raum zu verlassen. Nur widerwillig befolgte der Schmied den Befehl.

Der Prätor wartete, bis sich die Tür hinter den beiden geschlossen hatte. Dann ließ er die Frau näher treten, sodass sie leiser reden konnten.

»Wenn dein Mann dein Geheimnis erfährt, was wird er dann tun?«

»Er wird zum Kaiser gehen.«

Marcus war erstaunt. »Zum Kaiser?« Mit dieser Antwort hatte er nicht gerechnet. »Warum zum Kaiser?«

»Weil …« Sie zögerte mit ihrer Antwort. »Weil ich in seinen Augen vermutlich ein Verbrechen begehe«, antwortete sie schließlich.

»Ein Verbrechen?« Das Ganze wurde immer seltsamer. »Heißt das, dass ich ebenfalls zum Kaiser gehen werde, wenn du dich mir anvertraust?«

»Das weiß ich nicht. Ich weiß nur, dass es wohl deine Pflicht wäre.«

Der Prätor lehnte sich zurück und betrachtete noch einmal ihr Gesicht. Sie war eine Schönheit, aber es waren ihre klaren Augen, die ihr Gesicht prägten.

Eine Frau, die sich vor nichts wirklich fürchtete und sich auch vor nichts zu fürchten brauchte, dachte er und erschrak, als er merkte, dass er sich nicht erklären konnte, warum ihm dieser Gedanke kam. Und er erkannte, dass diese Frau viel mehr Stärke besaß als ihr Mann, der so stolz wirkte, im Innersten aber unsicher und voller Angst war.

»Und trotzdem würdest du mir dein Geheimnis verraten?«

Sie nickte. »Ja, Herr.«

»Obwohl ich es vielleicht dem Kaiser übermitteln werde, es wahrscheinlich sogar muss?«

»Ja, Herr. Denn es ist mir lieber, wenn du das machst.«

»Und nicht dein Mann.« Marcus stand auf und ging ans Fenster. »Warum hast du ihn geheiratet, wenn du ihm nicht vertraust?«, fragte er, ohne sich zu ihr umzudrehen.

»Ich bin die Tochter eines Trinkers und einer Hure, denen es nichts ausmachte, ihr einziges Kind für einen Beutel mit Gold zu verkaufen. Ich hatte keine Wahl.«

»Ja.« Er nickte. »Ja, das glaube ich dir.« Lächelnd wandte er sich ihr wieder zu. Er kannte das Leben in dieser Stadt, und doch erschütterte es ihn immer wieder, wenn er solche oder ähnliche Geschichten hörte.

»Und worin besteht nun dein Geheimnis?«

»Ich bin Christin.«

Seltsam, dachte Marcus. Warum habe ich mit dieser Antwort gerechnet? Und warum erschreckt sie mich nicht, obwohl ich weiß, wie der Kaiser dazu steht? Laut sagte er nur: »Ein Geheimnis, das du wirklich nicht jedem erzählen kannst. Du triffst dich also nachts mit deinen Freunden, die ebenfalls Christen sind?«

»Ja, Herr, das tue ich.«

»Ich möchte nicht wissen, mit wem du dich triffst und wo. Was ihr tut, ist mir gleich. Darum werde ich auch dem Kaiser nichts von unserem Gespräch berichten. Aber nimm dich in Acht. Ihr habt genug Feinde. Nur deinem Mann solltest du die Wahrheit sagen, auch wenn es dir schwerfällt. Du bist ihm wichtiger, als er jemals zugeben würde. Wäre er sonst mit dir hierhergekommen? Er hätte dich längst verfolgen lassen und dich so überführen können. Aber glaube mir, er hat Angst, dich zu verlieren.« Mit diesen Worten ging er an der Frau vorbei zur Tür und rief Septimus Ravenus wieder herein.

Lucia schloss für einen Augenblick die Augen und atmete tief durch. Was sie gerade erlebt hatte, war mehr, als sie sich in ihren kühnsten Träumen erhofft hatte. Und so lächelte sie ihrem Mann glücklich zu, als er neben sie trat und sie misstrauisch musterte.

»Was ist los?«, fragte er.

Marcus ließ sich mit der Antwort Zeit.

»Nun hör mir gut zu, Ravenus«, sagte er schließlich. »Was deine Frau tut, ist weder ungesetzlich noch unmoralisch. Aber es ist leider nicht ungefährlich. Du hast keinen Grund, ihr gegenüber misstrauisch zu sein. Sie ist jung und muss hart arbeiten. Es geht ihr gut bei dir und glaube mir, sie weiß das sehr wohl zu schätzen.«

»Warum hintergeht sie mich dann?«

»Es ist deine eigene Verständnislosigkeit, die sie dazu treibt. Schenke ihr dein Vertrauen, und du kannst sicher sein, dass sie dir ihr Verhalten erklären wird.«

Unsicher sah Septimus zu seiner Frau hinüber. »So wirst du mir ihr Geheimnis nicht verraten?«

»Nein, Ravenus, das wird sie selbst tun. Und jetzt geht. Und behaltet bei euch, dass ihr hier gewesen seid.«

Er sah ihnen nach, als sie den Raum verließen, und ging wieder zum Fenster. Der Lärm der Stadt erschien ihm lauter denn je, die stickige Luft war noch unerträglicher. Er sehnte sich nach einem Bad und danach, sich seinen Gedanken hinzugeben.

Er ließ seinen Blick über die Straßen gleiten und sah plötzlich Berenike mit seinem Sohn, die bei einem Gemüsehändler standen und mit ihm verhandelten. Die junge Frau lachte und strich seinem Sohn über den Kopf. Und zum ersten Mal fiel ihm auf, wie weich und fließend ihre Bewegungen waren, zum ersten Mal wurde er sich der Rundungen ihres Körpers bewusst.

Kopfschüttelnd verließ er die Stelle am Fenster. Seltsam, dachte er, man sieht einen Menschen tagtäglich. Und plötzlich entdeckt man, dass dieser Mensch eine Frau ist. Eine Frau.

Er wandte sich noch einmal nach dem Fenster um. Aber wie immer unterdrückte er die Sehnsucht und die Einsamkeit, die sich in ihm auszubreiten drohte.

Nachdem Berenike mit Claudius vom Markt zurückgekehrt waren, setzten sie sich auf eine Bank im Atrium. Berenike hatte einen Korb mit Nüssen neben sich, um sie zu knacken.

Claudius ließ seine Füße baumeln. »Weißt du noch, wie Vater und Gaius letzte Woche über die Bestattung des alten Flavius gesprochen haben?«

Berenike nickte. »Ja. Er war wohl ein angesehener Mann?«

Der Junge nickte. »O ja, das war er. Und er war sehr reich. Außerdem war er der Großvater von meinem Freund Titus Flavius.«

»Oh. Das wusste ich nicht. Wie geht es Titus jetzt? Ist er sehr traurig?«

Claudius zuckte mit den Schultern. »Er hat ihn nicht besonders gemocht. Der alte Flavius konnte ein ziemliches Scheusal sein«, sagte er ungerührt. »Aber die Feierlichkeiten bei seiner Bestattung waren so, wie sie sein sollen. Mit vielen Klageweibern und Schauspielern und Musikern und einem Narren. Die Frauen im Trauerzug haben laut geweint und ihre Haare zerrauft. Titus sagt, dass es sehr aufregend und spannend war.«

Berenike legte ihre Hände in den Schoß. »Ich verstehe nicht. Ein Possenreißer? Und Schauspieler?«

»Ja, natürlich. Das ist bei reichen Leuten so. Der Narr läuft hinter den Männern her, die die Liege mit dem Verstorbenen auf ihren Schultern tragen, und macht die Gesten und Mimik des Verstorbenen nach. Und die Schauspieler zeigen Szenen aus seinem Leben.«

»Und die Frauen? Klageweiber? Man hat mir erzählt, dass das so ist. Aber ich habe es nicht geglaubt. Ich dachte, das wäre verboten!«

Jetzt war Claudius verblüfft. »Was soll da verboten sein?«

»Nun, dass sie laut klagen und sich die Haare raufen.«

»Wer sagt das?«

»Euer eigenes Recht. Es steht im Zwölftafelgesetz.«

»Im Zwölftafelgesetz?«

»Du weißt doch, was das ist?«

Jetzt war Claudius empört. »Selbstverständlich. Ich bin doch nicht dumm! Das ist das ganze römische Recht. Die Bronzetafeln sind auf dem Forum Romanum aufgestellt. Vater hat sie mir natürlich gezeigt.«

»Genau. Und darin steht, dass Frauen bei der Bestattungsfeier kein Trauergeheul veranstalten sollen.«

»Nein, das kann nicht sein.« Claudius schüttelte den Kopf. »Wir Römer halten uns an unsere Gesetze.«

Jetzt musste Berenike lächeln. »Dass das nicht immer stimmt, weißt du. Dein Vater ist Prätor. Wozu bräuchte man ihn, wenn es keine Verstöße gegen das Gesetz gäbe?«

Claudius zog die Augenbrauen zusammen. »Trotzdem. Das kann nicht sein. Du kannst das auch gar nicht wissen. Du kommst aus Griechenland, und du bist eine Frau. Wie solltest du etwas vom römischen Recht verstehen?«

»Nun, Claudius, warum sollte sie das nicht? Berenike ist die Tochter eines Lehrers.« Camilla war hinzugetreten.

»Ja, aber eines griechischen.«

»Aeleos ist auch Grieche.«

»Aber er unterrichtet in Rom.« Claudius wollte unbedingt recht behalten. Camillas Eingreifen ärgerte ihn.

Aber die ältere Sklavin ließ sich nicht beirren. Sie dachte an das, was Berenike und Quintus zu ihr gesagt hatten. Jetzt hatte sie die Möglichkeit, etwas in ihrem Verhalten zu ändern. »Wenn du Berenike nicht glaubst, solltest du deinen Vater fragen. Vielleicht gleich heute Abend, wenn er kommt. Als Prätor weiß er genau, was das Zwölftafelgesetz sagt. Du wirst von ihm die richtige Antwort erhalten.«

Claudius und Berenike wechselten einen erstaunten Blick. »Du sagst doch immer, ich solle ihn nicht mit meinem Fragen stören?«

Camilla zuckte mit den Schultern und stand auf. »Da habe ich mich wohl geirrt. Außerdem wirst du älter. Du bist kein kleines Kind mehr. Du bist in einem Alter, in dem du den Rat und die Meinung deines Vaters brauchst. Dein Vater wird sich nicht gestört fühlen, sondern gerne auf dich eingehen.« Sie verschränkte die Arme vor der Brust. »Genug geredet. Ich habe noch anderes zu tun.« Mit erhobenem Kopf und gestrafftem Rücken ging sie davon.

»Das verstehe ich nicht«, sagte Claudius zu Berenike gewandt. »Das hat sie noch nie zu mir gesagt.«

»Aber sie hat recht damit, oder etwa nicht?«

Claudius brummte nur. Er nahm eine der geschälten Nüsse und steckte sie in den Mund. Genüsslich kaute er. Dann sah er Berenike schelmisch an. »Ich werde meinen Vater fragen. Und dann wird sich zeigen, wer von uns beiden falschliegt. Das bist ganz sicher du.«

Berenike lächelte. Sie fuhr ihm mit der Hand durch die Haare. »Das werden wir ja sehen.«

Der Prätor kam an diesem Tag spät nach Hause. Es war seltsam, aber er fürchtete sich davor, Berenike zu begegnen und vielleicht das Gleiche zu empfinden wie heute, als er sie auf dem Markt gesehen hatte.

Er hatte kaum das Haus betreten und seine Schuhe gewechselt, als Claudius auf ihn zukam.

»Vater, darf ich dich etwas fragen? Auch wenn du gerade erst gekommen bist?« fragte der Junge vorsichtig.

»Natürlich«, erwiderte Marcus verwundert. Das war neu, dass sein Sohn ihn direkt ansprach und um etwas bat. »Gerne höre ich mir an, was du von mir wissen möchtest.«

»Dann komm bitte. Es ist sehr wichtig. Berenike liegt sicher völlig falsch. Das musst du ihr klarmachen.«

Marcus war erstaunt. »Ich soll einen Streit zwischen euch schlichten?«

»Nein«, rief Claudius ungeduldig. »Aber Berenike tut so, als wisse sie über römisches Recht Bescheid.«

Verwundert und neugierig folgte der Prätor seinem Sohn und fragte sich, was wohl auf ihn zukam. Er konnte sich nicht vorstellen, dass Claudius sich mit einer Sklavin über Rechtsfragen stritt.

Berenike saß im Garten und wartete offensichtlich, bis Claudius mit seinem Vater zurückkehrte. Ihr Haar schimmerte in der Sonne, ihre Augen waren erwartungsvoll auf ihn gerichtet.

Eine Frau, eine schöne Frau, dachte Marcus. Aber dann räusperte er sich laut, um sich von diesem Gedanken abzulenken. »Nun«, wandte er sich an Claudius. »Welche Frage beschäftigt dich?«

»Also«, fing der Junge an. »Ich habe Berenike von der Bestattung des alten Flavius erzählt. Jetzt behauptet sie, dass die Feier nicht so war, wie sie im Gesetz steht. Ich sage, dass das nicht sein kann. Wir Römer halten uns an unser Recht.«

»Hm.« Der Prätor setzte sich. »Was genau meinst du? Von welchem Teil der Trauerfeier sprichst du?«

»Titus hat erzählt, dass es Klageweiber gab und dass die Frauen, die im Trauerzug waren, laut geweint und ihre Haare zerrauft haben. Jetzt sagt Berenike, dass das verboten ist und das auch so im Zwölftafelgesetz steht. Als könnte sie so etwas wissen!« Dem Jungen war seine Empörung deutlich anzuhören.

Marcus aber war erstaunt. »Du kennst das Zwölftafelgesetz?«, fragte er Berenike.

Die junge Frau nickte. »Ich weiß natürlich nicht viel davon. Schließlich bin ich keine Rechtsgelehrte. Aber mein Vater hat mir manches darüber beigebracht.«

»Auch die Vorschriften zur Bestattung?«

Jetzt wurde Berenike rot. Sollte sie ihrem Herrn sagen, dass ihr Vater sie das nur deswegen gelehrt hatte, weil er den Widerspruch zwischen Gesetz und Brauch sah und dies dazu nutzte, um über die Römer zu spotten?

Marcus wartete, wohl wissend, dass Claudius ungeduldig auf eine Antwort von ihm wartete.

Berenike fühlte sich durch seinen ernsten und fragenden Blick verunsichert. Aber etwas in ihr drängte sie, ihm nicht auszuweichen, sondern ehrlich zu sein. So antwortete sie schließlich mit fester Stimme: »Mein Vater war kein Freund der Römer. Er hat euer Recht und eure Bräuche genau studiert. Und wenn er Widersprüche fand, hat er diese nicht verschwiegen, sondern …« Berenike sprach nicht weiter.

»Sondern gerne und offen geäußert«, vollendete Marcus ihren Satz.

Berenike nickte. »So hat er auch römische Trauerfeiern besucht. Was er da erlebte, hat er mir berichtet. Ich habe ihm nicht geglaubt, weil ich mir nicht vorstellen konnte, dass ihr tatsächlich im Widerspruch zum eigenen Recht lebt.« Sie senkte den Blick, dachte zurück. »Ja, ich habe viel von meinem Vater gelernt. Er lehrte mich das römische Recht. Er lehrte mich Sitten und Bräuche.« Jetzt hob sie den Kopf, sah den Prätor direkt an. »Ihr herrscht über uns. Und es leben viele von euch in unserer Stadt. Es ist gut zu wissen, was erlaubt ist und was nicht. Zu schnell gerät man in Gefangenschaft und …« Sie stockte.

»Und in die Sklaverei«, ergänzte Marcus auch jetzt ihren Satz. Er war überrascht und beeindruckt zugleich. Nicht nur über ihren Mut und ihre Offenheit. Diese junge Frau wusste mehr, als er erwartet hatte. Clivius hatte zwar davon gesprochen, dass sie gebildet war. Dass das zu einem gewissen Grad stimmte, hatte er auch geglaubt. Dass ihre Kenntnisse aber so weit gingen, damit hatte er nicht gerechnet. Er hatte sie aber auch nie daraufhin geprüft.

Nachdenklich betrachtete er ihr Gesicht. Schön war sie. Aber auch klug. Das gefiel ihm. Wie kam es, dass er das bis jetzt übersehen hatte?

Lächelnd wandte er sich seinem Sohn zu. »Du möchtest nicht, dass Berenike recht behält?«

»Nein. Auch wenn ihr Vater sie viel gelehrt hat, es muss noch lange nicht stimmen. Und wenn er uns Römer nicht mochte, hat er sicher auch viel Falsches erzählt. Das hat sie doch gerade selbst gesagt.«

Marcus nickte. »Wie ich sehe, hast du gut zugehört. Das gefällt mir. Aber ich muss dich enttäuschen. Was Berenike sagt, stimmt. Das Zwölftafelgesetz verbietet genau das, was Titus erzählt hat und was bei Bestattungen leider üblich geworden ist. Große pompöse Trauerzüge, Klageweiber, Frauen, egal, ob aus der Familie oder aus dem Freundeskreis, die ihre Gesichter zerkratzen und ihre Haare raufen. Ebenso lautes Klagen und Weinen. Es geht noch viel weiter. Das Zwölftafelgesetz verbietet sogar Grabbeigaben aus Gold. Ich vermute, Titus hat dir erzählt, was seinem Großvater alles ins Grab mitgegeben wurde? Sein goldener Ring und die goldenen Gefäße?«

Claudius war entsetzt. »Ja, das hat er. Aber das kann doch nicht sein! Ich dachte, für uns ist unser Recht heilig!«

Jetzt musste der Prätor lachen. »Entschuldige, mein Sohn, ich lache dich nicht aus. Aber wenn das so wäre, würde man mich und die anderen Prätoren nicht brauchen.« Er überlegt kurz. »Vielleicht muss ich das genauer erklären. Frage dich, warum es das Zwölftafelgesetz überhaupt gibt. Die Antwort ist: Weil Menschen gerne machen, was sie wollen, ohne Rücksicht auf andere zu nehmen. Da, wo Menschen zusammenleben, müssen Regelungen getroffen werden, um eine Ordnung herzustellen und zu wahren. Ohne Regeln kann kein Volk leben. Das würde Chaos bedeuten und immer nur den Stärkeren oder den mit dem meisten Geld bevorzugen.«

Aus dem Augenwinkel sah er, dass Berenike leicht den Kopf schüttelte. »Du bist anderer Meinung?«, fragte er sie.

»Nein, Herr. Das bin ich nicht. Aber ist es nicht der Stärkere, der letztendlich bestimmt, wie diese Regeln aussehen sollen? Machen nicht die Reichen und die Starken das Gesetz? Es sind nicht die Unterdrückten, die gefragt werden.«

Der Prätor dachte über ihre Worte nach. »Aber sie erhalten die gleiche Gerechtigkeit wie die Herrschenden, unterstehen demselben Gesetz. Wenn ein Bürger Roms einen anderen Bürger betrügt, wird der Betrogene vom Gesetz geschützt, auch wenn er arm und der andere reich ist. Es gilt der Grundsatz, dass gleiches Recht unter allen Bürgern gelten soll.«

»Das ist wahr, Herr. Das ist das, was eure Philosophen sagen. Aber ist das nicht nur ein Wunsch? Ist es wirklich das, was passiert? Hat der Reiche nicht mehr Möglichkeiten, eine Verhandlung zu seinen Gunsten zu beeinflussen?«

»Du sprichst von Bestechung.«

Claudius schüttelte heftig den Kopf. »Vater ist nicht bestechlich!«

Wieder musste Marcus lächeln. »Ja, das ist wahr. Ich lasse Bestechung nicht zu und bekämpfe sie, wo ich sie sehe. Aber ich kann sie nicht verhindern. Und nicht jeder denkt wie ich.« Er wandte sich wieder Berenike zu. »Es ist sehr mutig von dir, mir gegenüber so etwas zu äußern. Aber ich danke dir für deine Offenheit. Und ich hoffe, dass sie deinem Vertrauen zu deinem Herrn entspringt.«

Berenike wurde rot. Aber der Prätor bemerkte es nicht. Er war bereits aufgestanden und hatte sich seinem Sohn zugewandt. »Komm mit, Claudius, ich möchte mich gerne genauer mit dir über diese Sache unterhalten. Das können wir am besten in meinem Arbeitsraum. Dort kann ich dir eine Abschrift des Zwölftafelgesetzes zeigen. Und das, was darin über Bestattungen steht.«

Claudius sprang erfreut auf. »Oh. Gerne. Ich habe nämlich sehr viele Fragen.«

Marcus legte seine Hand um die Schultern seines Sohnes und ging mit ihm davon. Berenike schaute den beiden nach.

Vater und Sohn einmütig davongehen zu sehen war ein schönes Bild. Auf einmal wurde ihr bewusst, was für ein großer, stattlicher Mann er war. Ein warmes Gefühl machte sich in ihr breit. Sie mochte seine dunklen Augen, die Art, wie er sie ansah. Angst vor ihm hatte sie schon lange nicht mehr. Im Gegenteil, es verwirrte sie eher, wenn sie seinem Blick begegnete. Aber mehr noch als das bewegte es sie, wie er mit ihr gesprochen hatte. Er hatte sie ernst genommen, sich ihre Einwände angehört. Woher sie den Mut genommen hatte, ihm ehrlich und offen gegenüberzutreten, ihm gar zu widersprechen, wusste sie nicht. Er hatte sie deswegen nicht zurechtgewiesen, im Gegenteil. Er hatte sie eher bewundernd angesehen. Oder täuschte sie sich? Ihr Herz klopfte bei dem Gedanken. Nein, das konnte nicht sein, das ging zu weit. Er war ihr Herr. Warum sollte er in ihr mehr als eine Sklavin sehen?

Berenike schloss die Augen und atmete tief durch. Sie zwang sich, an Claudius zu denken, wie er neben seinem Vater herlief, dessen Arm um seine schmalen Schultern gelegt. War der Anfang gemacht? Würden sich beide jetzt finden und sich näherkommen? Sie musste

Camilla erzählen, was gerade passiert war, und ihr danken. Hatte nicht sie mit ihrer Aufforderung Claudius erst dazu ermutigt, sich an seinen Vater zu wenden?

Berenike stand auf. Camilla war sicher in der Küche. Es war sowieso an der Zeit, den Speiseraum herzurichten.

14. Reitstunden

Claudius schaffte es erst bei seinem zweiten Versuch, auf das Pferd zu steigen, obwohl ihm ein Sklave dabei half. Dann saß er oben, noch unsicher, aber aufrecht und nicht ohne Stolz. »Schau, Berenike«, rief er der jungen Sklavin zu, die ihm lächelnd zusah. »Bald werde ich so gut reiten wie mein Vater.«

Quintus, der den Fuchs am Zügel hielt, schüttelte den Kopf. »Halt, halt, mein Junge, nicht so vorlaut. Zuerst musst du lernen, nicht so auf Musculus herumzuzappeln, sonst wird er unruhig und wirft dich wieder ab.«

Claudius winkte ab. »Das kann mir sicher nicht passieren.« Doch im gleichen Augenblick machte das Pferd einen Satz zur Seite, und Claudius flog im hohen Bogen auf einen Heuhaufen. Vorsichtig stand er wieder auf und befreite seine Haare und Kleider vom Heu. Etwas betreten sah er Quintus an, der das Pferd wieder zu beruhigen suchte. »Bitte vergib mir«, sagte er kleinlaut. »Es sieht immer so leicht aus, wenn mein Vater reitet.«

Der alte Patrizier lachte. »Das macht die Erfahrung. Aber jetzt komm und steig wieder auf. Oder hast du vielleicht schon genug?«

Der Junge schüttelte heftig den Kopf. Diese Blöße würde er sich nicht geben und so schnell aufgeben.

Er winkte dem Sklaven, der ihm zuvor schon beim Aufsitzen geholfen hatte, und schwang sich mit dessen Hilfe erneut auf das Pferd. »Aber jetzt wirfst du mich bitte nicht mehr ab, Musculus«, sagte er mahnend.

Und so begannen die Reitstunden für Claudius. Berenike begleitete ihn jedes Mal, wenn er zu den Stallungen von Quintus ging. Dann saß sie am Rand des großen Hofes und sah zu, wie der Junge seine Runden drehte, oder sie half dem Sklaven Miran, die anderen Pferde zu striegeln und abzureiben, wenn Quintus mit dem Jungen längere Ausritte machte. Manchmal entstanden dann all diese Bilder aus ihrer Kindheit vor ihren Augen. Sie sah sich auf einem Schimmel über die Wiesen und Weiden Griechenlands reiten. Es war eine schöne Zeit gewesen, unbeschwert und sorgenfrei. Sie sehnte sich nach diesem Gefühl zurück.

Miran war seit seiner Geburt vor knapp dreißig Jahren im Hause des Quintus Varus und von Kindesbeinen an in den Ställen tätig. Er schien es zu genießen, dass die junge Sklavin ihm half. Seine umsichtige und fürsorgliche Art, wie er mit den Pferden umging, und sein freundliches Wesen gegenüber Berenike bewirkten, dass sie Vertrauen zu ihm fasste. Es tat gut, mit ihm zu reden.

Manchmal begleitete Marcus seinen Sohn bei seinen Ausritten. Dann stand Berenike da und sah ihnen nach, Vater und Sohn, Marcus auf seinem großen Rappen und Claudius auf seinem kleineren Fuchs, und wieder fiel ihr auf, wie unähnlich sie sich zwar vom Äußeren her waren, aber wie aufrecht und stolz beide in ihren Sätteln saßen, es war die gleiche Haltung, die gleiche Art, das Pferd anzutreiben. Es war ein Bild, das sich ihr einprägte.

Als sie eines Tages in Gedanken versunken Claudius zusah, wie dieser sein Pferd selbst sattelte, obwohl es dafür genug Sklaven gab, wurde sie von Quintus angesprochen.

»Berenike.«

Erschrocken wandte sie sich ihm zu. Sie hatte ihn nicht kommen hören. »Ja, Herr?«

»Verzeih mir, ich wollte dich nicht erschrecken. Aber Claudius hat mir erzählt, dass du reiten kannst?«

Berenike wurde unsicher. »Ja, das stimmt. Aber es ist lange her.«

»Oh, das macht nichts. So etwas verlernt man nicht. Und ich dachte, es wäre sicher schön für dich, wenn du uns heute bei unserem Ausritt begleiten würdest.«

»Aber, Herr, ich bin eine Sklavin und nur eine Frau. Es ist nicht üblich, dass ...«

Aber Quintus hatte bereits Miran ein Zeichen gegeben, dass er mit der Stute, die er am Zügel führte, zu ihnen kommen sollte.

Berenike vollendete ihren Satz nicht. »Ein Schimmel«, flüsterte sie und strich dem Pferd sanft über den Hals.

»Es scheint dir zu gefallen. Das ist gut. Aber beeile dich jetzt. Miran wird dir beim Aufsitzen behilflich sein«, sagte er mit einer Handbewegung in Richtung des Sklaven, der das Pferd führte.

Die junge Frau erschrak. Er meinte es wirklich ernst. »Aber, Herr, ich …«

»Kein Aber«, wurde sie von Quintus unterbrochen. »Es ist Claudius' Wunsch. Warum sollen wir ihm diesen nicht erfüllen? Und ob du eine Frau bist und dazu noch eine Sklavin, ist dabei ohne Belang. Das Pferd fragt auf jeden Fall nicht danach. Es hört übrigens auf den Namen Stella.« Dann nickte er ihr noch einmal aufmunternd zu.

Berenike sah den Schimmel an. »Stella«, flüsterte sie. »Stern. Ja, meine kleine Stute, für mich bist du das auch. Ein kleiner Stern am Himmel.«

Miran lächelte sie an. »Komm«, sagte er freundlich. »Ich helfe dir beim Aufsitzen.«

Und dann ritt sie neben Claudius und Quintus über die weiten Wiesen. Zuerst fühlte sie sich unsicher, war es doch schon lange her, seit sie das letzte Mal geritten war. Aber mit jedem Schritt kam die Vertrautheit zurück. Schnell hatte sie ein Gespür für Stella, merkte, wie sie diese führen musste, fühlte sich mit ihr auf wunderbare Weise verbunden.

Berenike schloss die Augen, um nur die Bewegungen ihres Pferdes unter ihr und den Wind im Gesicht zu spüren. Und da war es wieder, das Gefühl von Freiheit, von Weite. Aber auf einmal war auch der Gedanke da, zu fliehen, einfach das Tier anzutreiben und davonzureiten. Einfach weg. Für immer.

Erschrocken über diesen Gedanken und außer Atem zügelte sie Stella und merkte erst jetzt, dass sie den anderen weit vorausgeritten war. Sie brachte das Pferd endgültig zum Stehen und sah den beiden entgegen, wie sie ihr auf den Hügel, den sie hinaufgeritten war, folgten.

Fliehen. War das wirklich eine Lösung? Es ging ihr gut im Hause des Prätors. Sie wurde nicht geschlagen, man war freundlich zu ihr. Und Claudius mochte sie gern. Wenn sie gehen würde, wohin sollte sie sich dann wenden? Sie kannte niemanden, und man würde sie überall als Sklavin erkennen, denn den Reif um ihren Arm würde sie sich nicht selbst entfernen können. Man würde sie zurückbringen. Und dann würde selbst der Prätor nicht mehr freundlich zu ihr sein. Eine entflohene Sklavin hatte ihr Recht auf Leben verwirkt. Auch im Hause des Marcus Dequinius.

Berenike schluckte. Aber die Wahrheit, warum sie nicht fliehen wollte, lag an einer anderen Stelle. Nie mehr in dieses Haus zurückkehren, das sie anfangs nur als Gefängnis empfunden hatte, nie mehr den Jungen sehen. Und nie mehr … Berenike erschrak über ihre eigenen Gedanken. Sie wehrte sich gegen ihre Empfindungen, wollte nicht wahrhaben, was schon so lange in ihr zu wachsen begann. Das konnte nicht sein, das durfte nicht sein. Aber alle ihre Gedanken endeten bei seinem Namen, bei seinem Gesicht, bei seinen dunklen Augen.

Berenike war dankbar, als Quintus und Claudius sie endlich erreichten.

»Du reitest ganz schön schnell«, rief ihr der Junge schon von Weitem entgegen. »Da kommen wir nicht mehr mit.«

»Entschuldige, aber ich war in Gedanken versunken.«

Das war wohl das letzte Mal, dass Quintus ihr erlauben würde, sie zu begleiten. Warum war sie nur so dumm gewesen?

Doch der alte Patrizier lachte nur. »Aber wie du siehst, hast du das Reiten nicht verlernt. Das nächste Mal werden wir daran denken und dich rechtzeitig zurückrufen.«

»Dann darf ich wieder mitkommen?«

»Aber natürlich«, erwiderte Quintus erstaunt. »Ich sehe keinen Grund, es dir nicht zu erlauben. Aber wir sollten uns auf den Rückweg machen. Es ist spät geworden.« Er nickte der jungen Sklavin noch einmal zu und ritt den Hügel hinunter zurück zu seinen Ställen.

Claudius lenkte Musculus an ihre Seite. »Wenn ich doch auch so gut reiten könnte wie du«, meinte er leidenschaftlich. »Dann würde ich hinausreiten in die Welt und nichts könnte mich aufhalten.«

»Und was würdest du in der Welt tun?«

»Oh, da würde mir schon etwas einfallen. Wem die Götter wohlgesinnt sind, dem muss alles gelingen, was er versucht.«

»Warum bist du dir denn so sicher, dass dir die Götter wohlgesinnt sind?«

»Warum sollten sie es nicht sein?« Claudius trieb sein Pferd an, sodass es in Trab fiel. »Warum sonst hätten sie mir einen so schönen Fuchs wie Musculus schenken sollen? Und warum sonst hätten sie dich in unser Haus geschickt?« Und ohne Berenike noch einmal anzusehen, trieb er sein Pferd an und ritt bald an der Seite des alten Patriziers.

Berenike folgte ihnen in einigem Abstand und dachte über das nach, was Claudius gesagt hatte. Es hatte ihr gutgetan. Allein der Junge war es wert, dass sie blieb. Und sie verdrängte die Gedanken an all die anderen Gründe, die sie am Weggehen hindern würden.

»Was ist los mit dir?« Camilla bückte sich und sammelte die Scherben der Vase auf, die Berenike gerade versehentlich von einem kleinen Tisch im Atrium gestoßen hatte. »Seit du mit Claudius ausreitest, bist du nicht mehr zu gebrauchen. Ständig wirfst du etwas um. Oder du vergisst deine Pflichten. Was hast du? Steigt dir die Freiheit, die du genießt, etwa zu Kopf?«

Die junge Sklavin schluckte. Es stimmte, sie wurde nachlässiger, war immer in Gedanken versunken. Aber das hatte nichts mit dem Reiten zu tun.

»Du hast doch nicht etwa einen heimlichen Geliebten und denkst an nichts anderes mehr?« Camillas Stimme hatte einen scharfen Unterton bekommen. »Du bist Sklavin. Denk daran, wenn es einen Mann in deinem Leben gibt, hat der Prätor das letzte Sagen. Er kann dir erlauben oder verbieten, dich zu binden. Und wehe, du wirst schwanger! Er hat das Recht, dir das Kind wegzunehmen und es weiterzuverkaufen.«

»Entschuldige, Camilla, ich ... Es ist nicht so, wie du denkst. Ich weiß selbst nicht, was los ist. Es tut mir leid. Ich verspreche, mich mehr anzustrengen.«

Misstrauisch sah Camilla das junge Mädchen an. »Keinen Geliebten?«

»Nein, wirklich nicht.«

»Berenike, ich möchte dir gerne vertrauen können. Schließlich bin ich für dich verantwortlich. Und deinetwegen möchte ich meine gute Stellung hier im Haus nicht aufs Spiel setzen.«

Berenike nahm die Scherben aus Camillas Hand. »Du kannst dich auf mich verlassen.«

»Das will ich auch hoffen. Also geh jetzt und bring das Unheil, das du angerichtet hast, in Ordnung.« Camilla sah ihr nach. Ich werde mit dem Prätor über sie reden müssen, dachte sie. Irgendetwas stimmt nicht. Aber vielleicht sollte ich erst einmal mit Quintus sprechen.

Morgen würde sie ihn wiedersehen. Und so lange konnte das noch warten.

Seufzend wandte sich Camilla wieder ihrer Arbeit zu. Wahrscheinlich machte sie sich zu viele Gedanken. Aber nur weil sie um Geduld betete, hieß das noch lange nicht, dass sie ihr in den Schoß fiel. Quintus hatte gut reden.

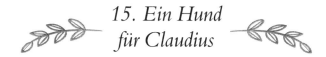

15. Ein Hund für Claudius

Marcus ging mit Gaius über den Markt. Der Tribun zog sich den Mantel enger um die Schultern. »Ich hasse den Winter«, murrte er.

Der Prätor lachte. »Jetzt ist es erst Herbst.«

»Das ist es ja gerade. Das Schlimmste steht uns noch bevor.« Gaius ging auf einen Händler zu, der neben seinem Töpferstand einen Korb mit fünf oder sechs Welpen stehen hatte. »He, du, diese Köter willst du doch nicht etwa verkaufen? In Rom gibt es schon genug Hunde. Binde ihnen lieber einen Stein um den Hals und wirf sie in den Tiber. Die Götter und vor allem die Bürger Roms werden es dir danken.«

Marcus schob ihn zur Seite. »Was ist mit den Hunden?«, fragte er den Mann. »Willst du sie wirklich verkaufen?«

Der Töpfer zuckte nur hilflos die Achseln. »Ach, Herr. Was soll ich sonst tun? Ich habe selbst schon vier Hunde. Aber ich habe es nicht übers Herz gebracht, die Welpen zu ertränken. Ich möchte kein Geld für sie, es wäre mir schon recht, wenn sie nur in gute Hände kommen würden.«

»Gute Hände!« Der Tribun lachte lauthals heraus. »Du redest, als wären es Menschen. Dabei sind es doch nur irgendwelche dummen Köter.«

Marcus nahm einen der Hunde auf den Arm und kraulte ihm liebevoll das Fell. »Es sind schöne und gesunde Tiere«, meinte er lächelnd. »Genau das Richtige für meinen Sohn.« Marcus sah dem Hund ins Maul. »Wie alt ist er? Acht Wochen? Neun? Ist er entwöhnt?«

»Ja, Herr, das ist er. Die Welpen sind neun Wochen alt. Sie stammen alle aus dem gleichen Wurf. Alle sind entwöhnt und fressen schon feste Nahrung.«

Marcus betrachtete den Hund, der ihn nur mit großen neugierigen Augen ansah. »Und du möchtest wirklich nichts für ihn haben?«

»Nein, Herr.«

Der Tribun verdrehte die Augen. »Marcus Dequinius! Bis heute dachte ich, du wärst ein vernunftbegabter Mensch. Was willst du mit so einem Hund? Claudius ist aus dem Alter heraus, in dem man mit Tieren spielt. Eigentlich solltest du froh sein, dass der andere nicht mehr lebt und dein Haus verdreckt.«

Ohne Gaius zu beachten, nahm Marcus ein paar Münzen aus seiner Tasche und überreichte sie dem Mann. »Ich verspreche dir, dass es deinem Schützling gut gehen wird.«

Der Töpfer verneigte sich und nahm das Geld entgegen. »Danke, Herr.«

Marcus ging mit dem Welpen auf dem Arm davon. Gaius folgte ihm mit weit ausholenden Gesten. »Marcus, bist du ein erwachsener Mann oder etwa noch ein Kind? Ich verstehe das nicht. Was soll Claudius mit einem Hund? Er ist acht Jahre alt, im Frühjahr wird er bereits neun. Seine Gedanken sollten sich langsam um andere Dinge drehen als um einen dreckigen Hund.«

»Claudius wird sich freuen. Und ich denke, es ist gut, wenn er ein Tier besitzt, für das er sorgen muss. So lernt er, Verantwortung für etwas anderes als nur für sich selbst zu übernehmen. Es hätte dir auch nicht geschadet«, fügte er mit einem spöttischen Seitenblick auf den Tribun hinzu. »Aber jetzt komm, wir werden sicher schon zu Hause erwartet.«

Gaius beugte sich vor und schaute dem Hund in die Augen. Dann fasste er ihn am Schwanz und hob ihn leicht an. »Ich werde es trotzdem nicht verstehen«, meinte er und ließ den Hund wieder los, der ihn mit seinem hohen Stimmchen ängstlich ankläffte. Doch schließlich folgte er, verständnislos den Kopf schüttelnd, dem Prätor, der den Heimweg angetreten hatte.

Claudius sah das Tier widerwillig an. »Und was soll ich damit? Er kann mir Hermes nicht ersetzen.«

Gaius lachte schadenfroh. »Siehst du, Marcus, dein Sohn ist vernünftiger als du.«

Der Prätor jedoch beachtete ihn nicht. Er hielt den jungen Hund immer noch seinem Sohn hin. »Das soll er auch nicht. Ich weiß, dass es unmöglich ist, einen Freund, den man verloren hat, zu ersetzen. Aber er braucht ein Zuhause, einen Ort, wo er hingehört, und einen Menschen, der sich um ihn kümmert. Und wenn diese Aufgabe niemand übernimmt, wird er im Tiber enden, wie so viele kleine Hunde vor ihm. Nimm ihn doch wenigstens einmal in den Arm.«

Zögernd nahm der Junge seinem Vater den heftig strampelnden Hund ab. Claudius versuchte, ihn zu beruhigen. »Du brauchst keine Angst vor mir zu haben, ich meine es doch gut mit dir.« Sanft drückte er den Hund an sich. »Sollte er wirklich ertränkt werden?«, fragte er bestürzt.

»Natürlich«, rief Gaius ungeduldig aus. »Bei den Göttern, was soll das? Wo kämen wir denn hin, wenn wir alle hergelaufenen Viecher großziehen würden? Diesen Köter hätte man auch besser ersäuft. Auf einen mehr oder weniger kommt es doch nicht an.«

Claudius hielt den Hund noch fester. Er hatte eine Hand schützend über ihn gelegt. »Er ist ein Lebewesen. Die Götter haben ihn erschaffen. Warum willst du ihn töten?« Der Junge bebte vor Zorn am ganzen Leib. »Ich werde auf ihn aufpassen, damit niemand ihm etwas Böses antun kann.« Damit wandte er sich um und ging hoch erhobenen Hauptes davon.

Verblüfft über diese Reaktion wandte sich der Tribun an Marcus. »Hast du das gesehen? Muss ich mir das von diesem Naseweis gefallen lassen? Das ist ja …« Da erst bemerkte er, dass der Prätor ihn belustigt musterte. »Du findest das auch noch zum Lachen?«

Marcus legte seine Hand auf die Schulter seines Schwagers. »Ich glaube, ich muss mich bei dir bedanken. Ohne dich hätte ich meinen Sohn nicht so schnell umstimmen können. Aber jetzt komm, das Essen wartet auf uns.«

Gaius sah seinem Gastgeber fassungslos nach. »Soll das heißen …? Halt, Dequinius, ich wollte ihm den Köter ausreden. Und ihn nicht ermutigen, das Tier zu behalten.«

Aber Marcus lachte nur laut auf und betrat den Speiseraum, wo Berenike auf ihren Herrn und dessen Gast wartete, um sie zu bedienen. Sie war erstaunt über das fröhliche Gesicht des Prätors. So hatte sie ihn noch nie gesehen.

Er winkte sie zu sich. »Geh zu meinem Sohn. Ich denke, er wird nicht zum Essen kommen. Und bring ihm etwas Fleisch, Käse und vor allem eine Schale mit frischem Wasser. Wir haben Familienzuwachs, und den muss er jetzt zuerst versorgen. Dazu wird er deine Hilfe brauchen. Wir kommen ohne dich zurecht.«

Berenike nickte gehorsam und verließ den Raum. Im Hinausgehen hörte sie den Tribun noch aufgebracht fragen, wer ihm denn nun seinen Wein einschenken solle, wenn er seine Sklavin fortschicke. Er sei es schließlich nicht gewohnt, dass er alles selbst tun müsse.

Dann lief sie schnell durch das Haus zu Claudius' Kammer. Leise öffnete sie die Tür.

»Zumachen«, rief ihr der Junge laut entgegen. »Er darf mir doch nicht wieder abhauen.«

Und da sah sie ihn dann, den kleinen tollpatschigen Wollknäuel, der neugierig und ängstlich zugleich auf sie zugetappt kam.

Berenike bückte sich und hob ihn auf. »Wo hast du denn den her?«, fragte sie und sah sich den kleinen Hund von allen Seiten an.

»Vater hat ihn mir mitgebracht. Ich muss jetzt für ihn sorgen. Gaius wollte ihn ersäufen. Kannst du dir das vorstellen? Manchmal denke ich, dieser Mann hat kein Herz.«

Berenike setzte sich zu ihrem jungen Herrn auf den Boden.

»Jeder Mensch hat ein Herz, Claudius, auch dein Onkel Gaius.«

»Dann weiß er es aber gut zu verstecken«, brummte er.

Berenike dachte nur bei sich, wie recht der Junge doch hatte. Aber sie sagte nichts. Sie kraulte den Hund, der es sichtlich genoss. »Wie soll er denn heißen?«

Claudius hob unschlüssig die Schultern. »Mir fällt einfach kein geeigneter Namen für ihn ein.«

»Ist er denn überhaupt ein Männchen?«

Claudius nickte. »Ja, natürlich.« Dann überlegte er kurz. »Ich glaube, ich werde ihn Lupus nennen.«

»Lupus? Wolf? Meinst du nicht, dass dieser Name ein bisschen zu groß für so einen kleinen Hund ist?«

»Nein. Er wird größer werden. Und um sich gegen grausame Menschen wehren zu können, die ihn nur ertränken wollen, muss er groß und stark sein wie ein Wolf.«

»Gut.« Berenike schmunzelte in sich hinein. Sie gab Claudius den Hund zurück und stand auf. »Dann hole ich jetzt etwas zu fressen für ihn, damit dein kleiner Schützling deine Erwartungen auch einmal erfüllen kann.«

Nach kurzer Zeit kam sie aus der Küche mit klein gehacktem Fleisch und einer Schüssel Wasser zurück. Sie stellte beides auf dem Boden ab. Lupus rannte sofort herbei, schnupperte und fing an zu fressen. »Wasser sollte immer für deinen Hund bereitstehen«, erklärte sie Claudius. »Aber das weißt du ja noch von Hermes. Fleisch sollte er vorerst noch sehr klein geschnitten oder gehackt bekommen, damit er sich nicht verschluckt.«

Sie betrachtete Claudius. Er saß da und sah seinem Hund mit einem liebevollen Blick zu.

»Und? Denkst du immer noch, dass du deinem Vater gleichgültig bist?«, fragte sie ihn schließlich.

Claudius sah sie nicht an. Er zog die Beine an und legte seine Arme darum. Sein Kinn legte er auf seine Knie.

»Du möchtest nicht darüber reden?«

Claudius antwortete immer noch nicht. Er streckte sich und legte sich auf den Bauch, den Kopf auf die Hände gestützt.

»Berenike«, sagte er schließlich. »Kann es sein, dass ich ihm immer wichtig war?«

»Ja, das warst du. Und du wirst es immer sein.«

»Ich weiß, dass du mir das schon einmal gesagt hast. Aber du warst die Erste. Und ich dachte …«

»Du dachtest, dass ich eine dumme Sklavin bin, die fremd ist und keine Ahnung hat und überhaupt nicht weiß, was hier los ist.«

Claudius nickte. Er setzte sich auf, sah sie an. »Bist du mir böse?«, fragte er.

Berenike schüttelte den Kopf. »Nein, ganz sicher nicht. Warum sollte ich dir böse sein? Ich freue mich, dass du und dein Vater zueinandergefunden habt.«

»Aber warum hat Camilla immer gesagt, dass ich ihm gleichgültig bin?«

»Das hat sie nicht so gemeint. Sie dachte, sie müsste deinen Vater, den Prätor, vor der Geschwätzigkeit und Neugierde eines Kindes beschützen. Das war sicher falsch, aber sie wollte nie, dass du und dein Vater einander fremd seid. Sei ihr deswegen nicht böse. Camilla ist eure Haushälterin. Als deine Mutter gestorben ist, hat sie eine große Verantwortung übernommen, auch für dich. Und sie hat das immer sehr ernst genommen. Dein Vater schätzt sie sehr dafür. Dass sie nicht gesehen hat, dass du das Vertrauen zu deinem Vater verlierst, ist schade. Aber glaube mir, sie hat das nicht beabsichtigt. Sie wollte immer auch das Beste für dich.«

Claudius nickte. »Ich bin wirklich froh, dass du zu uns gekommen bist. Auch wenn du beim Soldatenspiel gegen mich gewinnst oder mehr weißt als ich.«

Berenike lachte. »Und ich bin froh, dass ich mich um dich kümmern darf.« Sie strich dem kleinen Hund sanft über das Fell, der es sich schwanzwedelnd gefallen ließ. »Und um deinen neuen kleinen Freund.«

16. Ein ernstes Gespräch

Als Berenike dem Prätor an diesem Abend den Wein brachte, bat er sie, sich zu ihm an den Tisch zu setzen. Dann beugte er sich wieder über das Spiel.

Berenike wartete. Was er nur von ihr wollte?

Schließlich lehnte er sich zurück und trank einen Schluck von seinem Wein. Dabei betrachtete er das Gesicht der jungen Frau, die klaren, ausdrucksstarken Augen, die vollen Lippen, der schlanke Hals. Verwirrt sah sie weg.

Ja, dachte er wieder. Sie ist schön. Sehr schön. Warum war ihm bisher nicht aufgefallen, wie gleichmäßig und zart ihre Gesichtszüge waren? Wahrscheinlich hatte Camilla mit ihren Vermutungen recht. Er musste mit ihr darüber reden.

»Nun, hast du dich schon mit Claudius' neuem Schützling angefreundet?«, fragte er, um ihr die Befangenheit zu nehmen.

Unwillkürlich lächelte sie, ein warmes, natürliches Lächeln. Das einem Mann gut gefallen konnte, ging dem Prätor durch den Kopf.

»Er ist ein schöner Hund und liebenswert in seiner Tollpatschigkeit.«

»Ja, das ist er.« Er trank wieder einen Schluck und musterte erneut ihr Gesicht, die Augen, die Lippen, die Nase, die Röte, die nun ihre Wangen überzog.

»Sag mir, wie lebst du in meinem Haus? Kennst du alle Sklaven? Kennst du auch welche, die nicht aus meinem Haus sind? Hast du vielleicht sogar Freunde gefunden? Gute Freunde?«

Berenike sah ihn offen an. »Ich kenne jeden Sklaven in diesem Haus, Herr. Und ich habe in der Schule und bei Quintus Varus andere Sklaven kennengelernt.«

Er wartete, aber sie redete nicht weiter. Sie blickte ihn an, wich seinem Blick nicht aus. Gaius hätte das als Frechheit empfunden und es nicht geduldet, dachte Marcus.

»Und Freunde?«, fragte er schließlich.

»Wir Sklaven müssen Freunde sein, um überleben zu können, Herr«, wich sie seiner Frage aus.

Für diese Antwort würden andere dich auspeitschen lassen, schoss ihm durch den Kopf. Warum lasse ich mir das gefallen? Marcus betrachtete ihre Hände. Schlanke, fast zarte Hände, die sie fest ineinander verschlossen hielt. Sie weiß genau, was ich wissen möchte. Dann stimmt es wohl doch, was Camilla vermutet.

»Hast du einen Geliebten?« Er sah, wie sie bei seiner direkten Frage leicht zusammenzuckte.

»Nein, Herr.« Die Antwort kam schnell, sicher.

»Du vernachlässigst deine Pflichten, Berenike. Das kann und werde ich nicht dulden, hörst du?«

»Ja, Herr, ich weiß, dass ich …« Sie stockte. »Es tut mir leid, Herr. Ich verspreche dir, dass ich mich mehr anstrengen werde. Ich …«

»Dein Versprechen allein genügt mir nicht. Ich will den Grund wissen. Du bist eine Sklavin. Vergiss das nie, auch wenn du Freiheiten genießt, von denen andere nicht einmal zu träumen wagen.«

»Ja, Herr. Aber ich …« Sie suchte nach Worten, fand sie aber nicht. Sie konnte ihm doch nicht sagen, was sie dachte, was sie fühlte. Also schwieg sie und starrte wieder auf ihre Hände.

Marcus beugte sich vor. »Sieh mich an, Mädchen.«

Sie hob den Kopf.

»Wer ist es?«

Aber sie schüttelte heftig den Kopf. »Es ist nicht so, wie du denkst, Herr. Es gibt keinen Mann in meinem Leben. Ich habe keinen Geliebten. Wann und wo sollte es auch möglich sein? Ich bin ständig mit Claudius zusammen. Oder ich stehe unter der Aufsicht von Camilla. Nicht einmal, wenn ich es wollte, hätte ich die Gelegenheit, mich mit einem Mann heimlich zu treffen. Außerdem …« Sie wandte ihren Blick ab. Vor ihren Augen entstand das Bild dieser abstoßenden Hebamme, wie diese sich über sie beugte, um sie zu untersuchen. Unwillkürlich schauderte es sie.

Marcus hatte jede ihrer Bewegungen, jede Veränderung in ihrem Gesicht beobachtet. Und er erinnerte sich wieder daran, unter welchen Umständen er diese Sklavin gekauft hatte. Daran hatte er nicht mehr gedacht. Dass irgendetwas nicht stimmte, merkte er, aber ihm war sehr wohl bewusst, dass sie es ihm nicht offenbaren würde. Trotzdem war er überzeugt, dass sie ihm die Wahrheit sagte und keinen Geliebten hatte.

»Ich glaube dir«, sagte er daher nur. »Aber ich erwarte, dass du künftig deinen Pflichten wieder besser nachkommst.« Er beugte sich wieder über das Spielbrett und stellte die Steine in die Ausgangsposition zurück.

Berenike, die dankbar war, dass er nicht weiter nachfragte, stand auf, um zu gehen.

Der Prätor sah sie erstaunt an. »Ich habe dir nicht erlaubt, deinen Platz zu verlassen.«

Erschrocken setzte sie sich wieder. Was wollte er denn noch? Würde er doch weiterfragen?

Der Prätor jedoch lehnte sich bequem zurück und machte eine einladende Handbewegung zum Spielbrett. »Du beginnst.«

»Aber, Herr, ich …« War dieser Mann verrückt geworden? Er wollte mit ihr, einer Sklavin, spielen?

Er schüttelte unwillig den Kopf. »Kein Aber. Gegen meinen Sohn magst du gewinnen. Jetzt aber möchte ich sehen, was du wirklich kannst.«

Verwirrt und unsicher setzte Berenike den ersten Stein.

Camilla erwartete sie bereits ungeduldig. »Wo warst du denn so lange? Ich bin müde und möchte ins Bett.«

Berenike hob die Schultern. Sie hatte immer noch nicht begriffen, was eben passiert war. Erst fragte er sie aus, gab ihr zu verstehen, wo ihr Platz war, und dann forderte er sie auf, gegen ihn zu spielen. Dass sie von den drei Spielen nicht eines gewonnen hatte, überraschte sie nicht weiter. Aber dass er sie mit den Worten »Morgen hast du vielleicht mehr Glück« verabschiedet hatte, wollte ihr einfach nicht aus dem Kopf.

»Hörst du mir überhaupt zu, wenn ich mit dir rede?«

»Entschuldige, Camilla, aber er wollte, dass ich gegen ihn spiele. Weißt du, das Soldatenspiel.«

»Das was?«

»Na, du weißt doch, das Spiel, das er auf dem kleinen Tisch stehen hat.«

»Aha, das hat er mit dir gespielt. Und das soll ich dir glauben?«

Die junge Sklavin sah Camilla offen an. »Warum sollte ich dich belügen? Ich bin ja selbst völlig überrascht.«

Camilla warf Berenike einen skeptischen Blick zu und wandte sich zur Tür. »Nun, lügen konntest du noch nie. Und es war ja vermutlich eine einmalige Sache.«

»Nein, das war es wohl nicht. Er meinte, dass ich morgen vielleicht mehr Glück haben werde, weil ich verloren habe.«

»So, morgen. Das heißt, dass ich künftig besser nicht mehr auf dich warte«, schnaubte Camilla. »Oder wie hast du dir das vorgestellt? Ich bin diejenige, die als Letzte schlafen geht. Ich bin dafür verantwortlich, dass alle in ihren Betten liegen. Soll ich deinetwegen noch weniger zur Ruhe kommen?«

Berenike erschrak über den Ton. »Was soll ich tun, Camilla? Ich kann dem Prätor doch seinen Wunsch nicht abschlagen! Wie soll ich das machen? Wenn es denn ein Wunsch war. Es war eher ein Befehl. Ich habe doch keine Wahl. Schließlich nimmt er damit auch mir den Schlaf.«

»Ja, ja, schon gut.« Camilla war wütend. Sie musste den wahren Grund ihres Ärgers verschweigen und konnte nur hoffen, dass Berenike, wenn sie spät vom Prätor zurückkam, nicht merken würde, wie Camilla nachts das Haus verließ. Immer noch wütend fuhr sie das Mädchen an: »Und sonst wollte er nichts von dir?«

»Was meinst du damit?«, fragte Berenike vorsichtig.

»Dass er nicht mit dir schlafen will, ist mir klar«, erwiderte Camilla schroff. »Ob er mit dir geredet hat, will ich wissen.«

»Ja, Camilla, das hat er. Und er hat mir geglaubt.«

»So? Hat er das? Dann ist ja gut. Und jetzt geh ins Bett. Ich kann nichts mit dir anfangen, wenn du morgen unausgeschlafen bist.«

Camilla sah Berenike nach. Sie würde morgen mit dem Prätor reden. So konnte das nicht weitergehen. Er musste sie von der Pflicht, als Letzte zu Bett zu gehen, befreien. Nur so konnte sie genug Schlaf bekommen und, wenn sie nachts das Haus verließ, dies unbemerkt tun. Als oberste Sklavin hatte sie das Recht auf eine eigene Schlafkammer. Berenike würde denken, dass sie bereits in ihrem Bett lag, wenn sie vom Prätor zurückkam.

Bereits am nächsten Tag setzte sie ihr Vorhaben um. Als der Prätor am Abend nach Hause kam, bat sie ihn um ein Gespräch.

Er saß in seinem Arbeitsraum, die Arme über der Brust verschränkt, und sah Camilla auffordernd an.

»Herr, ich mache mir Gedanken um Berenike«, begann Camilla. »Sie erzählte mir, dass du sie gestern darum gebeten hast, mit dir zu spielen.« Camilla kam sich auf einmal sehr kindisch vor. Spielen. Das klang, als würde sie ihren Herrn zu einem Kind erklären. Sie biss sich auf die Lippen.

Der Prätor war belustigt, zeigte es aber nicht. Camilla in Verlegenheit zu sehen war ungewohnt. Noch fragte er sich, auf was sie hinauswollte. Darum sagte er nichts, wartete ab, was sie noch vorbringen würde.

Die Sklavin fühlte sich durch sein Schweigen bestärkt. Sie straffte die Schultern. »Ich habe dir erzählt, wie unzuverlässig sie ist. Und sie sagte mir, dass du mit ihr deswegen geredet hast. Aber anstatt sie zu bestrafen, belohnst du sie auch noch dafür.«

Der Prätor zog erstaunt die Augenbrauen nach oben. »Du meinst, es ist eine Belohnung, wenn ich Berenike zu diesem Kinderspiel auffordere?« Mit einem Lächeln deutete er auf das Soldatenspiel. »Ich weiß, wie du darüber denkst, Camilla.« Er stand auf und nahm einen der Steine in die Hand. Dann wandte er sich ihr direkt zu. »Was willst du wirklich?«

Camilla wurde rot. Eigentlich hätte sie wissen können, dass sie ihm nichts vormachen konnte.

»Herr«, begann sie. »Wenn Berenike so spät noch wach ist, wird ihr am nächsten Tag dieser Schlaf fehlen. Aber das ist deine Entscheidung. Nur bitte ich dich, mich von der Pflicht zu befreien, als Letzte zu Bett zu gehen. Du weißt, dass ich meine Arbeit gewissenhaft ausführe. Aber das kann ich nur, wenn ich genügend Schlaf bekomme.«

Der Prätor musterte das Gesicht seiner Sklavin. »Ist das deine einzige Sorge? Deine Nachtruhe?« Camilla nickte. Marcus legte den Stein zurück auf das Spielbrett. »So sei es denn.« Er wandte sich ihr wieder zu. »Aber du hättest mich auch direkt fragen können. Ich hätte dir keine andere Antwort gegeben.«

Camilla fühlte sich ertappt. Sie bedankte sich und wagte es nicht, ihn dabei anzusehen. Schnell verließ sie den Raum.

17. Das Wagenrennen

Die Menge strebte dem Stadion des Domitian zu. Zwar war es recht kühl an diesem Morgen, aber dies würde keinen Bürger Roms davon abhalten, die Wagenrennen zu besuchen.

Marcus betrat zusammen mit Claudius den Platz auf der Tribüne, der den ranghöchsten Bürgern vorbehalten war. Dort erwartete sie bereits Quintus zusammen mit seiner Frau Valeria.

Marcus gab seinem Freund zur Begrüßung die Hand und nickte dessen Frau freundlich zu. Nachdem diese den Gruß ebenso freundlich erwidert hatte, machte er eine weit ausholende Geste über den Platz. »Das, mein Sohn, ist also das Stadion, das unser Kaiser erbauen ließ.«

Claudius lief die Stufen hinunter bis zur Balustrade und lehnte sich weit darüber hinaus. Fasziniert betrachtete er die Menschenmenge, die es sich lachend und lautstark auf ihren Plätzen bequem machte. Quintus ging zu ihm und legte seine Hand um seine Schulter. »Was denkst du?«

Claudius sah ihn mit leuchtenden Augen an. »Ich habe noch nie so viele Menschen auf einmal gesehen. Und es ist das erste Mal, dass ich einem Wagenrennen zuschauen kann. Vater geht nicht gerne zu den Spielen. Danke, Quintus, dass du ihn dazu überredet hast.«

Der alte Patrizier lächelte. »Komm, setzen wir uns zu deinem Vater.« Aber der Junge blieb stehen und starrte weiter begeistert in die lärmende Menge.

Quintus setzte sich neben seine Frau. »Er freut sich, hier zu sein.« Der Prätor nickte nur.

»Marcus.« Valeria legte ihm die Hand auf die Schultern. »Du kannst ihn nicht ewig von solchen Dingen fernhalten.«

»Nein? Kann ich das nicht? Und was ist, wenn er Geschmack daran findet? Was ist, wenn er auch bald zu dieser Menge gehört, die nach blutigen Belustigungen lechzt?«

»Du weißt, dass Quintus und ich auch nie zu den Wagenrennen gehen, weil auch wir sie nicht gutheißen können. Aber dein Sohn sollte sie vielleicht miterleben, um sich selbst eine Meinung bilden zu können.«

»In seinem Alter?«

»Wann denn sonst? Wenn er ein junger Mann ist und von irgendwelchen Freunden mitgeschleppt wird, die blind und ohne sich Gedanken zu machen diesen Feiern beiwohnen? Willst du, dass er dann demselben Taumel erliegt, so wie es dir damals ergangen ist?«

Marcus wollte auffahren. Aber Valerias Blick hielt ihn zurück. »Du hast recht«, murmelte er. »Es ist besser, er geht jetzt mit, wenn ich dabei bin.« Er hob einen Stein auf und ließ ihn von einer Hand in die andere rollen.

Dann wandte er sich wieder der Frau seines Freundes zu. »Ich danke euch, dass ihr uns begleitet.« Er ließ den Stein zurück auf den Boden fallen.

In diesem Moment legte sich eine Hand auf seine Schulter. »Ein Wunder ist geschehen. Der Prätor Marcus Dequinius besucht die Spiele.«

Gaius setzte sich neben seinen Schwager. »Und der edle Quintus ist auch dabei. Mit seiner Frau. Und sogar Claudius. Sollte ich mich so getäuscht haben? Findet heute wirklich ein Wagenrennen statt?« Er ließ seinen Blick über das Stadion schweifen. »Nach der Menge zu schließen, ist es wohl so.« Mit einem spöttischen Grinsen klopfte er dem Prätor auf die Schultern. »Alle Achtung, Schwager.«

Aber Marcus beachtete ihn nicht. »Komm her, Claudius, und setz dich zu uns.«

Der Junge zwängte sich zwischen seinen Vater und Valeria. »Ist es nicht herrlich?«, flüsterte er fast ehrfürchtig.

»Ja, das ist es. Aber jetzt gib acht, hier kommt der Kaiser.« Gaius stand auf und hob den Arm. Die anderen taten es ihm nach.

Die Menge brüllte dem Kaiser ihr lautes »Ave, Caesar!« entgegen.

Der Kaiser dankte seinen Untertanen, indem er die Hand hob. Sofort trat Stille ein.

In der Arena, vor der Tribüne des Kaisers, standen fünf Priesterinnen im Halbrund und warteten. Jetzt trat die mittlere hervor und hob die Hände, um zu beten. »Ihr Götter Roms! Wir preisen und wir ehren euch. Euch gehören unsere Gedanken und unsere Werke. Hört uns und seid uns gnädig. Nehmt diese Spiele als Geschenk, als Opfer, das wir für euch bringen. Eure Weisheit vollbringt mehr, als Menschenherzen vermögen. So lasst dem Sieger Ehre zuteilwerden und habt Erbarmen mit dem Verlierer.« Sie hob nun ihren Blick auf zum Kaiser. »Und du, Kaiser und Gott, Herr über Rom, ja, Herr über die ganze Welt, Preis und Ehre sei auch dir. Mögen deine Kraft und deine Weisheit diese Spiele begleiten. Die Götter, die dich lieben, mögen deine Macht und Herrlichkeit über alles erheben. Kaiser und Gott! Ehre sei dir!« Die Stimme verstummte.

Der Kaiser blickte in die Runde. Seine Stimme schien in den letzten Winkel des Stadions zu dringen, als er sprach. »Ich, euer Kaiser und Gott, danke den Göttern, die uns auch heute wohlgesinnt sind. Jupiter selbst ist es, der seine Hand über diesen Tag hält.« Er machte eine bedeutungsvolle Pause. Dann hob er erneut die Hand und rief: »Die Spiele mögen beginnen!«

Sofort war das Stadion wieder von Lärm und Trubel erfüllt.

Und die Spiele begannen.

Zuerst betraten Tänzer die Arena, begleitet von Musikern. Nach ihnen kamen die Sklaven, die die Fahnen mit den Farben ihrer Herren trugen. Ihnen folgten die Wagenlenker. Sie traten vor die kaiserliche Tribüne und hoben zum Gruß die Hand. Nachdem der Kaiser den Gruß erwidert hatte, verließen sie wieder die Arena. Solange sie sich für das Rennen vorbereiteten, war das ganze Stadion erfüllt von der Musik, die die Tänzer begleitete, und vom Geschrei der Menge.

Schließlich war es so weit. Sechs Wagen wurden in die Arena gelenkt. Jeder wurde von drei Pferden gezogen.

Claudius lief vor Aufregung zur Balustrade, um das, was unter ihm vorging, genauer sehen zu können. Fasziniert betrachtete er die

Wagenlenker mit ihren unterschiedlichen Farben und die prächtigen Pferde in ihren Gespannen. Er konnte es kaum erwarten, dass das Rennen begann.

Schließlich wurde das Zeichen zum Start gegeben. Die Wagen preschten los. Die johlende Menge begleitete die Wagenlenker in den Wettkampf.

Schon bald kam es zum Zweikampf zwischen den beiden führenden Männern. Der Wagenlenker, der im inneren Ring war, wurde von seinem Gegner bedrängt, sodass er den Balustraden im Innenraum immer näher kam. Und dann geschah es. Er verlor die Kontrolle über seine Pferde, sie gehorchten nicht mehr seinen Befehlen und versuchten, durch eine Lücke in den Mittelbauten durchzubrechen. Dabei kippte der Wagen und wurde mit voller Wucht gegen eine der Säulen gestoßen. Der Wagenlenker stürzte seitlich zu Boden und wurde von seinem eigenen Wagen überrollt. Mühsam versuchte er, wieder aufzustehen, aber seine Beine gehorchten ihm nicht mehr. Mehrere Sklaven bahnten sich ihren Weg durch das Rennen, das derweil weiterging, und hoben den Mann auf eine Trage.

Claudius konnte trotz des Lärms, der um ihn herum war, die Schmerzensschreie des schwer verletzten Mannes hören. Und auf einmal erschien ihm dieser Lärm nicht mehr faszinierend. Auf einmal sah er die gierigen Blicke in den Augen der Menschen, die nur auf solche Sensationen warteten. Verstört und ängstlich wandte er sich um und begegnete dem besorgten Blick seines Vaters. Langsam ging er auf seinen Platz zurück und setzte sich. Starr richtete er seinen Blick wieder auf das Geschehen in der Arena. Und langsam, ganz langsam schob er seine Hand in die seines Vaters.

Das Rennen ging weiter. Der führende Wagenlenker war inzwischen von zwei anderen eingeholt worden, die ihn zwischen sich eingekeilt hatten. Alle drei schlugen mit den Peitschen, mit denen sie sonst ihre Pferde antrieben, auf ihre Gegner ein, um sie zu schwächen.

Warum auf einmal die Achse des mittleren Wagens brach, konnte Claudius nicht erkennen. Er sah nur, dass der Wagen unter dem

Mann wegsackte. Er sah, wie das erste Pferd strauchelte und im Fallen die beiden anderen nach sich zog. Entsetzt erkannte er, dass der Wagenlenker es nicht schaffen würde, rechtzeitig abzuspringen. Sein Handgelenk hatte sich in den Zügeln verfangen, sodass er schließlich durch die Luft geschleudert wurde. Claudius verfolgte starr vor Schreck, wie der Mann gegen das Mauerwerk prallte und regungslos zu Boden fiel. Er sah, wie Sklaven kamen und ihn auf den Rücken drehten. Und dann bemerkte er das Blut, das dem Mann aus Nase und Mund rann, und er wusste, dass er tot war. Tot.

Claudius nahm nicht wahr, wie sich seine Finger in die Hände seines Vaters gruben, er merkte nur, wie sich alles in ihm zusammenkrampfte und er sich übergeben wollte. »Komm, wir gehen.« Aber Claudius hörte die Stimme seines Vaters nur von Weitem. Er nahm nicht wahr, dass Quintus und seine Frau mit ihnen gingen. Und er konnte sich später nicht mehr daran erinnern, wie er die Treppen hinaufgestiegen war und die Tribüne verlassen hatte. Er kam erst wieder zu sich, als sie das Stadion verlassen hatten und er sich endlich übergeben konnte. Und auf einmal wurde ihm bewusst, was gerade geschehen war. Sein Vater hatte ihm gesagt, dass es brutal sein würde, er hatte ihm gesagt, dass in der Regel Blut floss und Tote keine Seltenheit waren. Aber darauf war er nicht vorbereitet gewesen. Nicht auf diese Grausamkeit, nicht auf das Gebrüll der Menge, nicht auf diese wahnsinnige Freude am Tod.

Als er merkte, dass die anderen bei ihm waren, dass keiner ihn auslachte oder verhöhnte und dass sein Vater ihn festhielt, da konnte er endlich weinen, einfach nur weinen. Er klammerte sich an seinen Vater und presste sein Gesicht in dessen Toga.

»Es ist gut, Claudius«, versuchte der Prätor seinen Sohn zu beruhigen. »Es ist ja vorbei. Es ist vorbei.«

Am nächsten Morgen begab sich Gaius Dexter gut gelaunt und leichten Schrittes in den Palast. Der Kaiser hatte ihn rufen lassen. Der Tribun fürchtete ihn nicht. Ihm gegenüber hatte sich Domitian immer großzügig gezeigt. Warum sollte es heute anders sein?

Schließlich hatte sich der Tribun noch nie gegen ihn aufgelehnt oder ihm bei irgendetwas widersprochen. Gaius verstand Marcus Dequinius nicht, der genau das immer wieder machte. Geradlinig und ehrlich zu sein war ja gut und schön. Aber was brachte ihm das ein? Irgendwann würde er den Rückhalt im Senat verlieren. Und dann? Dann konnte der Kaiser ihn überall hinschicken, ganz wie er wollte. Vielleicht ins unbequeme, kalte und nasse Germanien. Oder zu den aufsässigen und unberechenbaren Juden. Aber das hätte sein Schwager selbst zu verantworten. Es war viel bequemer und einträglicher, sich unterwürfig und dem Kaiser dienlich zu zeigen.

Der Tribun wurde dem Kaiser gemeldet. Es dauerte fast bis zur Mittagszeit, als man ihn schließlich vorließ.

Domitian war auf dem Balkon seiner großen Empfangshalle. Gaius Dexter trat zu ihm und verneigte sich. »Herr und Gott. Du hast mich rufen lassen. Hier bin ich.«

Der Kaiser hatte die Arme auf der Brüstung liegen und sah hinab auf die Stadt Rom. Er sagte keinen Ton, ließ den Tribun einfach warten. Schließlich drehte er sich um und gab Gaius mit einem Wink zu verstehen, dass er ihm zurück in die Empfangshalle folgen solle.

Dort setzte sich der Kaiser. Den Tribun ließ er stehen.

»Ich habe dich bei den Spielen gesehen. Du warst auf der gleichen Tribüne wie dein Schwager Dequinius. Warum war er dort?«

Der Tribun überlegte. »Ich weiß es nicht. Ich habe ihn nicht danach gefragt. Aber ich vermute, es war wegen seines Sohnes. Claudius war zum ersten Mal mit. Das war auch höchste Zeit. Er ist alt genug dazu.«

»Sein Sohn.« Der Kaiser überlegte. »Der Patrizier Quintus war auch dabei.«

»Ja, zusammen mit seiner Frau. Wenn ich es richtig verstanden habe, hat Marcus beide darum gebeten, dass sie mitkommen.«

Ein spöttisches Lächeln huschte über das Gesicht des Kaisers. »Der Prätor Marcus Dequinius braucht Unterstützung, wenn er das erste Mal mit seinem Sohn die Spiele besucht?«

»Nein, das glaube ich nicht. Das war sicher nur ein Freundschaftsdienst.« Der Tribun sprach unbekümmert weiter. »Sie sind auch zusammen wieder gegangen.«

»Das habe ich gesehen. Noch während des ersten Rennens. Warum?«

»Der Junge hat es wohl nicht verkraftet, dass einer der Wagenlenker umgekommen ist.« Dass das Ganze in den Augen des Kaisers ein Zeichen von Schwäche war, wusste er. Aber das war Marcus' Problem, nicht seines. Ihm wäre das nicht passiert. Er hätte seinen Sohn gezwungen, bis zum Schluss dabeizubleiben.

»Erzähl mir, wie es im Hause des Prätors zugeht. Wer kümmert sich um seinen Sohn?«

»Eine junge Sklavin. Marcus hat sie im Sommer gekauft und ihr den Jungen anvertraut. Davor hat sich hauptsächlich seine Haushälterin um ihn gekümmert. Soweit ich weiß, wird er nur außerhalb des Hauses von einem männlichen Sklaven beaufsichtigt.«

Der Kaiser schüttelte den Kopf. »Ich werde nie verstehen, wie ein Mann seinen Sohn von einer Frau erziehen lassen kann. Wie hältst du es mit deinen Söhnen? Wer erzieht diese?«

Der Tribun lachte auf. »Ganz sicher keine Frau! Und schon gar keine so junge. Die Sklavin von Marcus Dequinius ist erst 19 oder 20 Jahre alt.«

»Ist sie hübsch?«

»Das ist sie. Sehr hübsch sogar. Und sie hat einen wunderbaren Körper. Aber so etwas sieht dieser Langweiler Dequinius nicht. Für ihn ist sie einfach eine Sklavin, die sich um seinen Sohn kümmert. Sie kann wohl lesen und schreiben. Vielleicht auch rechnen, was weiß ich. Aber das beeindruckt ihn wahrscheinlich mehr als ihre Schönheit.«

»Dann ist sie nicht seine Geliebte?«

Jetzt lachte der Tribun noch lauter. »Nein, Herr. Du weißt selbst, dass so etwas bei meinem Schwager undenkbar ist. Dabei ist das eine große Verschwendung. Eine Frau wie sie ist für die Liebe geschaffen. Ich verstehe nicht, dass er sie nicht in sein Bett holt.«

»Tust du es, wenn du bei ihm bist?«

Zum ersten Mal während dieses Gesprächs wurde der Tribun unsicher. »Das würde mir Marcus nie verzeihen. Ich habe schon manche seiner Sklavinnen versucht zu verführen. Aber das ist ein Ding der Unmöglichkeit. Er duldet das nicht, und ich wage es nicht, seinen Ärger auf mich zu ziehen.«

»Du hast Angst vor ihm?«

»Nein, nein, natürlich nicht!« Gaius fühlte sich ertappt. »Aber es ist sein Haus. Die Sklavin ist sein Eigentum. Schließlich ist er der Gastgeber. Da muss ich mich an seine Regeln halten.«

»Auch wenn es sich nur um eine junge, schöne Sklavin handelt? Begehrenswert und von Dequinius missachtet? Meinst du nicht, dass sie sich nicht längst etwas anderes wünscht?«, fragte der Kaiser hinterhältig.

Der Tribun antwortete nicht. Er bemerkte das böse Lächeln, das Domitians Mund umspielte, nicht. Berenike war noch Jungfrau. Im Hause seines Schwagers hatte sich daran sicherlich nichts geändert. Sollte er sich das wirklich entgehen lassen? Der Kaiser hatte recht. Warum sollte er irgendwelche Skrupel haben? Im Grunde war er der richtige Mann, um eine Frau in die Freuden der Liebe einzuweihen.

Mit diesem Gedanken verließ er den Palast. Dass Domitian ihn über Marcus' Haushalt, über seinen Umgang mit Claudius ausgefragt hatte, war ihm gleichgültig. Das musste sein Schwager aushalten. Er hatte nur getan, was seine Pflicht war. Sein Herr und Gott fragte; er, der Tribun, antwortete.

Zwei Tage später war Marcus zusammen mit den anderen Prätoren und einigen Senatoren beim Kaiser. Marcus merkte, dass die anderen ihn musterten und über ihn sprachen. Auch der Kaiser schien ihn immer wieder genauer anzusehen.

Einer nach dem anderen berichtete von mehr oder weniger wichtigen Ereignissen in der Stadt. Marcus hörte zu und schüttelte manchmal kaum merklich den Kopf über die Belanglosigkeiten. Gleichzeitig war er sich bewusst, dass er sich heute im besonderen

Maße im Blickfeld des Kaisers befand. Geduldig wartete er ab, bis er erfuhr, was wohl der Grund dafür war.

Schließlich winkte der Kaiser den Prätor zu sich heran. »Du warst bei den Spielen, Dequinius, zusammen mit dem Patrizier Quintus Varus. Sehr ungewöhnlich für einen Mann mit deinen Ansichten.« Er nahm sich ein paar Trauben aus einer Schale. »Aber du bist schon während des ersten Rennens gegangen. Warum?«

»Meinem Sohn ging es nicht besonders gut.«

»O ja, das habe ich wohl bemerkt.« Domitian schob eine Traube in den Mund und kaute genüsslich darauf herum. Den Rest warf er zurück in die Schale. »Er ist wohl ein Schwächling, dein Sohn«, sagte er lauernd.

Aber Marcus blieb ruhig. »Ein Schwächling? Nur weil er Grausamkeit und Tod nicht ertragen kann?«

Der Kaiser fuhr hoch. »Er muss es lernen, wenn er ein guter Soldat werden will. Und es ist deine Pflicht, ihm Selbstbeherrschung und Disziplin beizubringen. Aber wie soll er das lernen, wenn du ihn von einer Frau erziehen lässt? Da muss er doch unweigerlich feige und weich werden.« Langsam lehnte er sich wieder zurück. »Wie du siehst, weiß ich über alles Bescheid.«

Marcus fragte sich, wer dem Kaiser hinterbrachte, was sich in seinem Hause abspielte. Ein Sklave? Wenn ja, welcher? Laut sagte er: »Es ist nicht unüblich, ein Kind in diesem Alter von einer Frau erziehen zu lassen.«

»Nicht unüblich!«, schnaubte der Kaiser. »Davon habe ich noch nie etwas gehalten. Ein Junge gehört in die Hand eines Mannes. Das solltest du auch so sehen. Sonst wirst du dich für ihn schämen müssen, wenn er erwachsen ist und nie gelernt hat, ein Mann zu sein.«

»Nicht Grausamkeit und Härte machen einen Mann aus«, erwiderte der Prätor ruhig. Er wusste, dass er sich auf gefährlichem Boden bewegte. Domitian war der Kaiser, Herr und Gott. Auch für ihn. Aber er empfand das nicht mehr. Längst hatte er die Achtung vor diesem Mann verloren. Mochte er der Kaiser sein und damit sein

Herr, ein Gott war er sicher nicht. Marcus konnte nicht anders, er musste zu dem stehen, was er dachte. »Sind es nicht vielmehr Weisheit, Besonnenheit und der Mut, das zu sagen und zu tun, was gut und richtig ist, was einen Mann ausmacht? Auch wenn man ihn dafür hasst?«

»Was willst du damit sagen, Dequinius? Denkst du, ich fürchte und hasse aufrichtige und tugendhafte Männer? Das würde doch bedeuten, dass ich das selbst nicht bin, nicht wahr?«

»Das habe ich nicht gesagt.« Die Wut des Kaisers war fast greifbar, aber Marcus blieb ruhig.

Domitian stand auf und ging auf den Prätor zu. »Hüte deine Zunge, Dequinius. Sonst wirst du eines Tages bereuen, dass du jemals eine hattest.«

An den Abenden, an denen der Tribun zu Gast war, wurde es immer sehr spät, bis sich alle zurückzogen. Darum entließ der Prätor Berenike üblicherweise, nachdem sie ihm den Wein gebracht hatte, ohne sie zu einem Spiel aufzufordern. So war es auch an diesem Abend. Berenike verließ Marcus' Schlafraum, froh darüber, dass er sie gehen ließ. Sie war müde und sehnte sich nach Schlaf.

Auf einmal packte sie jemand am Arm. Erschrocken drehte sie sich um und sah den Tribun vor sich.

»Lass mich los!« Berenike versuchte sich zu befreien.

Aber sein Griff wurde fester. Mit der anderen Hand zog er sie an sich. »Warum wehrst du dich? Komm, du willst doch auch mehr. Ein Mädchen wie du ist für die Liebe geboren. Und wenn dieser Langweiler Dequinius sie dir nicht gibt, dann bekommst du sie von mir. Du wirst es nicht bereuen.« Er zog Berenike noch näher und versuchte sie zu küssen. Aber sie drehte ihren Kopf weg. Verzweifelt versuchte sie, ihn von sich wegzuschieben.

Gaius lachte nur. »Glaubst du, du kannst mich mit deiner Widerborstigkeit abhalten? Ich werde dich heute Nacht glücklich machen. Ob du willst oder nicht.« Entsetzt schrie Berenike auf, aber der Tribun hielt ihr den Mund zu. Er zog sie hinter sich her, auf die Tür seiner Schlafkammer zu.

»Gaius!« Plötzlich war der Prätor da. Er packte seinen Schwager, riss ihn von Berenike los. »Wie kannst du es wagen!«

»Beim Zeus, Marcus. Ein bisschen Spaß wird doch noch erlaubt sein.« Der Tribun war sich keiner Schuld bewusst. »Die Kleine will das doch auch. Also gönn ihr das Vergnügen.« Er streckte seine Hand erneut nach der jungen Sklavin aus.

Zornig stieß ihn der Prätor zurück. »So missbrauchst du meine Gastfreundschaft? Geh schlafen! Und wage es nie mehr, jemanden aus meinem Hause auch nur mit dem kleinen Finger anzurühren.«

Gaius Dexter hob seine Hände. »Ist ja gut. Ich geh ja schon.« Ungläubig schüttelte er den Kopf. »So eine Verschwendung«, murmelte er und verschwand in seinem Schlafraum.

Marcus wandte sich Berenike zu. »Geht es dir gut? Hat er dich verletzt?«

Sie schüttelte den Kopf. Sie war froh, dass der Prätor gekommen war. »Danke, Herr.« Berenike kämpfte mit den Tränen, wollte aber nicht vor ihm weinen. Da legte er seine Hand sacht auf ihren Arm, nur für einen Augenblick. »Geh zu Bett. Er wird dir nicht mehr zu nahe kommen.«

Er sah ihr nach, innerlich aufgewühlt. Wie konnte der Tribun es nur wagen! Was ihm aber noch mehr Gedanken machte, waren die Gefühle, die das Ganze in ihm auslöste. Es war nicht das erste Mal, dass Gaius sich an eine Sklavin in seinem Haus heranmachte. Aber es war das erste Mal, dass er versuchte, Gewalt anzuwenden. Und wahrscheinlich fühlte Marcus deswegen einen so maßlosen Zorn. Oder lag es doch daran, dass er sich ausgerechnet Berenike ausgesucht hatte?

Marcus starrte in die Dunkelheit. Sie war anders als andere Frauen. Sie berührte ihn auf ganz ungewohnte Weise. Zum ersten Mal seit Jahren wünschte er sich mehr.

Energisch schüttelte er den Kopf, schob den Gedanken von sich.

Nein, er wollte das nicht. Diese Sehnsucht musste er unterdrücken. Das war nicht mehr sein Leben.

Mit festen Schritten ging er zurück. Auf dem Tisch stand der Wein, den sie ihm gerade erst gebracht hatte. Berenike ... Er gestand sich ein, dass es schön für ihn war, sie jeden Tag als Letzte zu sehen, bevor er sich zu Bett begab. Sie zu betrachten, wenn sie dasaß und über den nächsten Zug nachdachte. Ihr Gesicht, ihre Arme, ihre Hände, ihr Körper. Wie es wohl war, sie zu berühren? Wie sie sich anfühlen mochte?

Wie üblich versuchte er, diese Gedanken mit einer heftigen Handbewegung zu verscheuchen. Was sollte das? Wie konnte er nur daran denken, sie lediglich besitzen zu wollen? War das nicht genau die Gier, für die er seinen Schwager verachtete?

Oder war da noch mehr? Nach was sehnte er sich wirklich?

Marcus wusste es nicht. Aber der Gedanke, dass ein anderer, gar der Tribun, Berenike anrührte, war unerträglich.

Am liebsten hätte er ihn des Hauses verwiesen. Aber Berenike war nun einmal nur eine Sklavin. Was auch immer Marcus für sie empfand, der Tribun war sein Schwager, der einzige nahe Verwandte, den er hatte und dem er sich verpflichtet fühlte.

»Camilla, ist es möglich, dass ich heute nicht im Speiseraum helfe?«, fragte Berenike am nächsten Morgen.

Erstaunt sah Camilla sie an. »Warum nicht?«

»Nun, es ist wegen Gaius Dexter.«

»Der Tribun? Also, den solltest du inzwischen kennen. Der sollte dich mit dem, was er sagt, nicht mehr verunsichern.«

»Es ist nicht, was er sagt. Es ist ... Er hat ...« Berenike atmete tief durch. »Er hat heute Nacht versucht, mich zu sich ins Bett zu holen. Mit Gewalt.«

Vor Schreck ließ Camilla den kleinen Korb fallen, den sie in der Hand hielt. »Er hat was?«, rief sie entsetzt. »Wann?«

»Nachdem ich dem Prätor den Wein gebracht habe. Er hat mich auf dem Weg zurück abgefangen.«

Camilla musste sich setzen. »Du sagtest, er habe es versucht. Was hat ihn abgehalten, es … nun ja … zu Ende zu bringen? Er ist stärker als du. Du könntest ihn nicht abwehren.«

»Der Prätor kam dazu. Er muss gehört haben, wie ich geschrien habe.«

»Der Prätor.« Camilla nickte. »Das wird er dem Tribun nicht vergessen. Sich in seinem Haus an seiner Sklavin zu vergreifen, und auch noch mit Gewalt! Der Tribun hat es schon häufiger versucht, aber noch nie so.« Mit einem kurzen Blick auf Berenike fügte sie hinzu: »Er hatte noch nie Erfolg. Er weiß, dass der Prätor das nicht duldet. Darum lässt er auch immer ganz schnell davon ab. Aber das jetzt ist neu.« Sie stand wieder auf. »Geh nach hinten. Lenia und Marcia sind mit der Wäsche beschäftigt. Schick mir Lenia und bleibe du bei Marcia, um ihr zu helfen. Ich werde dich beim Prätor entschuldigen.«

»Ich danke dir.« Berenike ging zur Tür, wandte sich aber noch einmal um. »Camilla?«.

»Was gibt es noch?«

»Ich verstehe nicht, warum unser Herr den Tribun immer wieder mitbringt. Warum er diese Freundschaft pflegt. Er ist so anders als Gaius Dexter. Ich habe noch nie erlebt, dass sie einer Meinung waren. Im Gegenteil. Sie sind so verschieden. Verzeih mir meine Offenheit, aber der Prätor scheint keine große Achtung vor seinem Schwager zu haben.«

»Ja, das ist so. Aber der Tribun hat großen Respekt vor dem Prätor. Zumindest habe ich das bisher geglaubt. Das muss sich geändert haben, sonst wäre das heute Nacht nicht passiert.« Wieder schüttelte Camilla nachdenklich den Kopf. »Oder er hat sich einfach zu sicher gefühlt.« Sie bückte sich, um den Korb aufzuheben. Schnell füllte sie ihn mit klein geschnittenem Brot. »Ich werde dir später erklären, warum das so ist. Aber jetzt muss ich mich beeilen. Es ist schon spät.«

Nach dem Mittagessen löste Camilla ihr Versprechen ein.

»Du weißt, dass der Prätor Witwer ist. Nur so viel dazu: Die Ehe war nicht glücklich. Gaius Dexter ist der Bruder seiner Frau. Andere nahe Verwandte hatte sie nicht. Ihre Eltern leben nicht mehr. Ich glaube, dass der Prätor sich schuldig fühlt, weil seine Frau in ihrer Ehe so unglücklich war. Sie starb bei der Geburt seines Sohnes. Nun ja … Ich habe nie mit ihm darüber gesprochen und ihn nie danach gefragt. Auch wenn ich viele Rechte habe, bin ich doch nur eine Sklavin. Aber ich kann mir das Ganze nur so erklären, dass er sich aus diesen Schuldgefühlen heraus verpflichtet fühlt, die Freundschaft zum Bruder seiner verstorbenen Frau zu pflegen. Verstehst du, was ich meine?«

Berenike nickte. »Er zahlt einen hohen Preis dafür. Er scheint seinen Gast kaum ertragen zu können.«

»Das ist wahr. Aber glaube mir, der Prätor zieht auch seinen Nutzen aus dieser Freundschaft.«

»Seinen Nutzen? Welchen Nutzen kann ihm sein Schwager schon bringen?«

Camilla lachte. »Ganz einfach. Du kennst die Geschichten, die er erzählt. Wie neulich, als er von dem Mädchen erzählte, die mit ihrem Liebhaber durchbrennen wollte und dabei erwischt wurde. Und die deshalb mit diesem alten Senator verheiratet wurde. Mir sagen die ganzen Namen nicht viel, darum kann ich sie mir nicht merken. Aber der Prätor erfährt durch den Tribun viel von dem, was in der Stadt passiert – was für einen Richter nicht ganz unwichtig ist.«

»Das kann sein«, meinte Berenike ernst. »Obwohl ich diese Geschichten nicht zum Lachen finde.«

»Nein, das sind sie auch nicht. Das sieht der Prätor genauso. Er hört, was sein Schwager erzählt, aber er sieht auch, was dahintersteckt und was es für die Menschen bedeutet. Er weiß diese Geschichten richtig einzuordnen.«

»Das glaube ich auch.« Berenike stellte sich ihren Herrn vor mit dem ernsten Blick, mit dem er seinen Becher in der Hand drehte. Das tat er immer, wenn er über das, was Gaius Dexter erzählte, nachdachte und seine Meinung dazu äußerte.

Berenike mochte es, wenn er das tat. Sie mochte seinen Blick, den er dabei hatte, und die ruhige Stimme, mit der er seine Einwände und Gedanken vorbrachte.

18. Berenike und Miran

»Was bedrückt dich, Berenike?« Quintus hatte die junge Frau schon eine ganze Weile beobachtet, während sie gedankenverloren ihr Pferd striegelte. Manchmal hielt sie inne und starrte durch das Fenster über den Hof. Sie hatte nicht bemerkt, dass der alte Patrizier in ihrer Nähe stand. Jetzt fuhr sie erschrocken herum.

»Ich … es ist nichts, Herr.« Hektisch und unkonzentriert fuhr sie mit ihrer Arbeit fort.

»Du solltest das Tier nicht quälen, nur weil du selbst unsicher bist.«

Die junge Frau ließ ihre Arme sinken und sah vor sich hin auf den Boden.

»Was ist los? Was bewegt dich?« Quintus legte seine Hand auf ihre Schultern. »Ist es Claudius? Beschäftigt dich das, was beim Wagenrennen geschehen ist?«

Berenike wandte sich zu ihm um. Sie schätzte diesen Mann sehr. Und sie hatte den Wunsch, sich endlich jemandem anzuvertrauen, einem Freund, jemandem, der sie nicht auslachen oder verraten würde. Und vielleicht, vielleicht konnte Quintus dieser Freund sein. Aber er war Patrizier, ein freier und reicher Mann. Und sie war die Sklavin seines Freundes. Wenn sie sich ihm anvertrauen würde, wäre er verpflichtet, dem Prätor alles zu berichten. »Es ist wirklich nichts, ich denke nur manchmal zurück an meine Heimat.«

Quintus spürte, dass sie ihm auswich. Aber er wollte sie nicht bedrängen, denn der Standesunterschied stand trotz allem zwischen ihnen. Daher nickte er nur und ließ sie schließlich allein.

In diesem Augenblick betrat der Sklave Miran den Stall. »Kann ich dir helfen, Berenike?«, fragte er.

Aber sie schüttelte den Kopf. »Das ist sehr nett von dir, aber ich bin gerade fertig.« Sie streichelte Stellas Hals. »Ein wirklich schönes Tier, nicht wahr?«

Miran sah sie über den Rücken des Pferdes an. »Er macht sich Sorgen um dich.«

Berenike war überrascht. »Wer macht sich Sorgen?«

»Quintus Varus.«

»Um mich?«

»Ja, Berenike, um dich.«

»Miran, wie kommst du darauf? Ich bin eine Sklavin, um mich muss man sich nur Sorgen machen, wenn ich krank werde und so meinen Wert verliere.«

»Damit tust du ihm Unrecht, und das weißt du auch.«

Berenike hatte eine Möhre für Stella aus einem Holzeimer genommen. Jetzt drehte sie diese nachdenklich in ihrer Hand. »Sag mir eines, Miran. Du bist ein Sklave wie ich. Du führst das gleiche Leben, du bist unfrei, nicht dein eigener Herr. Aber du scheinst nicht darunter zu leiden. Warum?«

»Quintus ist gut zu mir.«

»Das ist der Prätor auch zu mir.«

»Er bestraft mich nicht mit Schlägen und Auspeitschen.«

»Das tut mein Herr auch nicht.«

»Und er ist gerecht.«

»Das ist Marcus Dequinius auch.«

Miran schluckte, so als wüsste er nicht, ob er weiterreden solle.

Berenike schüttelte leicht den Kopf. »Da ist doch noch etwas anderes«, meinte sie zögernd. »Etwas, was mich an Camilla erinnert, die Sklavin, die den Haushalt des Prätors führt. Bei ihr habe ich das Gefühl, dass sie, so unzufrieden sie auch sein mag, trotzdem ihr Leben ... ja ... ich weiß nicht, wie ich sagen soll. Sie hat ihr Leben, so wie es ist, angenommen. Aber nicht so, dass sie aufgegeben hätte, nein, es ist anders. Und ich weiß nicht, wie.«

»Hast du Camilla jemals danach gefragt, was es ist?«

Berenike schüttelte den Kopf. »Ich glaube, sie würde mir nicht antworten.«

»Du hast es also nicht einmal versucht?«

»Nein, das habe ich nicht. Sie würde meine Frage sicher nicht verstehen. Und außerdem glaube ich, dass sie mich nicht besonders mag.«

»Wie kommst du darauf?«

»Sie ist sehr streng mit mir. Und sie spricht immer von der Verantwortung, die sie hat. Sie wolle meinetwegen nicht ihre gute Stellung im Hause verlieren. Als würde ich ihr diese streitig machen.«

»Ja, Berenike, so ist Camilla nun einmal.«

»Was soll das heißen?« Berenike hielt noch immer die Möhre in der Hand. Jetzt deutete sie mit ihr auf den Sklaven. »Kennst du sie denn, Miran?«

»Jetzt gib Stella endlich den Leckerbissen, sie wartet schon ganz begierig darauf.« Er nahm Berenike die Möhre ab und gab sie dem Pferd. »Ja, ich kenne Camilla. Sogar schon sehr lange.«

»Und wo hast du sie kennen gelernt?«

»Das ist nicht einfach zu beantworten. Aber ich glaube, ich kann dir vertrauen. Außerdem glaube ich, dass du eine Antwort wirklich brauchst. Komm mit.« Er nahm Berenike an der Hand und führte sie aus dem Stall in einen Holzschuppen, in dem allerlei Geräte lagerten, die nicht mehr gebraucht wurden. »Hier wird uns niemand stören.«

»Warum tust du so geheimnisvoll?« Berenike war verstört. Sie verstand das Ganze nicht.

»Deine Frage nach unserem Leben, danach, warum wir anders erscheinen, und deine Frage danach, woher ich Camilla kenne, haben dieselbe Antwort.«

»Und die wäre?«

»Wir sind Christen, Berenike. Wir glauben an Gott, an Jesus Christus.«

Die junge Frau starrte ihn an, so als würde ein Gespenst vor ihr stehen. »Aber, Miran, das sagst du jetzt nur so daher, nicht wahr?«

»Nein, es ist mein Ernst.«

»Nein, Miran.« Kopfschüttelnd ließ sie sich auf einen Holzblock nieder. »Nein, das ist nicht wahr. So etwas darf man nicht glauben.«

»Und warum nicht?«

»Weil der Kaiser es nicht erlaubt. Und weil man nie weiß, ob nicht wieder einmal Menschen für diesen wahnsinnigen Glauben sterben müssen.«

Miran setzte sich ihr gegenüber. »Sind das wirklich Gründe? Für Glauben oder Nichtglauben, meine ich? Die Angst vor Verfolgung? Die Tatsache, dass es vom Kaiser und vom Volk nicht gewünscht ist?«

»Ja, natürlich sind sie das!«

»Und warum?«

»Weil ... weil ... oder willst du etwa für so einen Unsinn, den dir niemand beweisen kann, dein Leben riskieren?«

»Das ist keine Antwort auf meine Frage. Du weichst mir aus.«

Da brach es aus Berenike hervor. »Ich weiß nicht viel von eurem Glauben, aber sagt ihr Christen nicht, dass Gott die Menschen bedingungslos liebt? Warum lässt er dann zu, dass sie meinen Vater getötet haben, nur weil er die Wahrheit sagte? Warum lässt er zu, dass ich, dass du, dass viele andere als unfreie Menschen leben müssen, dass viele von uns geschlagen und gequält werden, dass wir der Willkür anderer ausgesetzt sind? Sind sie denn besser als wir, nur weil sie reich sind und an der Macht? Haben sie daher das Recht, über uns zu herrschen? Und warum lässt er zu, dass Menschen sich an Grausamkeiten ergötzen, dass sie über den Tod und über Gewalt und Blut lachen? Warum lässt er zu, dass ein kleiner Junge ein solches Gemetzel mitansehen muss und nicht mehr schlafen kann? Warum, Miran? Warum? Kannst du mir das sagen?«

»Berenike, ich kann dich verstehen, und ich weiß auch nicht, warum das alles passiert. Schau, du sagst selbst, dass du sehr wenig von unserem Glauben weißt. Vielleicht solltest du dir erst einmal anhören, was er beinhaltet, was uns Kraft und Hoffnung gibt, trotz allem nicht nur zu existieren, sondern auch zu lieben und nicht zu verzweifeln.«

Aber Berenike war aufgestanden. »Nein, Miran, das will ich nicht. Es ist mir zu fremd und zu weit von der Wahrheit entfernt. Niemand kann meine Zweifel und meine Fragen beantworten. Auch du nicht und dein kümmerlicher Glaube, der dich nur vertröstet, aber nicht hilft. Wärst du sonst noch Sklave? Ich werde euch nicht verraten,

Miran, weder dich noch Camilla, aber bitte, versucht nicht, mich davon zu überzeugen. Ich möchte nichts davon wissen, verstehst du? Nichts.« Mit diesen Worten wandte sie sich um und ging schnell davon.

Miran aber schlug sich die Hände vors Gesicht und versuchte zu beten. »Ich bitte dich, Vater, ich bitte dich.« Er merkte, dass er es nicht schaffte, seine Trauer und seine Angst um Berenike in Worte zu fassen. Aber die Gewissheit darüber, dass sein Gebet und seine Gedanken dennoch ankommen würden, ließ ihn ruhig werden.

An diesem Abend saß Berenike ihrem Herrn wieder gegenüber. Gerne wäre sie schon zu Bett gegangen. Sie brauchte Ruhe, Zeit zum Nachdenken.

Unkonzentriert setzte sie ihre Steine.

Nach dem ersten Spiel nahm der Prätor einen Stein in die Hand. »Du bist nicht bei der Sache.« Forschend sah er sie an. Sie war blass und wirkte niedergeschlagen.

»Ich bin nur müde, Herr. Der Tag auf dem Gut war sehr anstrengend.«

»Hm.« Er legte den Stein in die Ausgangsposition zurück. »Anstrengend.« Er nahm den nächsten Stein und legte ihn an seinen Platz. Dann hob er wieder den Kopf, sah sie direkt an. »Irgendetwas bedrückt dich. Etwas, was heute dort geschehen ist.« Er merkte, dass er sich Sorgen um sie machte. Er wollte, dass es ihr gut ging.

Berenike schüttelte den Kopf. »Nein, es war nichts. Ich bin wirklich nur müde.«

Er hatte gesehen, wie sie mit Miran in den Holzschuppen gegangen war. Das zu beobachten hatte ihm da bereits einen Stich versetzt, und der Gedanke daran störte ihn auch jetzt.

»Ich habe dich mit Miran gesehen.« Er beobachtete ihr Gesicht, als er das sagte, um zu sehen, wie sie reagieren würde.

Die Blässe wich. Berenike wurde rot.

»Also doch ein Mann in deinem Leben?«

»Nein, Herr. Nein!« Abwehrend hob sie die Hand. »Da ist nichts.«

»Was ist es dann?«

Berenike wusste nicht, wohin sie sehen sollte. Dass ihr Herr eine Antwort erwartete, war ihr klar. Aber sie konnte ihm doch nicht die Wahrheit sagen! »Wir haben gestritten«, sagte sie schließlich. Das war zumindest nicht gelogen.

»Gestritten?« Marcus zog die Augenbrauen nach oben. »Worüber?«

»Das ... Ich meine ... Es ist nicht wichtig.«

»Nicht wichtig? Aber es bedrückt dich jetzt noch?« Marcus nahm den nächsten Stein, stellte auch diesen in die Ausgangsposition zurück. »Hat er dich bedrängt?«, fragte er betont ruhig, obwohl der Gedanke allein ihm seltsam wehtat.

»Nein. Das würde Miran nie tun.«

»Dann bist du diejenige, die sich mehr wünscht? Und er hat dich abgewiesen?« Diese Vorstellung war fast noch unerträglicher.

Berenike schüttelte den Kopf. »Nein, Herr. Auch das nicht. Ich habe dir gesagt, dass es keinen Mann in meinem Leben gibt. Das war die Wahrheit und ist es immer noch.«

»Hm.« Der Prätor schwieg. Langsam stellte er Stein für Stein zurück auf ihre Plätze. Als er fertig war, hob er den Kopf. »Ich warte noch immer auf eine Antwort.«

Sie rutschte unruhig auf ihrem Platz hin und her, wusste nicht, wohin sie sehen sollte. »Bitte, Herr, frag nicht weiter. Belass es dabei. Der Streit ... Ja, er bedrückt mich noch immer. Aber ...« Sie wusste nicht mehr weiter.

»Du vertraust mir nicht, Berenike.«

»Herr, das hat nichts mit Vertrauen zu tun.«

»Womit dann?« Er lehnte sich zurück und sah, dass sie den Tränen nah war. Das erschreckte ihn. Wie konnte er das nur tun? Wie konnte er sie nur so unter Druck setzen? Sie zum Weinen bringen? Hatte er sich nicht geschworen, keine Frau mehr unglücklich zu machen? Wenn sie ihm wirklich etwas bedeuten würde ... Halt. Nein. So weit wollte er seine Gedanken nicht gehen lassen.

Er atmete tief durch, nahm sich zusammen. Was immer diese junge Frau für ein Geheimnis mit sich herumtrug, sie wollte es ihm nicht sagen. Er wünschte sich, dass sie ihm nicht antwortete, weil er ihr Herr war und es ihr befahl. Er wünschte sich, dass sie ihm ihr Vertrauen schenkte. Aber vielleicht war das gar nicht das, worum es ging. Vielleicht war es wichtiger, dass er ihr vertraute und nicht weiter in sie drang.

Marcus schüttelte den Kopf, erstaunt über seine eigenen Gedanken. Was sollte das? Sie war seine Sklavin. Er ihr Herr. Warum sorgte er sich um ihre Gefühle? Er hatte ein Recht auf eine Antwort. Auch wenn er sie damit in Bedrängnis brachte.

Wieder sah er sie an. In die Augen, die gegen Tränen ankämpften. Nein, er durfte sie nicht weiter quälen. Wieder schüttelte er den Kopf. Dann machte er eine einladende Handbewegung zum Tisch hin. Er lächelte und forderte sie auf: »Noch ein Spiel. Vielleicht bringt dich das auf andere Gedanken.«

Berenike war überrascht. Das begriff sie nicht. Es war wie an dem ersten Abend, als er sie zum ersten Mal zu diesem Spiel aufgefordert hatte.

Er beließ es bei ihrer Antwort, fragte nicht weiter. Unsicher wie an jenem Abend setzte sie den ersten Stein. Sie kämpfte mit widersprüchlichen Gefühlen. Würde sie ihn je verstehen?

Der Herbst zeigte sich immer mehr von seiner unangenehmen Seite. Die Tage waren nicht mehr so warm, die Nächte wurden länger. Häufig regnete es, sodass es unmöglich war, Quintus' Gut aufzusuchen, um dort auszureiten. Aber Berenike war froh darüber. So war sie nicht gezwungen, Miran zu begegnen. Sie hatte ihn als Freund schätzen gelernt. Und jetzt hatte dieses Gespräch eine Distanz zwischen ihnen geschaffen, die sie nicht erneut erleben wollte. Sie fürchtete seine Gegenwart, weil sie Angst davor hatte, dass er dieses Thema wieder aufgreifen würde. Sie wollte nicht darüber reden, und sie wollte nicht darüber nachdenken. Zu tief waren ihre Wunden und ihre Zweifel. Aber vielleicht war es auch nur die Furcht davor, dass er recht hatte.

Sie stürzte sich in ihre Arbeit und sehnte an jedem Tag den Abend herbei in der Hoffnung, dass ihr Herr sie auffordern würde, wieder mit ihm zu spielen. Sie genoss diese wenigen stillen Momente, auch wenn sie ihm nur gegenübersaß, die bunten Glassteine hin und her schob und ihn manchmal heimlich betrachten konnte, während er über seinen nächsten Zug nachdachte. Sie wagte kaum, sich einzugestehen, dass er mehr für sie war als ihr Herr, mehr als der Prätor Marcus Dequinius. Zu sehr war sie sich ihrer Stellung als Sklavin bewusst. Und dennoch ... Sie fühlte sich in seiner Gegenwart wohl. Und sie mochte es, wenn er sie ansah. Oft lag sie danach wach und dachte an ihn, stellte sich vor, wie es wohl wäre, in seinen Armen zu liegen. Vor allem seit dem Abend, an dem sie so bedrückt gewesen war. Er hatte sie unter Druck gesetzt, sie fast zum Weinen gebracht. Aber dann hatte er sein Verhalten verändert. Bis zum Ende des Spiels war er ausgesprochen freundlich gewesen, so als wolle er sie beruhigen. Als wäre es ihm wichtig, dass es ihr gut ging.

War es schlimm, dass ihre Gefühle für ihn von Tag zu Tag stärker wurden? Dass sie sich danach sehnte, von ihm berührt zu werden, seine Hände auf ihrer Haut zu spüren? Durfte das überhaupt sein? Wo war die Grenze?

An einem Abend – der Prätor hatte sie nach zwei Spielen entlassen – traf sie Camilla noch in der Küche an. Sie saß am Tisch und war gerade dabei, einen Apfel aufzuschneiden.

»Du bist noch auf?«, fragte Berenike erstaunt.

Camilla antwortete nicht. Stattdessen hielt sie ihr ein Apfelstück entgegen. »Möchtest du?«, fragte sie freundlich.

»Nein, danke. Ich glaube, ich muss ins Bett. Es ist sehr spät geworden. Morgen ist wieder ein langer Tag.«

Camilla nickte. »Ich weiß.« Sie wirkte ungewöhnlich ernst. »Aber ich bitte dich, setz dich noch einen Augenblick zu mir. Ich möchte mit dir reden.«

Unsicher nahm Berenike auf dem angebotenen Stuhl Platz.

»Was ist los mit dir? Noch vor wenigen Wochen warst du unaufmerksam, du hast deine Arbeit vernachlässigt, deine Gedanken haben dich ständig abgelenkt. Und jetzt auf einmal bist du ständig in Bewegung, du reißt jede Arbeit, die sich anbietet, an dich. Warum? Was ist passiert?«

Berenike schüttelte verwundert den Kopf. »Ich verstehe dich nicht, Camilla. Zuerst wirfst du mir vor, dass ich nachlässig bin. Du beschwerst dich sogar bei unserem Herrn darüber. Ich versuche daraufhin, mich zu bessern und meinen Pflichten gewissenhafter nachzukommen. Und das ist dir jetzt auch nicht recht?«

»Doch, es ist mir recht. Aber der Anlass sind weder meine Vorwürfe noch das Gespräch mit dem Prätor. Ich glaube eher, es hat etwas mit dem zu tun, was zwischen dir und Miran vorgefallen ist.«

Berenike fuhr von ihrem Stuhl auf. »Was hat …?«

Aber Camilla unterbrach sie, indem sie ihren Arm fasste und sie auf den Stuhl zurückzog. »Hör mir bitte erst zu, Berenike, bevor du dich aufregst oder auf Miran wütend bist. Bitte.«

Erstaunt über die Intensität, mit der Camilla sprach, und über die fehlende Ungeduld in ihrer Stimme blieb Berenike sitzen. Sie zog nicht einmal ihren Arm zurück.

Camilla holte tief Luft. Sie war es nicht gewohnt, ihre Gedanken und Gefühle in Worte zu fassen. Aber das hier war wichtig, und sie hatte Miran versprochen, dass sie mit der jungen Sklavin sprechen würde. Oder dass sie es zumindest versuchen wollte.

»Schau, Miran hat mir nicht von eurem Gespräch erzählt, weil er … Nun, er tratscht nicht. Und er kann das, was man ihm anvertraut, für sich behalten. Aber euer Streit hat ihn getroffen. Ich will damit sagen, es tut ihm weh, wie du reagiert hast.«

»Ich wollte ihn nicht verletzen. Wirklich nicht!«

»Das hast du auch nicht getan.«

Berenike wusste nicht, wie sie das verstehen sollte. Sie war verwirrt und innerlich aufgewühlt. »Ja, aber, du hast doch eben gesagt …«

»Nein, nein«, wurde sie unterbrochen. »Es ist nicht so, wie du denkst. Es ist …« Camilla suchte nach Worten. »Es tut ihm weh um deinetwillen.«

»Um meinetwillen? Inwiefern?«

»Schau, Berenike, unser Glaube, den du so ablehnst … für uns ist er lebenswichtig. Es ist nicht so, dass wir dich nicht verstehen. Wir waren alle voller Zweifel und haben gedacht, dass es nur irgendein Hirngespinst ist. Aber Berenike, wir haben alle … ich meine … Gott ist so groß, und die Erfahrungen, die wir mit ihm machen, das ist etwas so Befreiendes. Er liebt uns, jeden Einzelnen. Auch dich, Berenike. Darum hat er seinen Sohn auf die Welt geschickt. Um uns zu erlösen!«

Berenike stand langsam auf. »Wenn du mit mir über Miran reden willst, dann ist das in Ordnung«, sagte sie leise. »Ich habe ihn gern, und ich möchte seine Freundschaft nicht verlieren. Aber wenn du mit mir über diesen Glauben, über diesen Jesus reden möchtest, dann werde ich auf der Stelle gehen. Lasst mich damit bitte in Ruhe. Ich habe es bereits Miran gesagt. Wenn er dir schon von unserem Gespräch erzählt hat, hätte er dir auch das sagen müssen.«

Camilla seufzte. Aber mit großem Ernst fuhr sie fort. »Das hat er auch. Aber es ist uns zu wichtig, als dass wir schweigen könnten. Jesus Christus ist für uns alle am Kreuz gestorben, auch für dich, Berenike. Er möchte, dass wir leben, und vor seiner Wahrheit solltest du dich nicht verschließen.«

Berenike schüttelte abweisend den Kopf. »Entschuldige, Camilla, aber ihr seid doch alle verrückt.« Damit ging sie aus der Küche.

Camilla starrte auf den Apfel, den sie in ihrer Anspannung völlig vergessen hatte. »Ich habe gewusst, dass ich versagen werde, Herr. Und dass ich die richtigen Worte nicht finden werde. Ich habe es gewusst«, murmelte sie.

19. Die erste Nacht

Es war ein langer Tag gewesen. Berenike war auf dem Weg zu Marcus, um ihm wie jeden Abend einen Krug mit Wein zu bringen. Als sie den Schlafraum betrat, saß er wie so oft an dem kleinen Tisch und las. Berenike füllte seinen Becher mit Wein und stellte den Krug daneben ab, um dann wieder zu gehen.

Sie wollte gerade die Tür öffnen, als er sie rief. »Berenike.«

Sie wandte sich um. »Ja, Herr?«

Dieses Mal forderte er sie jedoch nicht auf, sich zu ihm zu setzen und mit ihm zu spielen.

Er stand auf und ging auf sie zu. Er sah in ihr schmales Gesicht und wusste plötzlich, dass es ihm nicht nur darum ging, sie besitzen zu wollen. Sie bedeutete mehr für ihn.

Er hob die Hand und strich ihr eine Strähne ihres Haars aus dem Gesicht. Sanft ließ er seine Finger über ihre Wange, ihren Hals gleiten. Ihre Blicke trafen sich. Er sah ihre Bereitschaft, ihr Verlangen, aber auch ihre Angst und Unsicherheit. Als er eine Spange ihres Kleides öffnete, merkte er, wie sie sich verkrampfte. Er sah sie an, ihre Augen zeigten ihre Angst, und er dachte daran, was hinter ihr lag. Wie sehr musste es sie verletzt haben. »Hab keine Angst«, sagte er leise. »Ich werde nichts tun, was du nicht auch willst.« Da lächelte sie, unsicher noch, fast scheu. Aber ihre Anspannung löste sich. Er erwiderte ihr Lächeln. Sanft fasste er sie an der Taille, zog sie an sich. Auf einmal war es so einfach, ihm entgegenzukommen, es geschehen zu lassen. Als er sie küsste, schloss sie die Augen und gab sich ganz dem Gefühl hin, das dieser Kuss in ihr auslöste …

Dann lag sie da, den Kopf auf seiner Brust. Mit der Hand zeichnete sie sanft die Linien seines Körpers nach. Er hatte den Arm um sie gelegt, streichelte ihre Schultern.

Marcus starrte in die Dunkelheit und lauschte den Geräuschen der Nacht. Irgendwo heulte ein Hund. Es hatte angefangen zu regnen, der gleichmäßige Laut der fallenden Tropfen beruhigte ihn aber nicht.

Als Berenike ihm an diesem Abend den Wein gebracht hatte, war in ihm nur das Begehren, das Bedürfnis, sie sich einfach zu nehmen, ohne zu fragen, nur um sein Verlangen, seine Begierde zu stillen. Doch dann war er sich ihrer Zerbrechlichkeit bewusst geworden. Auf einmal war er sich darüber im Klaren, wie viel sie ihm wirklich bedeutete. Und er hatte begonnen, sich um sie zu bemühen. Er hatte mehr an sie gedacht als an sich, hatte gewollt, dass es schön für sie war. Und sie war ihm mit ihrer Zärtlichkeit und ihrem Verlangen entgegengekommen.

Ihr leiser und gleichmäßiger Atem zeigte ihm, dass sie eingeschlafen war. Sanft zog er die Decke über ihren Körper, damit sie nicht fror.

Und dann kamen die Gedanken an die Vergangenheit. Das ausschweifende Leben, das er als junger Mann geführt hatte, die unglückliche Ehe mit Julia, ihre Verzweiflung, ihr Hass und die Verachtung, die sie ihm entgegengebracht hatte, und schließlich ihr Tod. Er dachte an diese furchtbaren Jahre und an die Einsamkeit, die er damals empfunden hatte. Und an die Schuld, die er auf sich geladen hatte.

Marcus sah auf das Mädchen, das jetzt bei ihm lag. Wie viel hatte sie ihm gegeben! Zum ersten Mal in seinem Leben war das Gefühl der Leere von ihm gewichen, hatte er erfahren, was Liebe und Hingabe bedeuteten.

Er lauschte auf ihre ruhigen Atemzüge. Und fand endlich selbst den Schlaf.

20. Der Tag danach

Lange vor Sonnenaufgang erwachte er. Der Platz neben ihm war leer. Berenike war fort. Er setzte sich auf und fuhr sich mit der Hand über den Kopf. Langsam begann das Haus zu erwachen, er hörte die Schritte und das geschäftige Treiben seiner Sklaven.

Der Tag würde sein wie jeder andere. Er würde wie jeden Morgen seine Klientel empfangen, dann gemeinsam mit seinem Sohn eine kleine Mahlzeit zu sich nehmen und daraufhin das Haus verlassen. Er würde sich die Probleme der Bürger Roms anhören, würde Streitigkeiten schlichten, Recht sprechen. Irgendwann am Nachmittag würde er die Thermen aufsuchen, um zu baden, sich zu erholen, mit anderen zu reden und zu diskutieren. Und abends wieder nach Hause kommen, um gemeinsam mit seinem Sohn die Abendmahlzeit einzunehmen. Er würde sich seinen Büchern widmen und sich irgendwann zu Bett begeben. Und dennoch würde alles anders sein als sonst, diese Nacht schien alles verändert zu haben.

Einer der Sklaven betrat schließlich den Schlafraum, um Marcus wie jeden Morgen beim Ankleiden zu helfen und ihn zu rasieren.

Danach verließ der Prätor seinen Schlafraum und durchquerte den Säulengang des Peristyliums. Im Atrium waren zwei Sklaven damit beschäftigt, das Wasserbecken vom Laub und Unrat zu befreien, die der Wind und der Regen mit sich gebracht hatten. Sie grüßten Marcus, so wie sie ihn jeden Morgen grüßten. Marcus ging an ihnen vorbei zum Altar der Laren, um dort das übliche morgendliche Trankopfer darzubringen. Wieder versank er in seine Gedanken und erschrak, als er ihr Lachen hörte.

Sie stand über seinen Sohn gebeugt und hielt dessen kleinen Hund in den Händen, während Claudius versuchte, diesem ein Halsband anzulegen. Berenike hob den Kopf und begegnete Marcus' Blick. Sie grüßte ihn, so wie eine Sklavin ihren Herrn begrüßte. Keine Regung in ihrem Gesicht, keine unbedachte Bewegung, nichts verriet, was in dieser Nacht geschehen war, nichts verriet ihre Gefühle.

Sie wandte sich wieder Claudius zu, der seinen Vater jetzt erst bemerkt hatte und ihm fröhlich zuwinkte. Marcus nickte ihm lächelnd zu und betrat seinen Arbeitsraum.

Ihr Verhalten hatte ihm gezeigt, dass er sich nicht in ihr getäuscht hatte. Sie würde nicht versuchen, sich aus dem, was passiert war, einen Vorteil zu verschaffen. Er spürte, dass diese Beziehung nur zwischen ihr und ihm bestand, etwas, wovon niemand erfahren sollte. Er würde sie nicht zu einer Geliebten machen, von der jeder wusste. Sie war mehr für ihn. Er konnte und wollte sie und sich selbst nicht dem Spott anderer aussetzen. Einem Spott, mit dem er rechnen musste, nachdem er so lange bewusst ohne eine Liebesbeziehung gelebt hatte. Vor allem sein Schwager würde sich nicht zurückhalten. Das durfte er nicht zulassen.

Marcus merkte, dass er dabei war, sich an sie zu verlieren, und dieser Gedanke erschreckte ihn. Er hatte sich geschworen, sich niemals einer Frau zu öffnen, und merkte doch, dass er sich vor ihr nicht verschließen konnte. Seit dem Tod seiner Frau hatte er niemanden mehr an seinen Gedanken und Gefühlen teilhaben lassen. Niemand sollte sehen, wie es in ihm aussah. Aber er spürte, dass Berenike mehr für ihn war. Er wollte wissen, wer sie war, was sie fühlte und dachte. Aber dafür musste auch er sich öffnen. Nur so konnte er ihr näherkommen, ganz bei ihr sein.

Er verscheuchte eine Fliege, die sich auf seinen Arm gesetzt hatte, mit einer heftigen Handbewegung, so als könnte er damit seine Unruhe vertreiben. Aber es gelang ihm nicht, die Erinnerung an die letzte Nacht aus seinen Gedanken zu verbannen.

Der Tag war wie ein Traum an Berenike vorübergegangen. Immer und immer wieder erinnerte sie sich an die Nacht mit dem Prätor. Ob er an sie dachte? Und ob es mehr für ihn war als nur eine Nacht mit einer Sklavin?

Zur gewohnten Zeit kam er nach Hause. Wie gerne wäre sie ihm entgegengelaufen, aber sie wusste, dass das nie möglich sein würde. So ging sie, um wie immer gemeinsam mit Camilla den Tisch zu decken.

Diese erwartete sie bereits. »Wo bleibst du denn heute? Warum trödelst du so herum? Wir müssen uns beeilen. Der Prätor hat einen Gast mitgebracht.«

»Wen? Gaius?«

»Ja, Gaius. Und jetzt komm.«

Der Tribun. Gerade auf den könnte sie heute gut verzichten.

Sie waren eben fertig geworden, als die Männer zusammen mit Claudius den Speiseraum betraten.

Nur einen Augenblick lang begegnete Berenike Marcus' Blick. Aber nichts an seiner Miene verriet, was er dachte oder fühlte.

Gaius hatte sich an seinem Platz niedergelassen und hielt Berenike seinen Becher entgegen. »He, träumst du, oder was? Schenk ein, Mädchen«, befahl er ihr. »Ich werde dich schon nicht anfassen«, fügte er ungeduldig hinzu. Dann machte er sich über das Essen her. Kauend wandte er sich an den Prätor. »Heute bin ich nicht nur als dein Gast hier, Marcus.«

»Als was denn?«

Der Tribun leerte seinen Becher mit einem Zug und streckte ihn wieder der jungen Sklavin entgegen, die ihn erneut füllte. »Du erinnerst dich doch an Flavia, die Tochter des Senators Marius Annaeus?«

»Ja, natürlich. Was ist mit ihr?«

»Sie ist jetzt im heiratsfähigen Alter. Und der alte Marius würde dich gerne als seinen Schwiegersohn sehen.«

Berenike erschrak. Marcus sollte heiraten? Nein! Das würde sie nicht ertragen.

Der Prätor stellte seinen Becher ab. »Um mir das zu sagen, bist du gekommen?«

Der Tribun nickte. »Marcus, meine Schwester ist jetzt schon so lange tot. Warum heiratest du nicht wieder? Flavia wäre keine schlechte Frau für dich. Sie ist jung, sie ist sehr schön und, das Wichtigste, sie ist sehr reich. Du könntest noch viele Kinder mit ihr haben. Und Claudius hätte endlich eine Mutter.«

»Jetzt höre mir gut zu, Gaius. Ich habe es dir oft genug gesagt, aber du scheinst mich nicht ernst zu nehmen. Ich werde keine Frau mehr zu meiner Gemahlin machen, es sei denn, dass ich sie liebe. Deine Schwester war unglücklich und voller Hass, und daran trage auch ich Schuld. Soll ich das ein zweites Mal zulassen? Ich habe einen Sohn und Erben. Darum habe ich es auch nicht nötig, mir wieder eine Ehefrau ins Haus zu holen. Und ich werde mir auch keine mehr aufzwingen lassen.«

Gaius hob abwehrend die Hände. »Warum wirst du so wütend? Es wäre doch wirklich eine vorteilhafte Ehe. Sie hat Geld, viel Geld, und ihr Vater gehört zu den engsten Vertrauten des Kaisers. Du brauchst sie ja nicht zu lieben. Nur zu heiraten. Fürs Bett kannst du dir immer noch eine Geliebte nehmen.« Er packte Berenike am Arm. »Schau sie dir doch an. So eine Sklavin ist froh, wenn ihr Herr sie sich nimmt. Wenn du sie schon mir nicht gönnst, dann hol sie endlich selbst ins Bett. Dir wird sie sich bestimmt gerne hingeben. Sie wartet sicher längst darauf.«

Erschrocken riss sich Berenike los. »Nein«, rief sie laut und schüttelte entsetzt den Kopf. »Nein!«

Claudius war aufgesprungen. Er durfte es nicht zulassen, dass Gaius sie so behandelte. Aber sein Vater hielt ihn zurück.

Der Tribun war erstaunt über die Reaktion des Mädchens. »Du würdest es wagen, dich deinem Herrn zu verweigern? Dass du dich gegen mich wehrst, mag ja noch angehen. Aber gegen deinen Herrn?«

Berenike schwieg.

»Warum?«

Aber sie antwortete nicht, stand nur mit gesenktem Kopf da. Ihre Reaktion war unüberlegt gewesen, und jetzt wusste sie nicht, was sie machen sollte.

Marcus beobachtete sie, wartete auf ihre Antwort.

Gaius packte sie wieder am Arm. »Antworte, du störrisches Ding.«

Da hob sie den Kopf, sah dem Tribun fest in die Augen. »Ich werde nur dem freiwillig meinem Körper geben, der auch mein Herz besitzt«, sagte sie fast trotzig. Dann nahm sie den Krug und verließ hastig den Raum.

Gaius war fassungslos. »Erlaubst du es deinen Sklaven, so mit dir zu sprechen?«, fragte er Marcus. »Sie braucht deinen Schutz nicht. Eher die Peitsche. Du siehst doch, wie widerspenstig sie ist.«

Doch bevor der Prätor antworten konnte, fing Claudius an zu reden. »Sie hat doch nichts Falsches getan. Es war nicht in Ordnung, wie du mit ihr geredet hast.«

Marcus legte seine Hand auf die seines Sohnes. »Es ist gut, meine Junge, es ist gut.« Er nickte ihm zu. Dann wandte er sich an den Tribun. »Höre, Gaius, deine Lebenseinstellung gefällt mir ebenso wenig wie die Art, wie du mit Menschen umgehst. Ich habe genug von dir und deinen Unverschämtheiten. Nicht einmal in meinem Hause weißt du dich zurückzuhalten, obwohl ich dir die Grenzen oft genug aufgezeigt habe. Es ist besser, wenn du jetzt gehst. Richte dem Senator aus, dass ich nicht gedenke, seine Tochter zu heiraten. Und merke dir eines: Du bist erst wieder als Gast willkommen, wenn du dich zu benehmen weißt und dich nicht mehr an meinem Eigentum vergreifst. Und jetzt verschwinde. Es ist genug.«

Gaius stand wütend auf und schlüpfte in seine Schuhe. »Ich hoffe, du weißt, was du tust, Marcus.«

»O ja, das weiß ich. Ich glaube nicht, dass du mir sagen musst, was falsch oder richtig ist.«

Der Tribun nahm noch einmal seinen Becher, leerte ihn und stellte ihn hörbar auf dem Tisch ab. Dann ging er, die Tür laut hinter sich zuschlagend.

Marcus seufzte erleichtert. Dann fiel sein Blick auf Claudius, der seinen Vater mit offenem Mund anstarrte.

»Was ist los, mein Junge?«

Claudius schluckte. »Nichts, Vater, überhaupt nichts. Es ist nur ... Es ist nur ...«

»Es ist nur was?«

Der Junge schüttelte den Kopf. So hatte er seinen Vater noch nie erlebt. »Darf ich gehen?«, fragte er schließlich zaghaft.

Marcus nickte. An der Tür wandte sich Claudius noch einmal um. »Du wirst also nicht wieder heiraten?«, fragte er vorsichtig.

»Soll ich es denn tun?«

»Nein, denn dann müsste sich diese Frau um mich kümmern und nicht mehr Berenike. Und das will ich nicht.«

Marcus lachte. »Gut. Wenn du es so wünschst, dann werde ich es sein lassen.«

»Das ist gut«, sagte der Junge und strahlte dabei über das ganze Gesicht. »Das ist sehr gut.«

Berenike war, nachdem sie den Speiseraum verlassen hatte, in die Küche gegangen, um dort frischen Wein zu holen. Sie war verwirrt, hatte Angst. Sie hatte Marcus ihre Liebe gestanden, ohne zu wissen, wie er zu ihr stand. Wie würde er reagieren? Es hatte sie verletzt, was der Tribun gesagt hatte. Was der Prätor jetzt wohl von ihr dachte? Sie war nicht geblieben, weil er ihr Herr war, sondern weil sie so viel mehr für ihn empfand. Und sie wollte, dass er das wusste. Aber wie würde er es auffassen? Was würde er jetzt von ihr denken? Vielleicht glaubte er ja, dass sie es nur getan hatte, weil sie sich daraus einen Vorteil erhoffte. Aber so war es nicht. So war es ganz gewiss nicht.

Camilla kam herein. Sie war wütend, schließlich war sie dafür verantwortlich, dass jeder Sklave in diesem Haus sich so verhielt, wie es von ihm erwartet wurde. »Sag mir, Berenike, woher nimmst du dir die Freiheit, einfach so aus dem Raum zu gehen?«

Berenike schluckte. »Der Tribun ... was er gesagt hat ...«

Camilla unterbrach sie. »Du musst noch lernen, dass du keine Rechte hast. Alles darf dieser Mann zu dir sagen, alles. Du hast nicht einmal das Recht, dich dadurch beleidigt zu fühlen, verstehst du? Aber jetzt geh und bring dem Prätor den Wein. Und beeile dich.«

Berenike zögerte. »Ich kann nicht.«

»Du kannst sehr wohl.« Camilla sah das Mädchen an. Dann seufzte sie leise. »Es tut mir leid. Ich kann ja verstehen, wie dir zumute ist. Du denkst an das, was er dir antun wollte. Dass dich das verletzt hat, kann ich gut verstehen. Auch die Angst, die du deswegen vor diesem Mann hast. Aber du kannst beruhigt gehen, der Tribun ist nicht mehr da. Der Prätor hat ihn hinausgeworfen.«

Berenike nickte. Sie nahm den Krug und verließ die Küche. Der Weg durch das Peristylium schien ihr länger zu sein denn je. Claudius kam ihr mit seinem Hund entgegen. Er lachte und winkte ihr zu, bevor er in seiner Kammer verschwand.

Berenike öffnete die Tür zum Speiseraum; sie hatte Angst, wusste nicht, was sie erwartete. Ihr Herr hatte ihr heute mit keiner Geste zu verstehen gegeben, dass die Nacht überhaupt etwas für ihn bedeutet hatte. Mit keinem Wort, mit keinem Blick. Aber war es vielleicht doch so? Was hatte es zu besagen, dass er den Tribun hinausgeworfen hatte? Hatte er das ihretwegen getan?

Der Prätor war allein. Er sah nicht auf, als sie eintrat, drehte nur nachdenklich seinen Becher in der Hand. Eigentlich mochte Berenike diese Gewohnheit an ihm. Aber heute verunsicherte es sie. Dachte er über sie nach? Darüber, was er jetzt mit ihr tun sollte? Wie er sie vielleicht sogar wieder loswurde?

Sie stellte den Krug ab, ihre Hände zitterten. Sie war unsicher und stieß an eine gläserne Obstschale, sodass diese vom Tisch fiel und zerbrach.

»Vergib mir, Herr«, murmelte sie erschrocken und bückte sich, um die Scherben aufzusammeln. Als sie den Kopf hob, sah sie, dass er sie beobachtete, kühl, ohne irgendeine Regung im Gesicht.

Sie stand auf, die Scherben in der Hand, und ging zur Tür, um diese wegzubringen. Ihre Kehle war wie zugeschnürt, am liebsten hätte sie geweint.

Doch dann stand er plötzlich hinter ihr, fasste sie am Arm. »Berenike.«

»Was willst du, Herr?«, fragte sie, ohne ihn dabei anzusehen.

»Wirst du heute Nacht wieder bei mir bleiben?«

Überrascht über die Wärme in seiner Stimme wandte sie sich zu ihm um. »Wenn du es wünschst, Herr.«

Aber er schüttelte den Kopf. »Nein, Berenike. Nur wenn du es auch willst.«

Ein zaghaftes Lächeln glitt über ihr Gesicht. »Ja, Herr, das will ich«, sagte sie leise und verließ schnell den Raum.

21. Vergangenheit

Sie saßen an dem kleinen Tisch, das Spielbrett vor sich. Marcus nahm einen seiner Steine in die Hand. Er genoss es sehr, mit ihr diese Zeit am Abend zu verbringen. Die letzten Wochen hatten sie einander immer nähergebracht. Ihr Umgang miteinander wurde vertrauter, offener. Mit Berenike zu reden, ihr zuzuhören und von ihr angehört zu werden tat ihm gut. Und er merkte, dass es an der Zeit war, ihr alles über sich zu erzählen.

»Würdest du es mir sagen, wenn du mich nicht mehr willst?« Er hob den Kopf und sah sie aufmerksam an.

Berenike nickte. »Das würde ich.«

»Ja, das glaube ich dir.« Er setzte den Stein. Dann lehnte er sich zurück. Sein Gesicht war ernst. »Mit dir zusammen zu sein …« Er stockte. Wie sollte er es sagen? Er war es nicht gewohnt, dass ihm die Worte fehlten. Dann schüttelte er kaum merklich den Kopf. »Es ist anders.«

»Anders als was?«

Marcus fuhr sich mit der Hand über seinen kahlen Kopf. »Anders als alles, was ich bisher erlebt habe.« Für einen Moment schloss er die Augen, so als würde er eine Entscheidung treffen. Dann sah er Berenike an. »Ich muss dir von meiner Frau erzählen.«

Berenike erschrak. Sie wusste nicht, warum sie sich vor dem fürchtete, was jetzt kommen würde.

»Ich war sehr jung, als ich sie geheiratet habe. Julia war schön, sehr schön. Aber was wichtiger war, ihr Vater war reich. Und er konnte mir Wege ebnen, die meinen Aufstieg fördern würden. Ich war ehrgeizig. Mein Vater war Senator. Auch er war reich. Ich aber wollte mehr. Ich wollte mächtiger werden als mein Vater, und ich wollte noch wohlhabender sein. Rom hatte mir viel zu bieten, und ich hatte nicht vor, mir irgendetwas entgehen zu lassen.« Er lächelte Berenike an. »Hättest du mich damals gekannt, du hättest mich genauso verabscheut, wie du Gaius verabscheust. Ich war ihm nicht unähnlich. Zwar war ich nie so gut aussehend wie er, wahrscheinlich eher hässlich, aber ich habe mich nicht so gesehen. Ich war viel zu überzeugt von mir, hatte von mir und von dem, was ich dachte und tat, eine viel zu hohe Meinung. Wer sollte mir Grenzen setzen? Wer mir irgendwelche Lehren erteilen? Wer mir Vorschriften machen? Und meine Eltern unterstützten mich in meinen hochfliegenden Plänen. Sie waren genau wie Julias Eltern für die Verbindung – war sie doch für beide Häuser mehr als vorteilhaft. Dass Julia zu dieser Ehe gezwungen wurde und sich nur aus Gehorsam fügte, dass sie in Wirklichkeit einen anderen Mann liebte, dass sie mich hasste, ja, sogar verachtete, das habe ich nicht gesehen. Und wenn ich es gesehen hätte, es hätte mich nicht gekümmert. So wie es mich nicht gekümmert hat, wer sie wirklich war.«

Nachdenklich nahm er einen Stein in die Hand und beobachtete, wie sich das Licht der Lampen darin spiegelte. »Ich war ein furchtbarer Mensch. Aber ich hatte auch meine Vorstellung von Ehe, von Treue. Bevor ich verheiratet war, habe ich das Leben eines verwöhnten Jünglings geführt, der tut und lässt, was er möchte. Ich genoss das Leben in vollen Zügen, nahm mir, was sich bot.« Er warf Berenike einen kurzen Blick zu. »Auch Frauen.« Unwillkürlich schüttelte er den Kopf. »Aber die Frauen, die ich damals in den Armen gehalten habe, waren für mich ohne Bedeutung, so wie auch ich ihnen gleichgültig war. Es war ein Suchen nach Befriedigung, ein gieriges Nehmen ohne zu geben, ohne Nähe, ohne Liebe. Es gab keine Verpflichtung. Und letztlich blieb danach nur Einsamkeit und Leere zurück.« Er lachte kurz auf. »Das war mein Leben als unverheirateter Mann. Und ich konnte, nein, ich wollte darin auch nichts Falsches erkennen. Dennoch – meine Vorstellung von Ehe war eine ganz andere. Denn wenn ich eines von meinen Eltern gelernt habe, dann ist es, dass Ehe und Treue zusammengehören. Eine Lebensweise, wie sie nicht viele meines Standes haben. Ich aber wollte meine Eltern in allem übertreffen, auch darin. Und das war nicht leicht. Zum einen, weil es im völligen Widerspruch zu meinem bisherigen Leben stand. Aber auch und vor allem, weil Julia mich hasste. Sie ertrug meine Nähe mit Abscheu und Verachtung. Und sie ließ mich dies jedes Mal spüren, wenn ich zu ihr ging. Aber sie war meine Frau, ich dachte, ich hätte ein Recht auf sie. Hatte ich sie nicht geheiratet, damit ich durch sie einen Sohn und Erben erhalte?«

Marcus stand auf und machte ein paar Schritte in den Raum hinein. Dann wandte er sich ruckartig um. »Berenike, ich war abstoßend. Selbstsüchtig. Und ich dachte – nein, ich war überzeugt davon! –, dass sie eines Tages freiwillig zu mir kommen würde. Schließlich konnte sie ja stolz darauf sein, mich als Ehemann bekommen zu haben! Welch ein Selbstbetrug! Welch eine maßlose Qual muss es für sie gewesen sein, neben mir leben zu müssen. Denn mit mir hat sie nicht gelebt. Und ich nicht mit ihr. Du kannst dir nicht vorstellen, wie schlecht ich mich fühlte, wie leer, wenn ich von ihr wegging. Immer hatte ich ihr höhnisches Lachen im Ohr. Jedes Mal habe ich mir geschworen, sie nicht mehr anzurühren, nicht mehr zu ihr zu gehen. Aber ich habe es nicht geschafft. Ich habe es einfach nicht geschafft. Wie erbärmlich ich doch war!«

Berenike stand auf und ging zu ihm hin. »Marcus, warum quälst du dich so? Du musst mir das nicht erzählen.«

Er lachte kurz auf. »Nein, Berenike, ich muss es nicht. Aber es ist wichtig.« Er nahm ihre Hände und betrachtete diese. »Du hast zärtliche Hände. Wenn du mich ansiehst, wärmt es mich, und ich bin nicht mehr leer. In ihr aber war nur Kälte. Und ich war schuld daran.« Er setzte sich aufs Bett und zog Berenike neben sich. »Sie wurde schwanger. Und ihr Hass gegen mich wurde noch größer. Sie ließ mich nicht mehr in ihre Nähe. Und ich wagte es auch nicht mehr, zu ihr zu gehen. Ich hoffte, dass das Kind sie entschädigen würde. Ich dachte, alle Mütter lieben ihre Kinder. Aber es ging ihr schlecht, sehr schlecht. Sie litt unter starken Schmerzen. Und sie gab mir die Schuld. Sie hasste das Kind, weil sie mich hasste. Und als Claudius geboren wurde, wollte sie ihn nicht sehen, so wie sie mich nicht sehen wollte.« Wieder stockte er und verbarg sein Gesicht in seinen

Händen. »Julia starb bei der Geburt. Es war früh am Morgen, aber sie ließen mich erst zu ihr, als die Sonne den Zenit längst überschritten hatte. Aber auch noch Stunden nach ihrem Tod konnte ich ihren Schmerz, ihren Hass und ihre Verachtung in ihrem Gesicht sehen. Dieses Bild werde ich nie in meinem Leben vergessen.« Er strich Berenike sanft über das Haar, berührte ihre Wangen, ihre Lippen. »Ich habe mir damals geschworen, mein Leben zu ändern. Ich war schuld an ihrem unglücklichen und verzweifelten Leben. Immer wieder frage ich mich, ob ich auch schuld an ihrem Tod bin. Würde sie noch leben, wenn sie glücklich gewesen wäre? Wenn ich ihr das Kind nicht aufgezwungen und sie sich auf Claudius gefreut hätte? Ich weiß es nicht. Aber etwas anderes wurde mir klar. So etwas wollte ich nie mehr zulassen. Von diesem Tage an besuchte ich keine Gelage und ausschweifenden Feiern mehr, ich traf mich nicht mehr zum Trinken und Spielen. Und ich rasierte mir meinen Kopf kahl, sodass für alle sichtbar wurde, dass ich nicht mehr der war, den sie kannten. Mein Leben galt nun meinem Sohn, ihm wollte ich ein gutes Vorbild sein.«

Er küsste sie sanft auf den Mund. »Mit dir habe ich mein Gelübde gebrochen. Ich habe etwas getan, was ich nie tun wollte. Keiner Frau wollte ich mehr zu nahe kommen, um nie mehr in die Gefahr zu kommen, sie zu verletzen, indem ich zulasse, dass sie durch mich leidet und unglücklich ist. Und jetzt bist du da. Ich kann mich nicht von dir fernhalten. Bei dir bin ich geborgen, bei dir darf ich sein, wie ich bin. Du bist das, was ich mir immer ersehnt habe und von dem ich mir sicher war, dass es mir nie zuteilwerden würde. Ich hatte und ich habe es nicht verdient.«

Berenike legte ihre Hand auf seine Wange. »Nicht verdient?« Sie lächelte ihn an. »Das kann und das will ich nicht beurteilen. Ich weiß nur, dass ich dich liebe. Und dass ich bei dir glücklich bin, weil ich mich bei dir frei fühle.«

»Obwohl du mein Eigentum bist. Welch ein Widerspruch! Wie ungleich wir doch sind. Wie sehr bist du mir doch ausgeliefert, wenn ich es so will.« Er fasste sie am Kinn. »Berenike, es ist mir ernst. Du musst es mir sagen, wenn du meine Nähe nicht mehr willst. Du musst es mir sagen, wenn du mich nicht mehr ertragen kannst. Lieber gebe ich dich frei, als dass ich dich mit meinen Armen fessle.«

Berenike legte ihm ihre Finger auf den Mund. »Vertrau mir. Es gibt nichts, was mich je von dir wegbringen könnte.«

22. Glaubenszweifel und Glaubensfragen

Der Winter war für römische Verhältnisse lang und kalt. Berenike öffnete die Augen. Ihr Kopf schmerzte, und sie hatte das Gefühl, dass sie sich nicht mehr bewegen konnte. Camilla hatte sich über sie gebeugt.

»Jetzt steh endlich auf, Mädchen«, rief sie ungeduldig. »Es ist Zeit.«

Berenike versuchte, sich aufzusetzen. Unwillkürlich stöhnte sie auf. Es war, als würde ihr jemand ein Schwert in den Kopf stoßen. Camilla erschrak und sah sich die junge Sklavin genauer an. Dann fasste sie ihr an die Stirn. »Du hast hohes Fieber!«, rief sie erschrocken. »Bleib liegen. Ich werde das sofort dem Herrn melden müssen.«

Damit verließ sie den Raum. Sie schickte eine andere Sklavin zu Berenike, um sich um sie zu kümmern. Dann durchquerte sie das Haus. Der Sklave, der Marcus jeden Morgen beim Ankleiden half, kam ihr entgegen. »Ist unser Herr schon aufgestanden?«, fragte sie hastig.

»Ja, natürlich«, war die erstaunte Antwort. »Er befindet sich bereits in seinem Arbeitsraum.«

Camilla rannte fast auf dem Weg zu ihm.

Marcus fuhr auf, als sie den Raum betrat. »Was willst du?« Dann sah er ihr Gesicht. Schnell legte er die Schriftstücke, die er in der Hand hielt, zur Seite. »Was ist passiert?«

»Berenike ist krank, Herr. Ich weiß nicht, wie gefährlich es ist. Sie hat hohes Fieber und kann sich kaum bewegen.«

Marcus sprang auf. Ohne ein Wort schob er Camilla zur Seite und eilte aus dem Raum. Sie folgte ihm, überrascht und verwirrt. Noch nie hatte er sich selbst zu einem kranken Sklaven begeben. Traf ihr Verdacht zu, dass er und Berenike vielleicht doch …? Sie wagte es nicht einmal zu denken, konnte es sich einfach nicht vorstellen. Das widersprach allem, was sie von ihrem Herrn dachte und wusste.

Marcus betrat den Raum und eilte zu Berenikes Bett. Er legte seine Hand auf ihre Stirn, die vor Fieber glühte. Sie starrte ihn mit großen Augen an. »Claudius«, flüsterte sie. »Er darf nicht herkommen. Er soll nicht krank werden.« Marcus legt ihr die Hand auf den Mund.

»Nicht sprechen«, sagte er leise. »Nicht sprechen. Ich werde alles tun, dass du wieder gesund wirst.« Dann stand er auf und wandte sich an Camilla.

»Richtet einen der Gästeräume her, den kleinsten. Wärmt diesen, so gut es geht, und legt sie dort hinein. Sie braucht Ruhe. Es wäre nicht gut, wenn sie jetzt bei den anderen Sklavinnen schlafen würde. Kühlt ihr die Stirn und zieht ihr frische Kleider an. Lygius soll den Arzt Athanassios holen. Und sorge dafür, dass sie nicht einen Augenblick alleine ist. Ich werde Claudius wecken und ihm sagen, dass er sie nicht sehen darf. Wenn es schlimmer um sie steht, dann holt mich aus dem Gericht, verstanden?«

Camilla nickte. »Ja, Herr.«

»Du weißt selbst am besten, was zu tun ist, Camilla. Ich vertraue darauf, dass du auch alles tust, was jetzt richtig und wichtig ist.«

Camilla nickte wieder. »Ja, Herr, du kannst dich auf mich verlassen.«

Dann verließ Marcus den Raum. Camilla sah ihm nach, dann fiel ihr Blick auf die andere Sklavin, die im Raum war und mit offenem Mund auf die geschlossene Tür starrte. Sie riss sich zusammen. »Mach deinen Mund zu«, herrschte sie die Sklavin an. »Du hast gehört, was unser Herr gesagt hat. Jetzt gehe und richte die vorderste Kammer her, so wie er es befohlen hat. Und schicke Lygius zu mir.« Die Sklavin eilte hinaus und ließ Camilla nachdenklich zurück.

Marcus ging in seinem Raum auf und ab. Er sehnte sich danach, jetzt bei Berenike zu sein. Würde sie die Nacht überstehen? Würde sie an dem Fieber sterben? Der Arzt hatte gesagt, dass das Fieber in dieser Nacht seinen Höhepunkt erreichen würde. Heute würde sich entscheiden, ob sie leben oder sterben würde.

Seit drei Tagen wütete das Fieber in ihrem Körper. Er fühlte sich so hilflos wie noch nie. Da war etwas, gegen das er nichts tun konnte. In seiner Verzweiflung dachte er an seine Götter. Aber ein Gott, der hört, muss auch antworten. Ein Gott, der sich nicht hören lässt, war für ihn kein Gott. Und seine Götter ließen sich nicht hören.

Er dachte zurück an Julia. An die Gebete, die er damals gesprochen, und an die Opfer, die er dargebracht hatte. Wie oft danach hatte er schon die Hilfe der Götter angerufen, aber sie hatten immer geschwiegen! Auch jetzt würde er nichts hören. Denn sie waren tot, leblose Geschöpfe, verehrt in von Menschen gemachten Statuen und leeren Tempeln. Aber war Beten nicht das Einzige, was er noch für sie tun konnte? Doch das half nichts. Nichts. Er war machtlos, dem Schicksal ausgeliefert.

Marcus setzte sich auf sein Bett und starrte auf den Boden. Würde er sie verlieren? Sie war alles für ihn. Mit ihr hatte er wieder begonnen zu leben. Seit sie bei ihm war, spürte er sein Blut wieder in den Adern. Ja, er lebte wieder, er fühlte wieder. Musste er sie jetzt gehen lassen? »Berenike«, flüsterte er ihren Namen. »Berenike.«

Camilla hielt Nachtwache am Bett der jungen Sklavin. Sie hörte den flachen Atem und betrachtete ihre schweißnasse Stirn und die wirren Haare. Was hatte Quintus gesagt? »Bete, Camilla, bete. Meine Frau und ich werden es auch tun, die ganze Nacht, bis wir hören, dass sie gesund wird.« Camilla schloss die Augen. Sie nahm Berenikes Hand und streichelte sie sanft. Sie suchte nach Worten. Und merkte auf einmal, dass sie nur einen Satz leise vor sich hin murmelte: »Hilf, Herr, hilf. Lass sie nicht sterben.« Immer und immer wieder sprach sie ihn. Und sie spürte, dass das genug war.

Marcus schreckte hoch. Es war mitten in der Nacht. Er war auf seinem Stuhl eingeschlafen. Die Tür stand offen, und Claudius stand da, ein kleines Licht in der Hand.

Marcus sprang auf. »Was ist los? Kannst du nicht schlafen?«

Claudius sah seinen Vater an. Seine Wangen glänzten von den Tränen, die darüberliefen. »Wird sie sterben?«, flüsterte er. »Vater, wird Berenike sterben?«

Marcus ging zu seinem Sohn. Er nahm ihm das Licht aus der Hand und stellte es auf die Truhe. Dann schloss er die Tür hinter ihm. Zärtlich strich er Claudius über die Haare. »Ich weiß es nicht. Aber ich hoffe, dass sie leben wird.«

Claudius schluchzte laut auf. »Aber die Götter werden das doch nicht zulassen, nicht wahr? Ich meine, sie werden doch nie erlauben, dass ...« Seine Stimme versagte.

Marcus nahm ihn in die Arme. Was sollte er dem Jungen sagen? Er, der selbst keinen Glauben mehr hatte. »Du solltest versuchen zu schlafen. Komm.«

Er brachte Claudius zu seinem Bett und half ihm, sich hinzulegen. Dann legte er sich neben ihn und zog die Decke fest über seinen kleinen Körper. Claudius klammerte sich an seinen Vater und weinte hemmungslos. Und Marcus konnte nichts anderes tun, als ihn einfach festzuhalten. Er hatte keinen Trost anzubieten, da er selbst verzweifelt war. Irgendwann fiel der Junge in einen unruhigen Schlaf. Aber Marcus lag noch lange wach. Was konnte er seinem Sohn mit auf den Weg geben, wenn er selbst keinen Halt mehr hatte?

Am nächsten Morgen stand er am Altar für die Laren. Es waren die Hausgötter, die schon sein Vater und Großvater verehrt hatten. Aber heute brachte er ihnen zum ersten Mal kein Opfer dar. Er stützte sich mit einer Hand an der Wand ab und starrte den Altar an. Was bedeuteten ihm diese Götter nach dieser Nacht? Er hatte erkannt, dass sie tot waren. Von ihnen war nichts zu erwarten.

Heute werde ich das letzte Mal bei euch stehen, sprach Marcus sie in seinen Gedanken an. Ihr kümmert euch nicht um uns Menschen.

Unser Leben, unsere Gedanken, unsere Sorgen und Ängste können nicht bis zu euch vordringen, weil ihr sie nicht hören und nicht sehen wollt. Auch wenn Berenike nicht sterben wird, so weiß ich doch, dass das nicht euer Verdienst ist. Was kümmert euch ein schwacher Mensch? Ihr habt euch abgewandt und uns hilf- und trostlos unserem Schicksal überlassen. Ich verfluche euch, so wie ihr uns verflucht; ich verachte euch, so wie ihr uns verachtet; und ich will euch nicht mehr, so wie ihr uns nicht mehr wollt.

Er wandte sich abrupt und endgültig vom Altar ab und sah Camilla, die übermüdet und blass, aber mit strahlenden Augen auf ihn zugelaufen kam.

»Herr«, rief sie ihm zu. »Herr, Berenike ist über den Berg. Sie ist soeben aufgewacht. Und sie ist wieder bei klarem Verstand.«

Marcus schloss für einen Augenblick die Augen. Dann eilte er an Camilla vorbei zu Berenikes Kammer. Er befahl der Sklavin, die darin wachte, ihn mit ihr allein zu lassen.

Dann setzte er sich an ihr Bett. Sie war blass und hatte dunkle Schatten unter den Augen. Aber sie lächelte ihn an. Es war noch ein schwaches, müdes Lächeln. Aber es löste die schwere Last, die auf ihm geruht hatte.

Marcus nahm ihre Hand. »Berenike«, sagte er leise. »Du lebst. Du lebst.« Er führte ihre Hand an seine Lippen und küsste sie.

»Du weinst?«, flüsterte sie.

Er schüttelte den Kopf. »Wie sollte ich nicht weinen? Ich dachte, ich hätte dich für immer verloren.« Zärtlich strich er ihr eine feuchte Strähne aus dem Gesicht. »Wie hätte ich ohne dich leben können?«

In diesem Augenblick wurde die Tür aufgerissen, und Claudius stürmte mit großen Augen und fragendem Blick in die Kammer.

An diesem Abend brachte Marcus seinen Sohn zu Bett.

»Bist du glücklich?«, fragte er.

Claudius nickte. »Berenike wird wieder ganz gesund, nicht wahr?«

»Ja, das wird sie.«

Claudius zog sich seine Decke bis zum Kinn und sah seinen Vater mit großen Augen an. »Vater?« Er wusste nicht, wie er fragen sollte. »Ist Berenike … Ich meine, bist du …«

Marcus lächelte. »Du willst wissen, wie nahe Berenike und ich uns stehen?«

Erleichtert nickte der Junge. »Ja, das wollte ich fragen.«

»Nun.« Der Prätor wählte seine Worte sorgfältig. »Ich habe sie sehr gern. Und sie mich auch.« Es war das erste Mal, dass er es aussprach. Das Gefühl, das damit verbunden war, war neu und schön. »Sie und ich sind uns schon länger sehr nahe. Aber es war geheim. Jetzt werden es alle im Haus erfahren. Berenike wird, sobald sie gesund ist, nicht mehr bei den anderen Sklavinnen schlafen, sondern bei mir. Sie wird auch nicht mehr Camillas Befehl unterstehen. Es wird ihr überlassen sein, ob und welche Arbeit sie übernehmen wird.«

»Wird sie mich noch zur Schule begleiten? Ich weiß, dass sie das gerne macht. Sie sagte mir einmal, dass Aeleos gut unterrichtet und sie ihm gerne zuhört.«

Marcus lachte. »Ja, das weiß ich. Aber ich denke, sie wird dich nicht allein deswegen weiterhin begleiten. Sie wird es tun, weil sie gerne in deiner Nähe ist.« Er beugte sich über seinen Sohn, küsste ihn auf die Stirn. »Schlaf gut, mein Sohn. Ich gehe und unterrichte Camilla und Lygius über das, was sich geändert hat. Sie werden es den anderen weitergeben.«

Claudius kuschelte sich in seine Decke. »Gute Nacht, Vater«, murmelte er müde und zufrieden.

Es war Camilla, die sich große Gedanken darüber machte, welche Folgen das Ganze hatte. Zu begreifen, dass ihr Herr eine Geliebte hatte, war schwer genug. Dass Berenike diese Frau war, machte den Umgang damit nicht leichter. Es widerstrebte ihr, diese Veränderung einfach hinzunehmen. Im Grunde ihres Herzens war sie dagegen, widersprach es doch dem Bild, das sie von ihrem Herrn hatte. Und es widersprach dem, was sie für richtig hielt. Dass eine Sklavin mit ihrem Herrn zusammen war, hatte sie noch nie gutgeheißen. Aber wenn das schon passierte, dann sollte es in eine Ehe münden. Unverheiratet zusammenzuleben war nicht das, was Gott von Menschen wollte. Aber konnte sie die Maßstäbe, die sie als Christin hatte, bei denen anlegen, die nicht glaubten? Sicherlich nicht.

Camilla beschloss, die junge Frau direkt anzusprechen. Sie musste ihre Fragen klären, wissen, wie es jetzt weiterging, wie sie damit umgehen sollte und wie Berenike ihre Stellung im Haus einordnete.

»Nun gehörst du also zu unserem Herrn«, begann Camilla das Gespräch.

Berenike nickte. »Es ist seltsam für dich, nicht wahr?«

»Seltsam? Nun, es ist zumindest nicht das, was ich erwartet habe. Ob ich es gutheißen kann, ist eine andere Frage. Aber da habe ich nicht mitzureden. Es ist deine und seine Entscheidung. Aber ich hätte mir gewünscht, dass du mich einweihst. Du hättest es mir sagen müssen. Ich bin die Haushälterin, du warst nur eine einfache Haussklavin.«

»Aber in diesem Punkt konnte ich dir keine Rechenschaft ablegen. Das musst du verstehen.«

Camilla wich Berenikes Blick aus. Sie fühlte sich unwohl in ihrer Haut. Die junge Sklavin war ihr nicht mehr unterstellt. Aber was war sie dann?

»Nun, der Prätor hat mir klargemacht, dass du nicht mehr unter meinem Befehl stehst und es dir freisteht, ob du irgendeine Arbeit verrichtest.«

»Und jetzt willst du wissen, ob ich vorhabe, mich zurückzulehnen und mich von dir und den anderen bedienen zu lassen? Du willst wissen, ob ich die Herrin spielen werde?« Berenike schüttelte den Kopf. »Warum sollte ich das tun? Für mich ist das auch neu. Ich bin mir bewusst, dass ich nicht die Herrin bin. Trotz allem bin ich Sklavin wie du.« Sie setzte sich auf einen Stuhl, faltete die Hände ineinander. Nachdenklich fuhr sie fort: »Dass meine Stellung und das Leben, das ich ab jetzt führen werde, trotzdem anders sein werden, weiß ich. Auch wenn ich noch nicht weiß, wie sich das Ganze verändern wird. Aber ich habe nicht vor, mich anders zu verhalten als bisher. Ich bin immer noch ich.« Sie hob den Kopf und sah Camilla an. »Der Prätor wird entscheiden, wie mein Leben künftig aussehen wird. Ich denke, dass ich mich weiterhin um Claudius kümmern werde, was ich auch mit großer Freude mache. Und ich hoffe, dass Marcus mir erlauben wird, dir auch jetzt noch zur Hand zu gehen, wenn er und Claudius nicht da sind. Nur beim Essen gehöre ich jetzt sicher an die Seite unseres Herrn. Und das ist er nach wie vor für mich. Mein Herr. Daran hat sich nichts geändert.«

Camilla nickte. »Ich soll nach besseren Kleidern für dich suchen. Du wirst Schmuck tragen und dich anders frisieren müssen.«

»Aber das wird mich nicht daran hindern, eine Nähnadel in die Hand zu nehmen oder Beeren von ihren Rispen zu pflücken. Ich war noch nie eitel. Mein Haar kann bleiben, wie es ist. Ich weiß, dass es dem Prätor so gefällt. Gut, eines stimmt: Ich wäre sicherlich die erste Frau, die schöne Kleider oder Schmuck ablehnt. Aber ich möchte und brauche bei beidem nichts Aufwendiges oder gar Auffälliges. Mir reicht es, wenn sich ein Stoff angenehmer auf der Haut anfühlt, als es unsere Sklavenkleider tun. Camilla, du weißt doch auch, dass alles in diesem Haus schlicht gehalten ist. Warum sollte ich mich herausputzen? Das ist sicherlich nicht das, was sich der Prätor von mir wünscht oder gar erwartet.«

»Vergib mir, Berenike. Versuche, mich zu verstehen. Es ist nicht einfach für mich.« Camilla fühlte sich beschämt. Eigentlich hätte sie wissen müssen, dass Berenike so dachte.

Die junge Frau nahm ihre Hände. »Ach, Camilla, du hast so viel für mich getan. Egal, was je an Streit oder Missverständnissen zwischen uns war, lass es uns vergessen. Hilf mir, mich in die neue Rolle einzufinden. Ich habe befürchtet, dass du gegen diese Verbindung bist. Jetzt bitte ich dich, mich das nicht spüren zu lassen. Ich brauche deine Unterstützung, deine Hilfe, auch wegen der anderen Sklaven.«

Versöhnt nahm Camilla die junge Frau in die Arme. »Du kannst dich auf mich verlassen. Das bin ich allein schon meinem Herrn schuldig.« Und sie merkte, nachdem sie das gesagt hatte, dass sie beide Herren in ihrem Leben meinte. Mit Gottes Hilfe würde sie diese Aufgabe meistern und lernen, damit umzugehen.

Langsam spielte sich alles ein. Der Alltag veränderte sich, aber sie alle fanden einen guten Weg, sich darauf einzulassen. Berenike wurde weder überheblich noch anspruchsvoll. Der Prätor sah das mit Freuden. Er hatte nichts anderes von ihr erwartet, aber es verstärkte noch die Gefühle, die er für sie hatte. Er genoss es, ihr ohne Heimlichkeiten begegnen zu können, sie beim Essen neben sich zu haben und morgens neben ihr aufzuwachen.

Berenike war froh, dass es keine Geheimnisse mehr gab. Sie fühlte sich frei, und man sah ihr an, dass sie glücklich war. Es war ein schönes Gefühl, sich nicht mehr verstecken zu müssen. Endlich konnte sie ihrem Herrn entgegengehen, wenn er nach Hause kam, endlich offen zeigen, was sie empfand.

Camilla war dankbar, dass Berenike ihr freundliches Wesen behielt und sich nicht zu fein war, ihr und den anderen zu helfen. Gegen ihren Willen musste sie zugeben, dass auch ihr die Veränderung guttat. Der Umgang mit Berenike fiel ihr leichter, weil sie nicht mehr für sie verantwortlich war. Camilla gestand sich ein, dass sie immer gefürchtet hatte, dass die junge Sklavin ihr die Stellung im Haus streitig machen könnte. Jetzt war sie die Geliebte ihres Herrn. Da konnte sie nicht gleichzeitig die Haushälterin sein. Und da Berenike weiterhin einen Großteil der Aufgaben übernahm, die sie bisher erledigt hatte, ohne dabei Camillas Führungsrolle infrage zu stellen, gab es keine Unstimmigkeiten zwischen ihnen.

Zwei Wochen waren seit dem Gespräch vergangen. Berenike und Camilla saßen beieinander und arbeiteten still vor sich hin. Jede hielt ein Kleidungsstück zum Ausbessern in der Hand. Ab und zu sah Berenike auf und warf einen schnellen Blick auf die ältere Sklavin. Schließlich konnte sie nicht mehr schweigen. Sie ließ ihre Arbeit sinken. »Du hast für mich zu deinem Gott gebetet, nicht wahr?«, fragte sie leise.

Camilla hob überrascht den Kopf. »Wie meinst du das?«, fragte sie zögernd.

»In dieser einen Nacht, als es für mich um Leben und Tod ging. Da hast du über mich gewacht und für mich gebetet. Nur einen Satz. Du hast immer wieder dasselbe gesagt.«

»So?« Camilla wurde unsicher. »Ich verstehe nicht, was du meinst.«

»Doch, das tust du. Du hast immer und immer wieder ›Hilf, Herr, hilf. Lass sie nicht sterben!‹ gesagt. Leise zwar, aber ich habe es gehört.«

Camilla ließ ihre Näharbeit sinken. »Du warst nicht bei Sinnen«, sagte sie. »Du konntest mich nicht hören.«

»Ja, ich weiß, es war auch wie ein Traum. Aber das war nicht alles. Da war noch eine Stimme. Eine Stimme, die sich wie eine warme, weiche Hand über deine legte.«

»Eine Stimme?« Jetzt war Camilla verwirrt. »Es war außer mir niemand im Raum.«

»Ja, das hast du mir erzählt. Aber ich bin mir sicher, dass ich diese Stimme gehört habe.«

»Und was hat sie zu dir gesagt?«

»Sie sagte: ›Hab keine Angst, Berenike, ich werde ihre Bitte erhören. Du wirst nicht sterben.‹ Sie sagte es nur einmal, aber es war so deutlich und wirklich wie jetzt, wenn du mit mir redest.«

Camilla sah sie an. »Und was denkst du jetzt?«

Berenike wandte den Blick ab. »Weißt du noch, wie ich dich abgewiesen habe, als du mit mir über deinen Gott reden wolltest? Du sagtest, dass euer Glauben lebenswichtig für euch sei und dass euer Gott möchte, dass wir leben.« Sie sah Camilla wieder an. »Ich lebe. Und war dem Tode so nah. Ich möchte nicht, dass er das letzte Wort hat, wenn er eines Tages endgültig zu mir kommen wird. Erzähle mir von deinem Gott, erzähle mir von Jesus Christus. Erzähle mir, warum du glaubst. Du hast zu ihm gebetet, und er hat auf dein Gebet geantwortet und mich nicht sterben lassen. Es ist alles so fremd für mich. Aber was ist, wenn du recht hast? Was ist, wenn es diesen Gott wirklich gibt und er so ist, wie du sagst? Bitte erzähl mir von ihm. Ich muss wissen, ob ich das auch glauben kann. Oder warum ich es ablehne.«

Camilla sah die junge Sklavin lange nachdenklich an. Dann nickte sie. »Es gibt noch sehr viel zum Nähen und Flicken. Wir werden viel Zeit haben.«

In dieser Nacht lag Berenike wach in ihrem Bett. Sie lauschte auf Marcus' gleichmäßige Atemzüge.

Camillas Worte gingen ihr nicht aus dem Kopf. Sie war aufgewühlt. Es fiel ihr schwer, ruhig neben Marcus zu liegen und sich nicht im Bett hin und her zu wälzen. Sie wollte ihn nicht wecken, fand aber selbst keinen Schlaf. Schließlich hielt sie es nicht mehr aus. Sie stand leise auf, verließ den Raum und schlich zum Brunnen im Peristylium. Dort tauchte sie ihre Hände in das kalte Wasser und verteilte es auf ihrem Gesicht, ihrem Hals.

In diesem Moment überfiel sie die Erkenntnis und traf sie mitten ins Herz. »Es ist wahr«, flüsterte Berenike. »Es ist wahr. Alles, was Camilla mir erzählt hat. Alles, woran Miran glaubt. Jedes Wort ist wahr.«

Berenike sank auf den Boden. Tränen liefen ihr übers Gesicht. Sie war aufgewühlt und spürte zugleich eine große Ruhe. Die Erkenntnis übertraf alles, was sie je erlebt hatte. Auf einmal war sie sich der Gegenwart des Gottes bewusst, den sie bis jetzt abgelehnt hatte. Sie empfand eine wunderbare Wärme, die sie einhüllte. »Du lebst. Und du liebst mich, Jesus Christus. Du bist auch für mich gestorben. Für mich! Und ich darf das wissen.«

Berenike schlug die Hände vors Gesicht, als sie begriff, was es bedeutete. »Mein Vater hatte recht. Er stand unter dem höchsten Schutz. Unter deinem! Wie konnte ich das nur übersehen! Wie dich von mir weisen!« Ein neues, nie gekanntes Glück durchströmte sie. Weit öffnete sie ihre Arme, ließ es einfach geschehen. »Hier bin ich«, flüsterte sie. »Hier bin ich. Nimm mich und mein Leben. Ich gehöre ganz dir.«

Lange saß sie da, fühlte den Frieden, der in ihr war. Erst als der Mond langsam verschwand, ging sie zurück in ihr Bett. Marcus schlief ruhig und friedlich. Er hatte nicht gemerkt, dass sie gegangen war.

Berenike legte ihre Hand auf seinen Arm. »Wenn ich dir das nur erzählen könnte. Wenn du es doch auch erkennen würdest«, flüsterte sie. Marcus räusperte sich im Schlaf. Berenike schmiegte sich an ihn. Aber es war nicht seine Nähe, die sie in dieser Nacht wärmte. Sie war ganz und gar erfüllt von dem, was sie hatte erkennen dürfen. Mit einem Lächeln auf dem Gesicht schlief sie ein.

Als Marcus am nächsten Morgen aufstand, schlief Berenike noch. Er betrachtete sie zärtlich. Es war schön, neben ihr aufzuwachen. Vorsichtig küsste er sie auf die Stirn, um sie nicht zu wecken. Sie merkte es nicht und schlief ruhig weiter.

So kam es, dass er das Haus verließ, bevor Berenike aufgestanden war. Sie würde ihn erst abends wiedersehen.

Nachdem sie aufgewacht war, eilte sie sofort zu Camilla und erzählte ihr, was in dieser Nacht geschehen war.

Freudig schloss die ältere Sklavin Berenike in die Arme. »Ich bin so froh.« Fest drückte sie die junge Frau an sich. »Aber ich bitte dich, sei vorsichtig. Der Prätor wird nicht glücklich darüber sein. Es ist vielleicht besser, wenn du es ihm nicht erzählst.«

Berenike atmete tief durch. »Das wird schwer sein.«

»Ich weiß, aber glaube mir, dein Glaube muss erst gefestigt werden. Er würde dich nicht darin bestärken und ist darum eine Gefahr für dich.«

»Dann darf es auch Claudius nicht erfahren?«

»Nein, Berenike, niemand.« Camilla nahm Berenikes Hände. »Ich sehe, wie deine Augen glühen und dein Herz brennt. So ist es mir auch ergangen. Aber im Augenblick bin ich die Einzige in diesem Haus, mit der du reden kannst. Und natürlich Lygius.«

»Lygius? Er ist Christ?«

»O ja, das ist er. Er hat schon lange danach gefragt, aber Christ wurde er erst kurz vor deiner Erkrankung. Ich bin froh und dankbar, dass er zu uns gehört.« Sie sah fest in Berenikes Augen. »Du bist nicht alleine. Denk immer daran. Aber ich bitte dich inständig! Befolge meinen Rat. Sprich mit niemandem außer uns darüber.«

Berenike nickte. Es fiel ihr schwer, aber als der Prätor am Abend zurückkam, hatte sie sich so weit gefangen, dass sie ihm so entgegentreten konnte, wie sie es immer tat.

Gerne wäre Berenike mit zu den nächtlichen Versammlungen der anderen Christen gegangen. Aber dann hätte sie Marcus erzählen müssen, was sie erkennen durfte und im Glauben angenommen hatte. Das konnte sie nicht, wusste sie doch nicht, wie er darauf reagieren würde. Camilla hatte recht mit ihrer Vorsicht. Auch wenn er die Christen nicht verurteilte oder als Verbrecher ansah, so war es doch etwas anderes, wenn sie dieser Gruppe von Menschen angehörte.

Doch dann ergab sich, dass der Prätor zu einer Hochzeitsfeier geladen war und erst am nächsten Tag zurückkehren würde. Es war eine der Nächte, in denen sich die Christen trafen.

Camilla selbst fragte Berenike, ob sie das nicht nutzen und sie begleiten wolle.

Endlich war es so weit. Heimlich verließen sie das Haus. Sie wurden bereits von Lygius und einem älteren Sklaven erwartet. Die Männer hatten kleine Lampen bei sich, die nur ein schwaches Licht abgaben, gerade so viel, dass sie ihren Weg finden konnten.

Sie eilten durch die Nacht. Berenike folgte ihnen angespannt und neugierig. Sie hatte Rom erst einmal nachts erlebt – damals, als Clivius sie hierhergebracht hatte. Mehrmals durchquerten sie Straßen, in denen Händler unterwegs waren. Berenike zuckte jedes Mal zusammen. Was wäre, wenn man sie hier entdecken würde? Aber Lygius beruhigte sie. »Das sind die sichersten Stellen«, flüsterte er. »Hier sind so viele Menschen unterwegs. Da achtet jeder nur auf seinen Weg und nicht auf die anderen.«

Er hatte recht. Die stillen Straßen waren gefährlicher, da dort ihre Lampen die einzigen waren, die brannten. Einmal zogen die Sklaven die beiden Frauen hastig in einen Hof. Die Lampen versuchten sie unter ihren Mänteln zu verbergen. Abwartend standen alle vier da, kaum fähig zu atmen, und lauschten in die Nacht.

Sie hörten Schritte von mit Nägeln beschlagenen Schuhen. »Prätorianer«, flüsterte Camilla. Direkt vor dem Hof blieben die Männer stehen. Es waren zwei. Der eine zog eine Flasche aus seinem Gürtel, öffnete sie und nahm einen Schluck. Dann reichte er sie dem anderen weiter. »Wir haben Glück«, meinte dieser, bevor auch er trank. »Gestern Nacht hat es ununterbrochen geregnet.« Das Gespräch ging weiter, drehte sich aber nur um das Wetter und andere Belanglosigkeiten. Die vier Sklaven harrten in ihrem Versteck aus. Die Angst war fast greifbar. Eine unbedachte Bewegung, ein Husten hätte sie verraten können. Schließlich gingen die Prätorianer weiter auf ihrem Rundgang durch die nächtliche Stadt.

Hastig verließen die vier den Hof, eilten weiter durch die Nacht. Berenike musste darauf vertrauen, dass die anderen drei den Weg kannten. Sie selbst wusste längst nicht mehr, wo sie waren.

Schließlich erreichten sie eine Art Garten. Büsche säumten den Weg und führten zu zwei großen Felsbrocken. Jetzt erst sah Berenike, dass diese den Eingang zu einem Gang bildeten. Inzwischen hatten sich ihnen noch andere Menschen angeschlossen, alle in lange Umhänge gehüllt. Nur schemenhaft konnte Berenike die Gesichter erkennen. Sie alle folgten dem Weg, gingen durch das steinerne Tor, wie auch sie und ihre Begleiter.

Sie befanden sich in einem langen Gang, der von Fackeln erleuchtet war. Lygius und der ältere Sklave löschten ihre Lampen. Sie folgten dem Weg. Schließlich weitete sich der Gang. Berenike war überrascht. Vor ihr breitete sich ein hell erleuchteter Platz aus. Viele Menschen standen oder saßen beieinander, in angeregte Gespräche vertieft. Eine Frau kam auf Camilla zu, begrüßte sie freundlich und fragte sie nach ihrem Befinden. Berenike konnte nur schauen und staunen. Die vielen Fackeln, Männer und Frauen, Sklaven, Handwerker, Freie. Ja, sogar Menschen, die dem Adel anzugehören schienen. Wie war das möglich? Erstaunt entdeckte sie Quintus Varus in der Menge.

Aber bevor Berenike weiter darüber nachdenken konnte, nahm jemand vorsichtig ihre Hand. Sie erschrak und drehte sich um. Vor ihr stand Xenia, das Mädchen, das von Clivius verkauft worden war. »Xenia! Du!« Berenike konnte es kaum glauben. Freudig schloss sie das Mädchen in die Arme. »Was machst du hier? Wie geht es dir?« Xenia lachte. »Es geht mir gut. Es geht mir wirklich gut.« Dann nahm sie wieder Berenikes Hand. »Komm, lass uns einen Platz suchen, wo wir reden können.« Berenike folgte der jungen Sklavin. Es war unglaublich, Xenia hier zu treffen.

Sie setzten sich auf zwei Steine, die wohl einmal ein Teil der Mauer gewesen waren. Und Xenia erzählte. »Clivius hat mich verkauft. An einen furchtbaren Mann. Ich muss dir nicht erzählen, was dann passierte. Aber das ist für mich vorbei und Vergangenheit. Ich konnte diesem Mann vergeben. Ebenso wie ich Clivius vergeben habe. Denn Gott meinte es gut mit mir. Das Haus, in das ich verkauft wurde, wurde erweitert. Unter den Handwerkern war ein Mann, Lucius, der sich in mich verliebte – ebenso wie ich mich in ihn. Mein Herr hatte keine Verwendung mehr für mich. Er war meiner überdrüssig und wollte mich nicht mehr sehen. Er verkaufte mich an Lucius, der mich zur Frau nahm. Stell dir vor, ich bin keine Sklavin mehr, Berenike, ich bin eine freie Frau! So undenkbar es ist, heute weiß ich, dass das Gottes Wirken war. Denn was niemand ahnen konnte: Dieser Mann, Lucius, ist Christ. Er hat mich zur Frau genommen, obwohl er wusste, dass er meinen Glauben nicht kannte. Aber er erzählte mir, dass er darum gebetet habe. Und Gott hat ihm im Traum gesagt, dass ich die Frau bin, die er für ihn erwählt hat. Durch ihn habe ich Gott kennengelernt, durch ihn bin ich Jesus Christus begegnet. Durch ihn habe ich das wahre Leben bekommen! Berenike, es geht mir gut. Gott hat sich mir so wunderbar und nah gezeigt. Wie sollte ich ihn nicht lieben und ihm dafür danken!«

Berenike hielt die Hände des Mädchens. »Ich freue mich für dich, Xenia. Welch ein Wunder!« Sie sah auf die vielen Menschen. »Und wo ist dein Mann? Werde ich ihn kennenlernen?«

Xenia nickte. »Ja, das wirst du. Er ist auch hier.«

Aber ein anderer Gedanke beschäftigte Berenike noch. »Weißt du auch, was mit Aglaia passiert ist?«

Betrübt schüttelte Xenia den Kopf. »Nein, ich weiß es nicht. Ich wurde vor ihr verkauft. Ich habe nie mehr von ihr gehört. Vermutlich werden wir ihr nie mehr begegnen. Aber ich bete jeden Tag für sie.«

Berenike nickte. Rom war so groß. Sie würden wohl nie etwas über Aglaias weiteres Schicksal erfahren. Xenia hier zu treffen war schon mehr, als sie jemals erwartet hatte.

»Aber du«, riss Xenia sie aus ihren Gedanken. »Was mit dir geschehen ist, das weiß ich.«

»Ich vermute von Camilla? Du hast sie hier sicher kennengelernt.«

»Ja. Sie hat mir von dir erzählt. Du bist im Hause eines guten Mannes untergekommen. Darüber bin ich sehr froh.« Xenia lächelte sie an. »Er ist kein Christ, nicht wahr?«

Berenike schüttelte den Kopf. »Er kann nicht viel mit diesem Glauben anfangen. Warum fragst du?«

»Was, denkst du, würde er dazu sagen, dass er einen anderen Mann auf den Weg zu Christus geführt hat?«

»Der Prätor? Nein, das kann nicht sein. Er würde niemanden zu diesem Glauben ermutigen.«

»Da hast du sicher recht. Ich rede ja auch nicht davon, dass er das absichtlich gemacht hat.« Xenia lachte leise. »Aber lass dir erzählen.« Sie setzte sich aufrecht hin. »Es gibt in unserer Straße einen Schmied. Sein Name ist Ravenus. Er und seine Frau sind heute leider nicht hier. Aber dieser Ravenus hat seine Frau vor den Prätor Marcus Dequinius geschleppt, deinen Herrn, weil er von den nächtlichen Ausflügen seiner Frau wusste, aber von ihr nicht erfahren konnte, wohin sie geht. Dem Prätor hat sie es erzählt. Und dieser hat Ravenus nur mit dem Hinweis nach Hause geschickt, er solle seiner Frau vertrauen, dann würde sie ihm alles erzählen. Ravenus sagte mir, er verstehe heute noch nicht, warum, aber diese Aufforderung habe ihn ruhig werden lassen. Auf einmal wusste er, dass er seiner Frau zuhören musste, ganz offen, ohne Vorurteile, ohne Wut. Und das hat er dann auch getan. Und Jesus in sein Herz gelassen. Wie du siehst, benutzt Gott auch ungläubige Menschen als sein Werkzeug und spricht durch sie.«

Ein Mann kam zu ihnen. Er war noch jung, ein stämmiger Handwerker mit großen Händen und herben Gesichtszügen, aber freundlichen Augen. Xenia stand auf, nahm liebevoll seine Hand und sagte voller Stolz zu Berenike gewandt: »Das ist Lucius, mein Mann.«

Im selben Augenblick wurde es ruhig um sie herum. Die Gespräche brachen ab, alle richteten ihren Blick in die Mitte. Ein Mann stand da, zum Sprechen bereit.

»Und das«, flüsterte Xenia, »das ist Manassos, einer der Ältesten. Er wird heute das Wort an uns richten.«

Berenike lag in dieser Nacht noch lange wach. Manassos hatte von Gottes Liebe gesprochen, davon, wie er sich den Menschen offenbarte und dass er jeden Einzelnen uneingeschränkt liebte. Sie dachte an Xenia, die ihr Glück gefunden hatte. Und an Ravenus, dem Gott durch Marcus die Ohren geöffnet hatte. Würde Gott jemals zu dem Mann, den sie liebte, sprechen? Tat er es vielleicht schon? Würde Marcus jemals bereit sein, ihn zu hören? Und warum fehlte ihr der Mut, ihn darauf anzusprechen?

Unruhig drehte sie sich in ihrem Bett hin und her. Was würde passieren, wenn er von ihrem Glauben erfuhr? Würde er sie verstoßen? Versuchen, sie davon abzubringen? Vor was fürchtete sie sich? Vielleicht würde er es einfach so annehmen und sie damit leben lassen. Es akzeptieren, ohne weiter nachzufragen. Könnte er verstehen, dass sie sich wünschte, sie wären auch in dieser Beziehung eins? Sie gehörte zu ihm, aber gehörten sie wirklich ganz zusammen? Was trennte sie? Was verband sie? War es das Leben, wie Gott es für sie wollte? War es die Verbindung, wie Gott sie gedacht hatte? Und wenn das nicht der Fall war, was würde das bedeuten?

Berenike schüttelte den Gedanken von sich. Sie liebte Marcus. Und sie wollte ihn nie verlieren. Aber war der Weg, den sie mit ihm ging, der richtige?

23. Freiheit

Berenike ritt neben Marcus hinaus über die Felder. Ihr Haar wehte im Wind, und sie fühlte sich glücklich und frei. Sie lachte ihn an, als Marcus plötzlich sein Pferd zum Stehen brachte und abstieg. Berenike, die weitergeritten war, kam zurück. »Was hast du?«, fragte sie.

Er fasste die Zügel ihres Pferdes. »Komm her«, sagte er ernst. »Es gibt etwas, das ich dir sagen muss.«

Berenike ließ sich hinuntergleiten, und er fing sie auf. Zärtlich strich er ihr die Haare aus der Stirn.

Dann fasste er sie am Arm und löste den Reif, der sie noch immer als Sklavin kennzeichnete.

»Ich gebe dich frei, Berenike«, sagte er ernst. »Ab heute bist du nicht mehr meine Sklavin. Du kannst gehen, wohin du willst. Mein Wunsch ist, dass du bei mir bleibst, aber wenn du in deine Heimat zurückkehren willst, kannst du das tun. Ich werde dich nicht aufhalten und nichts von dir verlangen. Und ich verspreche dir, dass du nicht in Armut dorthin zurückkehren musst.«

Überrascht nahm Berenike ihm den Reif aus der Hand und betrachtete ihn. »Frei?«, flüsterte sie. War das nicht das, was sie sich immer gewünscht hatte? Jetzt hatte sie die Wahl. Er gab sie wirklich und wahrhaftig frei. Nicht, wie es üblich war. Sie war nicht gezwungen, als Freigelassene in Rom zu bleiben. Sie war ihm zu nichts mehr verpflichtet. Aber wollte sie das? Wollte sie zurück nach Griechenland?

Sie nahm seine Hand und führte sie an ihre Lippen. »Du bist jetzt meine Heimat«, sagte sie leise. »Hier gehöre ich her.«

Als sie zurückgekehrt waren, rief der Prätor Camilla und Lygius zu sich.

»Ich habe Berenike heute die Freiheit gegeben«, teilte er ihnen kurz und knapp mit. »Sie hat beschlossen, dennoch hierzubleiben. Gebt das an die anderen Sklaven weiter.«

Camilla und Lygius tauschten einen Blick.

»Was wird sich dadurch ändern?«, fragte Camilla vorsichtig. Berenike die Freiheit zu schenken war ein großer Schritt. Aber würde er sie auch heiraten?

Marcus musterte das Gesicht der Sklavin. Er wusste genau, auf was sie hinauswollte.

»Nichts«, sagte er schließlich. »Es wird sich nichts ändern.« Damit waren beide entlassen.

Selbst fragte er sich, warum er diesen letzten Schritt nicht gehen wollte. Berenike war frei. Und sie blieb bei ihm, freiwillig. Dieser Gedanke machte ihn glücklich.

Es war schon vorgekommen, dass ein Mann seine Sklavin geheiratet und ihr dadurch die Freiheit gegeben hatte. Aber er wollte Berenike nicht an sich binden. Und was war eine Ehe anderes, als dass ein Mann als der Stärkere eine Frau an sich band und ihr so die Freiheit nahm, selbst zu entscheiden, welchen Weg sie gehen wollte? So sah er es bei anderen. So hatte er es selbst erfahren. Aber das wollte er nicht noch einmal erleben.

Wenn Berenike bei ihm blieb, so sollte es aus freien Stücken sein und nicht, weil sie durch ein Gelübde an ihn gebunden war. Sie kannte seine Geschichte. Sie konnte nicht erwarten, dass er sie zur Frau nehmen würde. Oder doch? Marcus war sich nicht sicher. Aber es spielte auch keine Rolle. Für ihn stand fest, dass er nie mehr eine Ehe eingehen würde.

Zur gleichen Zeit saß Berenike bei Claudius. Sie zeigte ihm den Armreif. »Du weißt, was das bedeutet«?

Claudius nickte. »Du bist keine Sklavin mehr.«

»Ja, dein Vater hat mir die Freiheit gegeben.«

»Und jetzt?«, fragte Claudius vorsichtig. »Wirst du jetzt von uns weggehen? Ich meine, aus unserem Haus. In Rom müsstest du doch bleiben, oder nicht?« Er konnte kaum atmen. Der Gedanke war schrecklich. War es das, was sein Vater wollte? Er hatte Berenike doch gern, oder nicht?

Berenike lächelte. »Nein. Ich werde nicht gehen. Hier ist mein Zuhause. Hier gehöre ich hin.«

Erleichtert atmete Claudius auf. »Da bin ich aber froh.« Doch dann gingen seine Gedanken weiter. »Wird dich mein Vater jetzt heiraten?« Das war doch zumindest möglich.

Berenike schüttelte den Kopf. »Nein, Claudius, das wird er nicht.«

»Warum nicht? Meine Freunde haben mir einmal von einem Mann erzählt, der seine Sklavin geheiratet hat.«

Die junge Frau lächelte. »Ja, es ist wohl schon vorgekommen, aber es ist nicht üblich, dass ein Herr seine frühere Sklavin heiratet.«

»Nicht üblich!« Claudius war aufgebracht. »Wen interessiert schon, was üblich ist. Wenn mein Vater dich liebt, dann kann er dich auch heiraten. Oder willst du nicht?«, fügte er vorsichtig hinzu.

Berenike seufzte. »Claudius, das ist nicht so einfach, wie du denkst. Eine Ehe einzugehen ist ein großer Schritt. Und es gibt viele Gründe, diesen Schritt nicht zu gehen.«

»Welche Gründe? Wenn Vater dich zur Frau nimmt, wärst du meine Mutter. Das wäre doch gut, oder?«

Berenike sah den Jungen schweigend an. Sein Blick war erwartungsvoll auf sie gerichtet, seine Wangen glühten. Er hatte einen großen Wunsch, dessen Erfüllung so greifbar nahe schien. Aber Berenike wusste, warum für Marcus eine Ehe nicht infrage kam. Die Art, wie er über seine Geschichte mit Julia sprach, hatte ihr das deutlich genug gemacht. Und sie selbst konnte ihn unmöglich darauf ansprechen.

Schließlich nahm sie Claudius' Hände. »Denke nicht, dass ich dich jetzt wie ein kleines Kind behandle. Aber es gibt Dinge, die du noch nicht verstehen kannst und die weder ich noch dein Vater dir erklären können und möchten. Es ist etwas, was nur uns betrifft. Bitte nimm das so an. Mehr kann ich nicht dazu sagen. Ich bitte dich aber inständig, deinen Vater nicht darauf anzusprechen. Das muss allein zwischen ihm und mir geklärt werden.«

Claudius' trotziger Blick verriet ihr seine Gedanken. »Versprich es mir«, bat sie ihn noch einmal nachdrücklich.

Widerwillig nickte der Junge. »Gut, ich verspreche es.« Aber seine Enttäuschung war ihm deutlich anzusehen.

Berenike strich ihm übers Haar. Sie konnte ihn gut verstehen. Aber wie sollte sie ihm etwas erklären, das sie zwar verstand, sich aber selbst anders wünschte?

Berenike wollte nicht weiter über das Ganze nachdenken. Claudius hielt sein Versprechen. Er verlor kein Wort mehr darüber. Es war Camilla, die Berenike gegenüber das Thema anschnitt.

»Nun bist du also frei. Aber wie frei? Du weißt, dass freigelassene Sklaven in Rom bleiben müssen und ihrem Herrn Rechenschaft schuldig sind?«

Berenike nickte. »Ich weiß, was du meinst, aber der Prätor gab mich vollkommen frei. Ich kann gehen, wohin ich will. Er hat mir sogar angeboten, dass ich in meine Heimat zurückkehren kann.«

»Du dürftest aus Rom weggehen? Du wärst ihm zu nichts mehr verpflichtet?«

»Nein. Im Gegenteil. Er würde mir sogar die Mittel geben, um zurückzugehen.«

Camilla schien zu überlegen. »Aber du bleibst?«

Berenike nickte.

»Und der Prätor ist froh darüber, nehme ich an?«

Berenike nickte wieder.

»Er liebt dich sehr, das sehe ich.« Camilla stemmte ihre Arme in die Hüften. »Aber liebt er dich auch genug, um aus dir seine Frau zu machen?«

»Bitte, Camilla, fang du nicht auch noch damit an«, flehte Berenike. »Bitte.«

»Es geht mir nicht um den Anstand. Oder die römischen Gepflogenheiten. Du bist nicht die erste Sklavin, die die Geliebte ihres Herrn wird. Und er ist nicht der erste Römer, der seine Geliebte auch wirklich liebt. Schau mich nicht so an! Du bist seine Geliebte, mehr nicht. Er kann dich jederzeit verstoßen, das ist dir klar. Aber darauf will ich nicht hinaus. Mach dir bewusst, wer unser Herr ist. Und damit meine ich unseren wirklichen Herrn.«

Berenike machte sich diese Gedanken schon selbst. Dennoch fragte sie fast trotzig: »Was hat das damit zu tun?«

»Das weißt du nur zu genau. Du lebst in Sünde, Berenike. Und du hast jetzt die Freiheit, dem zu entrinnen. Denn heiraten wird dich der Prätor nicht. So viel steht fest. Sonst hätte er es jetzt getan.«

Berenike setzte sich auf eine Bank und schlug die Hände vors Gesicht. »Bitte, Camilla, mach es mir nicht schwerer, als es sowieso schon ist.«

»Ich sage nur, was gesagt werden muss.« Camilla merkte auf einmal selbst, wie hart sie klang. Sie stockte. Warum schaffte sie es nicht, so etwas Wichtiges liebevoller auszudrücken?

Seufzend setzte sie sich zu Berenike. »Glaub mir, ich weiß, dass das nicht einfach ist.« Sie versuchte, so sanft wie möglich zu sprechen. »Es ist dein Leben. Du musst wissen, was du tust und es vor Gott verantworten. Ich kann dir nur sagen, was ich glaube.« Sie stand auf und ging zur Tür. Dort drehte sie sich noch einmal um. Sie folgte dem Gedanken, der ihr in diesem Augenblick durch den Kopf schoss, und sagte freundlich: »Eines verspreche ich dir: Ich werde für dich da sein und dir helfen, wenn du Hilfe brauchst.« Damit verließ sie den Raum.

Berenike sah ihr erstaunt nach. Sie empfand Dankbarkeit, so als ahnte sie, dass dieser Tag kommen und sie Camilla um Hilfe bitten würde.

24. Verlust

Das Feuer bahnte sich seinen Weg durch die Räume, ohne auf Widerstand zu stoßen. Nahrung fand es genug. Es schlängelte sich die langen Vorhänge und Teppiche hinauf, die Wände und Türen zierten. Das Holz des Mobiliars bot ihm genug Möglichkeit, sich auszubreiten. Und als die ersten Bewohner des Hauses es bemerkten, war es bereits zu spät …

Quintus war bis spät in die Nacht bei Marcus geblieben. Sie hatten viel zu bereden, und sie genossen es beide, sich mit einem Freund auszutauschen.

Schließlich begaben sie sich zu Bett. Marcus hatte dem Patrizier angeboten, die Nacht in seinem Haus zu verbringen, und dieser hatte das gerne angenommen. Nachts waren die Straßen Roms nicht sicher.

Es war kurz nach Mitternacht, als die Nachtruhe jäh gestört wurde. Irgendjemand klopfte laut an die Tür. Das immer heftiger und fordernder werdende Geräusch dröhnte durch das schlafende Haus. Marcus zog sich rasch seine Tunika über und eilte aus seinem Schlafraum. Berenike folgte ihm eilig nach. Quintus sowie einige Sklaven standen ebenfalls bereit. Wer mochte um diese Zeit und so heftig Einlass verlangen?

Ungeduldig bedeutete Marcus einem Sklaven, die Tür zu öffnen. Und als dieser es tat, stürzte ein Mann herein. Sein Aussehen ließ die anderen erschreckt zurückfahren.

Der Mann war mit einem groben Arbeitsgewand bekleidet, seine Füße waren nackt. Arme und Beine waren schwarz von Ruß, ja, selbst sein Gesicht war unter dem Schmutz kaum noch zu erkennen.

»Miran!« Quintus hätte seinen Sklaven beinahe nicht erkannt. Erschrocken eilte er auf ihn zu. »Miran, was ist geschehen? Woher kommst du um diese Zeit? Und warum …?« Der Patrizier stockte.

Der Sklave rang nach Atem. »Herr.« Seine Stimme war heiser, so dass man ihn fast nicht verstand. Ein Sklave reichte ihm einen Becher mit Wasser, der schnell herbeigebracht worden war. Miran leerte ihn in einem Zug. »Herr. Dein Haus.« Seine Stimme klang nun klarer, obwohl die Worte nur stockend kamen. »Es steht in Flammen. Es brennt.«

Quintus erblasste. »Und meine Frau? Meine Tochter?«, fragte er fast tonlos.

Miran schüttelte den Kopf. »Ich kann dir nichts Genaues sagen. Wir haben sie aus dem Haus geholt. Aber als ich mich auf den Weg machte, um dich zu holen, waren sie noch nicht bei Bewusstsein.«

Quintus wandte sich seinem Freund zu. Marcus zögerte nicht lange. »Sattelt unsere Pferde«, befahl er. »Lygius, nimm zwei weitere Sklaven. Ihr werdet uns begleiten. Und kümmert euch um Miran. Wir werden hinausreiten.«

Der Ritt durch die Stadt war aufreibend und mühsam. Die engen Straßen waren vollgestopft mit Wagen und Händlern, die sich für den nächsten Tag rüsteten. Aber schließlich ließen sie Rom hinter sich. Von Weitem sahen sie den erhellten Himmel. Das Feuer musste gewaltige Ausmaße haben.

Quintus trieb sein Pferd an. Sein Blick war starr, seine Miene wie versteinert.

Endlich erreichten sie das Gut. Das Wohnhaus brannte lichterloh, sein Dach war längst eingestürzt, die Mauern ragten schwarz und schroff in den Himmel. Sklaven eilten mit Eimern hin und her und versuchten, das Feuer zu löschen – ein unmögliches Unterfangen.

Marcus sah sich um, versuchte, die Lage zu erfassen. Die Stallungen, die ein Stück vom Haus entfernt lagen, schienen nicht zu brennen, ebenso die Wagenschuppen und die anderen Nebengebäude.

Jetzt erst merkte er, dass es eine windstille Nacht war. Das Feuer und der Rauch stiegen gerade nach oben. Nur so war es zu erklären, dass die Gebäude, die weiter weg standen, nicht vom Feuer erfasst worden waren.

Quintus war vom Pferd gesprungen, packte den nächsten seiner Sklaven am Arm. »Meine Frau? Meine Tochter?«

»Komm, Herr.« Der Sklave eilte voraus. Quintus folgte ihm schnell.

Marcus sah ihm nach. Er befahl seinen Sklaven zu helfen, wo Hilfe nötig war. Dann folgte er seinem Freund. Er hoffte, dass dessen Frau und Tochter noch am Leben waren. Miran hatte gesagt, sie wären bewusstlos. Aber ob sie das Ganze überleben würden?

Dann fand er sie. Quintus kauerte zwischen den zwei Frauen, hielt beide mit seinen Armen umfangen. Reglos, das Gesicht an seine Frau gepresst. Marcus begriff. Und es war, als würde eine kalte Hand nach ihm greifen.

»Herr.«

Er wandte seinen Blick. Neben ihm stand Damian. Er war Quintus' Vertrauter und Verwalter des Gutes.

»Sie sind tot, nicht wahr?« Marcus wartete die Antwort nicht ab. »Konnte man nichts tun?«

Damian schüttelte den Kopf. »Wir haben sie aus dem brennenden Haus geborgen. Sie haben zu viel Rauch abbekommen. Es ging alles so schnell.«

Marcus wurde hellhörig. »Wie schnell?«

Damian atmete tief durch. Sein Haar war wirr und mit Ruß bedeckt, sein Gesicht von Schmutz überzogen und kaum zu erkennen. Seine Augen wirkten müde, verzweifelt. »Das Feuer ist gleichzeitig an mehreren Stellen ausgebrochen.« Seine Stimme war kaum ein Flüstern.

»Brandstiftung?«

»Ja, das vermute ich.« Verzweifelt rang Damian seine Hände. »Wir haben getan, was wir konnten. Aber die Schlafräume der Familie lagen sehr nah an einem der Brandherde. Wer auch immer das Feuer gelegt hat, er wusste genau, was er tat und wo er anfangen musste. Es brach bei den Familienräumen und den Schlafräumen für die Haussklaven zuerst aus. Gerettet wurden die, die noch nicht zu Bett gegangen waren, und die, die in den Nebengebäuden schliefen. Einige sind verbrannt. Die, die wir herausziehen konnten, sind gestorben, an den Verbrennungen oder am Rauch. Es ist schrecklich!« Damian konnte nicht mehr.

Marcus hatte verstanden. Dass Quintus in dieser Nacht bei ihm gewesen war, war nur Zufall. Derjenige, der das Feuer gelegt hatte, hatte es sicher auch auf ihn abgesehen.

Er ging zu seinem Freund, legte die Hand auf seine Schulter. Quintus blickte auf, sagte aber kein Wort. Dann neigte er sich noch einmal zu seiner Frau, küsste sie auf die Stirn. Seiner Tochter strich er eine Strähne aus dem Gesicht.

Mühsam erhob er sich und drehte sich zu seinem brennenden Haus um. Da stand er dann, starrte auf das Feuer, dem selbst das große, schwere Eingangstor nicht gewachsen gewesen war.

Marcus fühlte sich hilflos. Jedes Wort des Bedauerns hätte leer und hohl geklungen. »Es war Brandstiftung«, sagte er schließlich nur.

Quintus nickte. Aber der Prätor wusste nicht, ob ihn sein Freund wirklich verstanden hatte.

»Jemand hat das Feuer absichtlich gelegt.«

Quintus wandte sich ihm zu, lächelte müde. »Ich habe dich verstanden, mein Freund. Ich weiß, dass es Männer gibt, die mir meinen Besitz neiden und die meinen, genug Gründe zu haben, um mich zu hassen.«

»Du wurdest bedroht!« Marcus war entsetzt.

»Ja, das wurde ich. Aber ich habe nicht damit gerechnet, dass sie diesen Weg gehen würden.«

»Sie müssen zur Rechenschaft gezogen werden. Weißt du, wer es ist? Der Kaiser …«

Quintus lachte laut auf. »Der Kaiser? Ihn wird es nicht kümmern, wenn er ihre Gründe erfährt. Er wird sie sogar schützen.«

Der Prätor fuhr sich mit der Hand über den Kopf, starrte in das

Feuer. »Ihre Gründe«, murmelte er. Er sah seinen Freund offen an. Die Zeit des Versteckspielens war vorbei. »Ich weiß, dass du Christ bist.«

Quintus nickte. »Das habe ich vermutet. Dann verstehst du auch, was ich meine.«

Marcus fühlte sich machtlos. Quintus hatte recht. Sicherlich stimmte es, was er dachte. Dann wäre es tatsächlich sinnlos, nach den Brandstiftern zu suchen. Der Kaiser würde die Täter nicht verfolgen und ihrer gerechten Strafe zuführen lassen.

Schweigend stand er neben seinem Freund. Der Rauch lag beißend in der Luft, trocknete die Kehle aus und brannte in den Augen. Aber Marcus verharrte ungerührt. Quintus starrte in das Feuer. Seine Arme waren weit geöffnet und seine Lippen bewegten sich kaum merklich. Er schien mit seinen Gedanken weit weg zu sein. Marcus blieb nichts anderes, als neben ihm auszuharren, einfach nur da zu sein. Als Freund.

Irgendwann nahm Quintus seine Hand und drückte sie. »Ich danke dir, Marcus. Aber jetzt benötige ich etwas Zeit für mich allein. Damian wird deine Hilfe brauchen.«

Marcus erwiderte den Händedruck. Dann ging er auf die Suche nach Damian. Das Feuer ließ langsam nach. Und es gab sicher genug zu tun. Wo waren die überlebenden Sklaven? Wo die Pferde? Irgendeine Aufgabe würde es für ihn geben.

Gegen Morgen fiel das Feuer immer mehr in sich zusammen. Als ein leichter Wind aufkam, war vom Haus nicht mehr viel übrig. Das Feuer brannte nur noch an manchen Stellen offen. Der Wind entfachte zwar die Glutnester neu. Aber sie bildeten keine Gefahr mehr für die übrig gebliebenen Gebäude und waren leicht zu löschen.

Als Marcus sah, dass es nichts mehr für ihn zu tun gab, suchte er Quintus auf. Er war bei seiner Frau und seiner Tochter. Man hatte beide nebeneinandergebettet und mit Tüchern zugedeckt. Quintus ging seinem Freund entgegen.

»Ich bitte dich, nach Rom zurückzukehren. Berichte Berenike, was passiert ist. Sie wird bereits auf dich warten. Ich werde gegen

Abend kommen. Erlaube mir, dein Gast zu sein, zumindest bis die Bestattungsfeierlichkeiten vorüber sind.«

»Du weißt, dass du mir jederzeit und so lange, wie du willst, willkommen bist.«

Quintus nickte. »Ja, das weiß ich. Ich danke dir dafür. Aber jetzt geh. Du kannst hier nichts mehr tun.«

Marcus kam um die Mittagszeit müde und zerschlagen nach Hause. Er verlangte lediglich nach etwas Wasser und ging in seinen Arbeitsraum.

Berenike brachte ihm einen gefüllten Krug und einen Becher. Sie stellte die Sachen auf dem Tisch ab.

Er schien sie nicht zu bemerken. Mit dem Rücken zur ihr stand er am Fenster und starrte hinaus. Es war ein wunderschöner Sommertag. Der Himmel war strahlend blau. Nur hin und wieder war eine kleine Wolke zu sehen. Die Vögel sangen, und die Bäume bewegten sich sacht im Wind, der sanft durch die Stadt wehte.

Berenike ging zu ihm und schlang ihre Arme um ihn. Zärtlich legte er seine Hände auf die ihren.

»Sie sind beide tot«, sagte er leise. »Und von den Sklaven konnten sich nur wenige retten.« Wieder schwieg er, den Blick immer noch nach außen gerichtet. »Es ist ein so herrlicher Tag. Und doch brachte er den Tod.«

»Und Quintus?«, flüsterte sie kaum hörbar.

Marcus wandte sich zu ihr um und sah, dass sie weinte. Sanft strich er eine Strähne aus ihrem Gesicht. »Er stand da und sagte keinen Ton. Nur seine Lippen haben sich bewegt. Ich glaube, er hat zu seinem Gott gebetet.«

»Zu seinem Gott?«

»Ja, das klingt seltsam, nicht wahr? Aber Quintus ist ein Anhänger dieses neuen Glaubens.«

»Du meinst, er ist Christ? Hat er dir das gesagt?«

»Ja, wir haben heute darüber gesprochen« Marcus schüttelte den Kopf. »Aber ich weiß es schon länger.« Wieder schüttelte er den

Kopf. »Quintus hat alles verloren. Und dennoch betet er. Das kann ich nicht verstehen. Ich an seiner Stelle würde diesen Gott verfluchen.«

»Und dann?«, fragte Berenike sanft.

Verwundert sah er sie an. Und er verstand, was sie meinte. »Ja, du hast recht. Wenn er seinen Gott verflucht, dann hat er überhaupt nichts mehr. Nicht einmal mehr einen Grund zu leben.«

Er löste sich aus ihrer Umarmung und ging zum Tisch. Langsam füllte er seinen Becher und trank ihn Schluck für Schluck leer. »Quintus wird im Laufe des Abends hierherkommen. Er wollte noch draußen bleiben. Um Abschied zu nehmen. Er wird für einige Zeit bei uns wohnen.«

»Für einige Zeit?«

»Ja. Ich vermute, er wird sich, so schnell es geht, auf sein Gut am Meer zurückziehen.«

Er sah sie an. Die Frau, die er liebte. Und auf einmal wurde ihm die Größe des Verlusts bewusst, den Quintus in dieser Nacht erlitten hatte. »Berenike«, sagte er mit einer Leidenschaft in der Stimme, die sonst nicht seiner Art entsprach. »Berenike, ich möchte dich niemals verlieren, hörst du? Niemals.« Und dann schlang er die Arme um sie und hielt sie einfach nur fest.

Berenike bereitete selbst die Kammer für Quintus vor. Marcus kam dazu und sah sich um, ob noch etwas fehlte.

»Ich hoffe, dass er hier zur Ruhe kommen kann«, meinte er und sah Berenike an. »Sofern das überhaupt möglich ist.«

Berenike nahm ihren ganzen Mut zusammen. Eine Frage beschäftigte sie schon den ganzen Nachmittag.

»Wie kamst du darauf, dass Quintus Christ ist? Was machte dich so sicher? Du sagtest, er hätte es dir heute erst gesagt.«

Marcus setzte sich auf die Truhe, in der Quintus' Kleider Platz finden würden.

»Seltsam, dass du danach fragst. Ich wundere mich schon lange, dass es bisher keinem anderen aufgefallen ist. Denn vieles, was er tut und sagt, ist anders. Ich hatte es schon lange vermutet, aber sicher war ich mir erst, als er seine Sklaven freigelassen hat.«

»Freigelassen? Aber ...«

»Ich weiß, es sieht nicht danach aus. Aber ist dir schon einmal aufgefallen, dass der Reif, den sie um den Arm tragen, nicht wie der ist, den du getragen hast? Er ist leicht zu lösen. Dazu brauchen sie keine Hilfe. Es ist nicht verboten, Christ zu sein, aber es ist auch nicht gern gesehen. Letztendlich leben diese Menschen in der ständigen Gefahr, zu Unrecht beschuldigt oder ungerecht verurteilt zu werden. Noch ist es ruhig, aber man muss doch melden, wenn man von jemandem erfährt, der diesem Glauben anhängt. Quintus wahrte nach außen den Anschein, dass alles ist wie bei den anderen, um sein Haus und die, die darin wohnen, zu schützen.«

»Aber du hast nie mit ihm darüber gesprochen.«

»Nein, Berenike, und das will und werde ich auch nicht tun. Quintus weiß das. Ich bin Prätor, ein Mann des Staates. Es ist mir lieber, ich bin unwissend, als dass ich gezwungen bin, zwischen Freundschaft und Pflicht zu entscheiden.«

»Du hast deinen Freund bis jetzt nicht verraten. Würdest du es denn tun, wenn du mehr von ihm wüsstest?«

Marcus sah sie nachdenklich an. »Ich glaube nicht. Aber kann ich wirklich wissen, wie ich handeln würde, wenn mein eigenes Leben, das meines Kindes, unsere Freiheit oder auch nur mein Vermögen auf dem Spiel stünde?« Er schüttelte den Kopf. »Nein, kein Mensch kann für sich selbst die Hand ins Feuer legen. Keiner.«

Er stand auf und starrte Berenike an. »Aber wahrscheinlich ist es doch jemandem außer mir aufgefallen. Männern, die es nicht ertragen, dass er Christ ist. Die seine Lebensweise als Verbrechen ansehen. Und die ihn gleichzeitig um seinen Reichtum beneiden.«

Berenike erschrak. Sie presste die Decke, die sie gerade auf dem Bett ausbreiten wollte, an sich. »Was willst du damit sagen?«

»Es war Brandstiftung. Und das Feuer war so gelegt, dass es zuerst ihn selbst, seine Familie, seinen Haushalt treffen musste. Wäre Quintus nicht bei mir gewesen, so wäre er jetzt auch tot.«

»Brandstiftung? Bist du sicher?«

»Ja. Daran gibt es keinen Zweifel.« Marcus ging erregt auf und ab. »Und wir können nichts tun. Wenn sein christlicher Glaube der Grund ist, dann wird der Kaiser die Männer nicht vor Gericht stellen. Er wird nicht einmal nach ihnen suchen lassen.«

»Aber Brandstiftung ist ein Verbrechen. Der Kaiser muss dem nachgehen!«, rief Berenike empört.

»Ja, so will es das Gesetz. Aber ich weiß, dass der Kaiser diesen neuen Glauben hasst und damit alle, die ihm anhängen.«

»Warum? Er hat doch nichts von diesen Menschen zu befürchten.«

»Das sagst du. Und so denke auch ich. Aber der Grund ist ein anderer. Domitian verlangt von jedem absoluten Gehorsam ihm gegenüber. Er sieht sich als Gott, wie schon alle Kaiser vor ihm. Jede Religion aus jeder Provinz darf in unserem Reich gelebt werden. Sie vermischen sich mit unserer. Es gibt Städte, da werden ägyptische und römische Götter verehrt, oder es vermischen sich griechische und römische Kulte. Aber sie alle erkennen die Göttlichkeit des Kaisers an. Nur die Christen lehnen genau das ab. Für sie gibt es nur diesen einen Gott. Diesen Jesus Christus, nach dem sie sich benannt haben. Da können sie noch so rechtschaffen und gesetzestreu ihr Leben führen. Es zählt nicht. Allein ihr Glaube macht sie in den Augen des Kaisers zu Verbrechern.« Marcus war außer sich. »Von wegen Sicherheit! Quintus konnte sein Haus nicht schützen. Schon gar nicht mit einem falschen Armreif. Die Gefahr für Christen ist größer, als es den Anschein hat.« Entsetzen zeigte sich auf seinem Gesicht. Langsam wurde ihm die Tragweite des Ganzen bewusst. »Was bedeutet das? Was heißt das für mein Amt? Wie soll ich unschuldigen Menschen bei so viel Ungerechtigkeit und so viel Bösem Gerechtigkeit widerfahren lassen? Wie soll da ein Christ auf die Gerechtigkeit des Staates hoffen dürfen?«

Berenike versuchte, ihn zu beruhigen. »Du bist ihr Richter. Es liegt in deiner Hand, wie du mit ihnen umgehst.«

»Ja, das ist wahr.« Marcus strich sich über den Kopf. »Aber bedenke, ich bin nicht der Einzige.« Nachdenklich setzte er sich auf einen Stuhl. »Eigentlich müsste ich jeden, der Christ ist, von diesem Glauben abraten, ihn eindringlich davor warnen. Hätte ich das nur bei Quintus getan. Hätte ich ihn doch nur darauf angesprochen. Dann wäre das alles nicht passiert.« Er barg sein Gesicht in seine Hände. »Ich hätte das verhindern können.«

»Wenn das so ist, wie du sagst, musst du dann nicht den Zorn des Kaisers fürchten, weil du Quintus bei dir aufnimmst? Du gewährst einem Christen, einem Feind des Kaisers, deine Hilfe. Mehr noch, du lässt ihn unter deinem Dach wohnen.« Berenike wartete gespannt auf seine Antwort.

Der Prätor überlegte. »Ja, das hast du vielleicht recht. Aber dass Quintus Christ ist, wird nicht öffentlich benannt werden. Er ist Patrizier. Das schützt ihn noch. Und spätestens, wenn er Rom verlassen hat, wird das keine Rolle mehr spielen. Domitians Zorn wird dadurch Genugtuung erfahren, dass er sich weigern wird, nach den Brandstiftern suchen zu lassen.«

»Du meinst, dass er dann auch dich in Ruhe lassen wird?«, fragte Berenike vorsichtig.

Der Prätor lächelte. »Sorgst du dich um mich? Das brauchst du nicht. Denn eines ist sicher. « Er sah Berenike direkt in die Augen. Bestimmt und mit erhobener Stimme fuhr er fort: »Ich werde außer Quintus niemanden unter meinem Dach dulden, der Christ ist. Sei es Sklave oder Freier. Wer meinem Haushalt angehört, wird es nicht wagen, diesem neuen Glauben anzuhängen. Ich werde es zu verhindern wissen, dass irgendjemand uns der Gefahr aussetzt, die damit verbunden ist! Selbst wenn es Claudius wäre. Oder du. Ich würde das niemals zulassen! Auch wenn ich bei Quintus versagt habe, hier in meinem eigenen Hause wird mir das nicht passieren!« Und er dachte wieder daran, was seinem Freund geschehen war. Verzweifelt rief er aus: »Hätte ich es ihm nur verbieten können! So wie ich es dir und allen anderen verbieten kann!«

Berenike ging zu ihm hin, legte den Arm um ihn. Sie schwieg. Was hätte sie auch sagen sollen? Dass das gar nicht möglich war? Dass er hier seine eigene Macht, seinen Einfluss überschätzte? Dass man einem Christen seinen Glauben nicht einfach ausreden oder gar verbieten konnte? Mit jedem Wort hätte sie verraten, dass sie Christin war. Und das war nach all dem, was er gerade gesagt hatte, noch weniger möglich als zuvor.

Die Bestattungsfeierlichkeiten kosteten Quintus Varus seine ganze Kraft.

Da das Haupthaus abgebrannt war, war es nicht möglich, die beiden toten Frauen dort aufzubahren. Marcus bot ihm sein Haus an. Zuerst war Quintus dankbar dafür, aber nachdem er darüber nachgedacht hatte, lehnte er ab. Er wollte seine Familie auf seinem Grund und Boden haben, dort, wo ihr Zuhause gewesen war. Darum befahl er, ein kleines Nebengebäude des abgebrannten Guts, das früher als Vorratsraum gedient hatte, auszuräumen und zu säubern. Es war ein einziger Raum, der nur kleine, schmale Fenster unter dem Dach hatte. So konnte nicht viel Licht eindringen, der Rauch der wenigen Fackeln, die an der Wand befestigt wurden, konnte aber ungehindert abziehen. Dicke Mauern verhinderten, dass es zu warm wurde.

Hier also hatte man die Toten aufgebahrt. Die Totenwache hielten ehemalige Sklaven des Quintus und Christen aus seiner Gemeinde. Quintus selbst hielt sich nur am Tag dort auf. Er war aber dabei, als die Körper gewaschen und gesalbt wurden. Er hielt sich dabei an die Regeln, die der römische Ritus vorsah, verweigerte jedoch die Klageweiber, die sonst bei jeder Aufbahrung zugegen waren, um die Toten zu beklagen und sie mit Lobliedern zu preisen.

Die Bestattung selbst sollte bereits drei Tage nach dem Brand erfolgen. Quintus wusste, dass das nicht dem Brauch entsprach. Aber da es kein natürlicher Tod war und die übliche Aufbahrung im Haus der Verstorbenen nicht möglich war, wagte niemand, ihm deswegen einen Vorwurf zu machen.

Es war weit schwieriger, den Patriziern und vornehmen Bürgern Roms verständlich zu machen, dass die Feierlichkeiten still und ohne die Pracht und Üppigkeit, die in diesen Kreisen üblich war, stattfinden sollten. Letztendlich hielt er sich an das Gesetz. So mussten sie sich fügen und der Bestattung fernbleiben.

Am Abend vor der Bestattung erschien Manassos im Hause des Prätors und bat um ein Gespräch mit Quintus.

»Mein Freund«, begann er, »du hast dir für morgen eine ruhige Bestattung ohne Pomp und die üblichen Feierlichkeiten gewünscht. Ich bin dir sehr dankbar dafür. Vor allem danke ich dir dafür, dass niemand da sein wird, der unserem Glauben fernsteht – außer deinem Freund Marcus Dequinius. Darum muss ich dir sagen, dass die Sorge bei unseren Brüdern und Schwestern groß ist, dass er sie verraten könnte. Trotz eurer Freundschaft hat er doch ein hohes Amt. Er ist dem Kaiser verpflichtet.«

Quintus nickte. »Ich verstehe deine Sorge, Manassos. Ich hätte mit der Gemeinde reden sollen. Jetzt bitte ich dich, das für mich zu tun. Ich habe deswegen mit Marcus gesprochen. Und er hat mir sein Wort gegeben. Er wird unser Geheimnis nicht preisgeben. Du weißt, dass das, was er sagt, gilt, und du ihm vertrauen kannst.«

»Ja, das weiß ich. Aber wissen die anderen das auch? Schon mancher hat schlechte Erfahrungen gemacht. Wenn auch nicht mit dem Prätor, so doch mit anderen Richtern. Was kann ich ihnen als Beweis geben? Vertrauen kann man nicht erzwingen. Und es ist zu einfach zu sagen, dass Gott sie schon vor Verrat schützen wird. Weiß ich, was unser Herr vorhat? Die Christen, die unter Nero gelebt haben, haben auch Verrat erlebt.«

»Ja, das ist wahr. Ich kann dir nur so viel dazu sagen: Marcus weiß schon lange, dass ich Christ bin. Und er hat mich nicht verraten. Er wird auch über die Bestattung morgen Schweigen bewahren. Aber ich kann jeden aus der Gemeinde verstehen, der nicht kommen wird. Richte das aus. Und bitte die, die fernbleiben, im Gebet bei uns zu sein.« Er atmete tief durch. »Die Bitte um Schutz ist berechtigt. Aber es gibt noch jemanden, der geschützt werden muss. Darum bitte ich dich eindringlich um ein Zweites. Marcus weiß nicht, dass Berenike zur Gemeinde gehört. Er ahnt es nicht einmal. Zu fern ist das seiner eigenen Vorstellung.«

Manassos reagierte verwundert. »Wie das? Es passt nicht zu dem, was ich von ihm weiß.«

Quintus nickte. »Das stimmt. Du fragst dich, wie so etwas vor ihm verborgen bleiben kann. Aber glaube mir, es gibt manches in seinem Haus, das er nicht sieht. So geht es den meisten Herren, vor allem, wenn sie von sich überzeugt sind. Sie denken, sie haben alles fest in ihrer Hand und keiner würde es wagen, ihnen etwas zu verheimlichen. Ein Selbstbetrug, dem auch der Prätor unterliegt, der Berenike aber schützt. Er würde es nicht verstehen. Sollte er es jemals erfahren, dann muss es allein durch Berenike geschehen, nicht durch andere. Bitte die Gemeinde, daran zu denken und nicht zu zeigen, dass sie eine von uns ist.«

»Das werde ich. Sie werden es verstehen. Aber du bittest nur für Berenike. Gilt es nicht auch für Camilla? Oder ist es bei ihr nicht so schlimm, da sie nur eine Sklavin ist?«

»Nein«, antwortete Quintus. »Für sie gilt das Gleiche. Aber sie wird morgen nicht dabei sein. Berenike lebt mit dem Prätor zusammen, nur deshalb wird sie ihn begleiten.«

Manassos wiegte bedächtig den Kopf. »Das ist auch etwas, worüber wir mit ihr reden sollten.«

»Das werde ich tun, wenn alles vorüber ist. Überlass das mir. Von Camilla weiß ich, dass sie sich bereits ihre eigenen Gedanken macht. Ich möchte sie nicht bedrängen oder ihr Vorwürfe machen, sondern als Freund und Vater mit ihr reden.«

»Als Vater?«

»Ja, als Vater. Ich weiß nicht, was die Zukunft bringen wird und welchen Weg Berenike gehen wird, aber ich möchte nicht, dass sie ohne Hilfe dasteht. Sie hat keinen Vater mehr, ich keine Tochter. Was spricht dagegen, dass ich mich ihrer annehme, wenn sie mich braucht?«

»Das ist ein edler Gedanke. Aber kein einfacher Weg. Ich wünsche dir Gottes Segen dazu.« Manassos reichte Quintus die Hand. »Aber jetzt leb wohl, mein Freund. Ich wünsche dir, dass dir Gott in dieser

Nacht einen guten Schlaf schenkt. Der Abschied morgen wird schwer werden.«

Quintus begleitete den Ältesten selbst zur Tür. Dann ging er zurück zu Marcus.

Dieser ahnte, warum Manassos gekommen war. »Er hat Sorge, dass ich euch verrate?«, fragte er.

»Ja, das hat er. Eine Sorge, die ich nachvollziehen kann.«

Marcus nahm seinen Becher, drehte ihn nachdenklich in der Hand. »Du musst ehrlich zu mir sein, Quintus. Du hast mein Wort. Aber du kennst auch meine Meinung. Du weißt, wie ich zu deinem Glauben stehe, wie sehr ich ihn ablehne, weil er nur Gefahr für die Anhänger bringt. Wenn du Zweifel hast und mir nicht ganz vertraust, dann werden Berenike und ich nicht kommen.« Er dachte an das, was er ihr am Tag des Brandes gesagt hatte, und seufzte. »Auch wenn ich an mein Wort gebunden bin, so bin ich doch auch nur Mensch. Kann ich wirklich für mich bürgen?«

»Nein, das kannst du nicht. Aber ich vertraue dir. Du musst morgen dabei sein. Ich brauche deine Gegenwart. Außerdem bitte ich dich morgen um einen letzten Freundschaftsdienst an meiner Frau und meiner Tochter.«

Marcus sah ihn an und nickte. Er wusste, um was Quintus ihn bitten würde.

Der Beginn der Zeremonie war für die Mittagsstunde angesetzt. Quintus betrat den Raum, in dem seine Frau Valeria und seine Tochter aufgebahrt waren. Sie lagen auf einfachen Holzbahren, an denen links und rechts Stangen befestigt waren. Jeweils drei Männer standen an jeder Seite. Auf Quintus' Wink hin nahmen sie die Stangen und hoben die Bahren an. Zuerst wurde Quintus' Frau hinausgetragen, danach seine Tochter. Quintus folgte dem Zug. Er hatte seinen Kopf mit einem Tuch bedeckt. Hinter ihm schlossen sich zuerst Marcus und Berenike an, danach die, die aus seiner Gemeinde gekommen waren, und die, die zu seinem Haushalt zählten. Schweigend bewegte sich der Trauerzug auf einen Hügel zu. Hier war ein kleiner Hain, der das Familiengrab der Patrizierfamilie umgab.

Vor dem Grab waren zwei Holzstöße aufgerichtet worden. Die beiden Toten wurden auf ihren Bahren daraufgelegt.

Quintus ging noch einmal zu ihnen. Er öffnete ihnen die Augen, so wie es üblich war. Dann trat er zurück, und Manassos trat vor. Er sprach ein kurzes Gebet.

Dann wandte er sich an die Umstehenden. »Es ist üblich, dass es eine lange Trauerrede gibt. Aber was kann ich schon sagen? Wir alle wissen, wer diese beiden Frauen waren. Wir alle kennen den Schmerz, der auf unserem Freund Quintus Varus lastet. Ich kann euch nur sagen: Verliert nicht den Mut! Glaubt und wisst, dass euer Schmerz aufgehoben ist bei Gott, dass er eines Tages alle Tränen trocknen wird. Diese beiden sind nicht tot. Es sind nur ihre sterblichen Körper, die hier liegen. Sie haben fest an unseren Herrn Jesus Christus geglaubt und durch ihn an die Auferstehung der Toten. Jetzt sind sie bei ihm, unserem Erlöser. Er hat sie gnädig bei sich aufgenommen. Auch wenn wir trauern, dürfen wir doch gewiss sein, dass auch wir nach unserem Tode auferstehen werden und zusammen mit ihnen die ewige Freude erleben, die uns niemand mehr nehmen kann.« Manassos hob die Hände und segnete alle. Dann trat auch er zur Seite und wandte sich Marcus und Damian zu.

»Freunde, Quintus hat euch um einen letzten Dienst gebeten. Seid ihr bereit?«

Beide nickten. Man reichte jedem eine Fackel. Marcus ging zu dem Holzstoß, auf dem Valeria lag, Damian zum anderen. Mit abgewandtem Gesicht, wie es der Ritus forderte, hielten sie die Fackeln in die Holzstöße und entzündeten sie.

Quintus sah schweigend zu. Tränen liefen ihm über das Gesicht. Aber er wischte sie nicht weg. Sein Schmerz saß tief. Warum sollte er ihn verbergen?

Marcus und Damian traten zurück. Die Menschen, die da waren, begannen leise zu singen. Es waren Trauerlieder, deren Melodie Marcus kannte, aber ihre Texte sprachen von Gott, von der Erlösungstat Christi und ihrer Hoffnung auf ein Leben nach dem Tod. Es war befremdend und vertraut zugleich.

Als die Holzstöße heruntergebrannt waren, wurden die letzten Flammen mit Wein gelöscht. Quintus sammelte zusammen mit Marcus, Damian, Berenike und Manassos die ausgeglühten Gebeine und die Asche in zwei Urnen, wie es der Brauch war.

Quintus selbst trug sie ins Familiengrab. Es gab keine Grabbeigaben und keine Münze, die üblicherweise mit in die Urne gelegt wurde. Diese Münze war Teil des römischen Glaubens, dass die Toten in die Unterwelt kamen und dort den Fluss Styx überqueren mussten, um ins Totenreich zu gelangen. Mit der Münze sollte der Fährmann Charon bezahlt werden. Aber das gehörte zum Ritus der römischen Götter, nicht zur Überzeugung der Christen. Wie hätte Quintus so etwas zulassen können? Und Marcus war der Einzige, der vielleicht daran Anstoß nahm.

Danach wandte sich Manassos an die Trauernden. »Ihr könnt gehen. Der Segen Gottes wird euch begleiten.«

Leise verließen die Menschen den Bestattungsplatz. Nur Marcus und Berenike blieben bei Quintus. Es war Abend geworden und Zeit, nach Rom zurückzukehren. Aber sie harrten bei ihm aus, bis er das Zeichen gab, dass er bereit war.

Es war ein schweigsamer Weg zurück. Quintus begab sich danach sofort zu Bett, ohne etwas zu essen. Er bat lediglich um etwas Wasser. Marcus und Berenike nahmen noch eine kleine Mahlzeit zu sich. Claudius kam dazu, fragte, wie es gewesen war. Aber Marcus erzählte ihm nur, was dem entsprach, was Claudius kannte. Von den Gebeten und von der fehlenden Münze erzählte er ihm nichts.

»Du kannst es nicht verstehen, nicht wahr?«, fragte Berenike, als sie schließlich allein waren.

»Wie sollte ich?« Marcus setzte sich aufs Bett. »Du bestimmt genauso wenig wie ich.« Er schüttelte den Kopf und bemerkte Berenikes Lächeln nicht. Es war, wie Quintus vermutete. Der Gedanke, dass sie Christin sein könnte, lag vollkommen außerhalb seiner Vorstellungskraft. »Es war seltsam. Das Vertraute war fremd, und das

Bekannte war nicht, wie es sein sollte. Die Riten waren gleich, aber die Worte waren andere. Aber diese Worte ... sie sind so ohne Fundament. Es gibt nichts, was sie rechtfertigt. Wie kann Quintus das glauben? Sie reden von Hoffnung, vom Leben nach dem Tod bei einem Gott, der sie nicht schützt. Sie reden sich ein, dass er sie bedingungslos liebt und ihren Schmerz sieht. Aber würde er sie so lieben, wie sie behaupten, würde er ihnen diesen Schmerz ersparen. Das ist schwach. Man sollte sie vor diesem unnützen Glauben, der sie nur in Gefahr bringt, abhalten. Sie müssen geschützt werden. Und es ist meine Pflicht, Quintus das klarzumachen.«

Er wandte sich Berenike zu. »Was ist? Warum schaust du mich so an?«

»Solltest du ihm nicht zuerst seine Trauer lassen? Er braucht einen Freund, der ihn versteht und mit ihm aushält, was ihn bewegt. Nicht einen, der jetzt mit ihm wegen seines Glaubens streitet.«

»Ja, da könntest du recht haben.« Marcus seufzte. »Wenn da nicht die Sorge um ihn wäre.« Er legte sich aufs Bett. »Komm«, sagte er. »Es war ein langer Tag. Wir sind beide müde und sollten schlafen. Wir werden für Quintus unsere ganze Kraft brauchen.«

Die Tage, die der alte Patrizier im Hause des Prätors verbrachte, verliefen ruhig. Oft saß er mit seinem Freund im Garten. Sie redeten über vieles, ließen die Erinnerung an die Verstorbenen aufleben. Aber sie merkten beide, dass sie nicht über alles, was Quintus bewegte, reden konnten. Denn was sein Glaube ihm sagte, die Kämpfe, die er mit seinem Gott austrug, die Zweifel und gleichzeitig der Trost, den er erhielt, all diese Gedanken konnte er nicht mit seinem Freund teilen. Marcus hätte es nicht verstanden. Und er wäre auch jetzt nicht bereit gewesen, sich darauf einzulassen. Im Gegenteil. Obwohl Berenike ihn gebeten hatte, es nicht zu tun, versuchte er, seinem Freund diesen Glauben auszureden. Immer wieder legte er ihm die Gründe dar, die dagegensprachen und die doch gerade Quintus sehen musste. Hatte er nicht infolge dieses Glaubens die Menschen verloren, die ihm am nächsten standen und die er über alles liebte?

»Wie kannst du nur an diesem Gott festhalten?«, fragte er ihn immer wieder. »Er hat deine Frau und deine Tochter nicht gerettet. Im Gegenteil. Wie kannst du da noch an einen liebenden Gott glauben? Daran, dass dieser Gott dich schützt? Warum erwartest du von ihm Trost und Frieden? Von dem Gott, der dir alles genommen hat!«

Wie wenig hatte der Prätor doch begriffen! Wie wenig war er bereit, seinen Freund zu verstehen!

So beschloss Quintus Varus bereits nach wenigen Tagen, Rom zu verlassen.

Am Morgen vor seiner Abreise bat er Berenike noch einmal zu sich.

»Komm, setz dich zu mir«, forderte er sie auf. Er lächelte sie an. »Ich wollte mich bei dir bedanken. Du warst in diesen Tagen auf gute Weise für mich da. Wenigstens dir konnte und durfte ich meine Gedanken anvertrauen.«

Berenike senkte traurig den Blick. »Aber auch ich konnte dir nicht helfen.« Sie sah ihn an. »Wirst du dort Rat und Hilfe bekommen?«

»Ja, das werde ich. Die Gemeinde ist zwar klein. Aber ihr steht ein Mann vor, der den Geist Gottes in sich trägt. Er wird mir ein gutes Gegenüber sein.«

Der alte Patrizier nahm ihre Hand. »Aber bevor ich gehe, möchte ich noch über etwas anderes mit dir reden. Ich merke, dass dich etwas quält, aber du weißt nicht, wie du es in Worte fassen sollst, nicht wahr?«

Berenike nickte.

»Geht es um den Prätor und dein Verhältnis zu ihm?«

Berenike hob den Kopf. »Herr, ich weiß nicht, ob es richtig ist, wie wir zusammenleben.«

»Welche Zweifel hast du? Du liebst ihn doch. Und er liebt dich. Oder irre ich mich?«

Berenike senkte wieder ihren Blick und strich ihr Kleid glatt. Sie war unsicher und verwirrt. »Ja, Herr«, sagte sie leise. »Ja, so ist es. Aber ...«

Quintus wartete ab.

Schließlich seufzte sie. »Sag mir, kann diese Liebe von Gott gesegnet sein? Er glaubt nicht, was ich glaube. Und ich wage nicht, ihn darauf anzusprechen.«

»Warum? Hast du Angst, dass er dich wegen deines Glaubens zurückweisen würde?«

Berenike nickte. »Ja, das habe ich. Er hat mir deutlich zu verstehen gegeben, dass er es nicht dulden würde, wenn ich Christin werde. Er hat sogar ein Verbot ausgesprochen. Trotz allem ist er der Herr, auch wenn er mich freigelassen hat. Und auch wenn es mir schwerfällt, es auszusprechen, so bin ich doch nur seine Geliebte. Ich bin ihm nicht ebenbürtig, wie du es bist. Was ist, wenn er mich von sich stößt?«

»Und das willst du nicht.«

»Ich kann mir ein Leben ohne ihn nicht vorstellen, Herr. Er ist alles, was ich mir ersehne. Er ist meine Heimat. Er gab mich frei. Ich hätte gehen können. Aber ich bin geblieben, weil ich zu ihm gehöre. Nichts kann mich von ihm wegbringen. So denke ich, so wünsche ich es mir. Aber ich weiß nicht, ob es auch so stimmt.« Sie sah auf ihre Hände. Niedergeschlagen fuhr sie fort: »Ja, ich war mir immer sicher, dass es nichts gibt, was mich von ihm trennen kann. Aber jetzt fühlt es sich für mich an, als würde sich mein Glaube zwischen uns drängen.«

»Wie meinst du das?«

»Ich merke, wie dieser Glaube, wie Gott mich verändert. Mein Denken, mein Fühlen. Und ich spüre schon jetzt, dass ich beginne, das, was zwischen Marcus und mir ist, anders zu sehen, als er es sieht. Ich teile mit ihm das Bett, aber ich bin nicht seine Gemahlin. Und er wird mich nie dazu machen, weil er nie mehr eine Frau an sich binden will. Trotz allem glaube ich, dass er damit rechnet, dass ich in ihm eines Tages den Menschen sehe, der er einmal war, und dass ich mich dann von ihm abwenden würde.«

Quintus nickte. »Möchtest du denn seine Ehefrau werden?«

»O ja, das wünsche ich mir.«

»Und wie sehr? Was würdest du für die Erfüllung dieses Wunsches tun?«

Berenike sah den Patrizier nachdenklich an. Dann schüttelte sie den Kopf. »Ich glaube, ich kann nichts tun. Ich würde nie versuchen, ihn zur Ehe zu bewegen. Es muss sein Wunsch, seine Bitte sein.«

»Aber du bist nicht glücklich darüber, so wie es jetzt ist? Du glaubst, dass euer Zusammenleben nicht so ist, wie Gott es sich für zwei liebende Menschen vorstellt?«

»Ja, Herr, das glaube ich. Camilla hat mir deswegen schwere Vorwürfe gemacht. Sie sagt, ich lebe in Sünde. Sie hat recht, nicht wahr?« Berenike hob ihre Hände, ließ sie aber wieder verzweifelt in den Schoß fallen. »Ich weiß nicht, was ich tun soll. Ich bin glücklich an seiner Seite. Und zugleich fühle ich mich unglücklich.«

»Du könntest gehen, um dem zu entrinnen.«

»Ja, ich weiß.« Berenike sah den Patrizier Hilfe suchend an. »Was soll ich tun? Ich will nicht in dieser Schuld leben. Aber ich will auch nicht von ihm gehen.«

Quintus Varus nickte nachdenklich. »Ich sehe deine Not. Und ich denke auch, dass du nicht mit Marcus darüber reden kannst. Er würde dir deinen Glauben verbieten wollen und keine Toleranz zeigen. Vielleicht würde er dich sogar vor die Wahl stellen: er oder dein Glaube. Außerdem würde er vermuten, dass du nicht die Einzige in seinem Haushalt bist. Was das für Camilla und die anderen bedeuten würde, kannst du dir denken. Davor müssen wir sie schützen.« Er seufzte. »Aber welchen Rat soll ich dir geben, Berenike? Was du tust, ist deine eigene Entscheidung. Bring es vor Gott, warte auf seine Antwort, die du eigentlich schon kennst. Und solltest du eines Tages die Entscheidung treffen, Marcus zu verlassen, dann tu es ohne Angst. Du wirst bei mir Hilfe finden.« Er nahm nun auch die andere Hand der jungen Frau in die seine. »Ich habe meine Frau, meine Tochter verloren. Du bist jetzt meine Tochter. Und ich werde dich nicht im Stich lassen. Auch wenn ich aus Rom abgereist bin, schicke mir eine Nachricht. Du kannst dich auf mich verlassen.«

Berenike fühlte eine tiefe Dankbarkeit. Sie war nicht allein. Zuerst Camilla, dann Quintus. Es gab Menschen, die ihr helfen würden, egal, welchen Weg sie wählen würde.

Der Tag des Abschieds kam. Quintus umarmte den Prätor ein letztes Mal. »Ich bitte dich, mein Freund«, sagte er mahnend. »Nimm dich vor Domitian in acht. Der Kaiser wird nichts unversucht lassen, um dir zu schaden. Er wird alles daransetzen, um dich zu einer unbedachten Handlung zu verleiten. Ich kenne dich. Du bist geradlinig. Und du sprichst offen aus, was du denkst. Aber wie lange wird er das dulden? Wie lange, glaubst du, wird es Domitian hinnehmen, dass du deine Bedenken äußerst und manchmal sogar im offenen Widerspruch zu ihm stehst, ohne dass es für dich Konsequenzen hat?«

»Noch steht der Senat hinter mir.«

»Ja, ich weiß. Darum hat dich Domitian ein weiteres Mal zum Prätor ernannt. Aber wie wird es im nächsten Jahr sein? Was wird die Unterstützung durch den Senat noch wert sein? Du weißt selbst, dass das Verhältnis des Kaisers zum Senat gestört ist. Es fehlt nicht mehr viel, und es ist ganz zerrüttet. Dann hilft dir dein Ruf nicht mehr. Im Gegenteil. Dein Ansehen im Senat kann dir zum Nachteil gereichen.«

Marcus nickte. »Ich verstehe deine Sorge, Quintus. Aber was kann tatsächlich passieren, das nicht sowieso eines Tages kommen wird? Er kann mich in eine Provinz versetzen. Ist das so schlimm? Es war mir immer klar, dass das meine Zukunft ist. Irgendwann werde ich Rom verlassen müssen.«

»Das ist wahr. Dennoch.« Quintus war ernsthaft besorgt. »Marcus, ich bitte dich inständig. Sei wachsam. Wenn du in Ungnade fällst, kann alles schneller gehen, als dir lieb ist. Du willst Rom nicht unter dem Gelächter und Gespött der Menschen verlassen. Und du weißt, dass Menschen gnadenlos sind, wenn jemand fällt. Vor allem, wenn es ein Mann ist, der unantastbar erscheint wie du. Und glaube mir, nicht jede Provinz ist begehrenswert. Bedenke, dass egal, wie du dich verhältst, egal, wozu du dich entscheidest, es immer auch deinen Sohn betrifft, genau wie Berenike und all die Menschen, die zu deinem Haushalt gehören. Aber genug der Mahnungen. Du weißt selbst, was auf dem Spiel steht.« Er reichte dem Prätor noch einmal seine Hand. »Leb wohl, Marcus Dequinius. Gott schütze dich und dein Haus. In meinen Gedanken und meinen Gebeten werde ich bei dir sein.«

Der Prätor begleitete seinen Freund zu dessen Pferd. Lange blickte er ihm hinterher. Er wusste, dass Quintus' Sorge nicht unbegründet war. Aber ihm war genauso klar, dass er nie gegen seine Überzeugungen handeln würde.

Berenike dachte viel über das Gespräch mit Quintus Varus nach. Sie hatte Angst. Wenn sie nachts neben Marcus lag und seinem Atem lauschte, stellte sie sich vor, wie ihr Leben ohne ihn wäre. Allein der Gedanke war unerträglich.

Sie betete, haderte mit Gott, versuchte, mit ihm zu handeln und ihn zu überzeugen. Aber immer wieder drängten sich Quintus' Worte in ihre Gedanken: »… die du eigentlich schon kennst.«

Sollte das der Weg sein? War dies die Antwort?

Berenike wehrte sich gegen den Gedanken, der ihre ganzen Träume zunichtemachen würde.

Aber schließlich vertraute sie sich Camilla an.

25. Berenikes Abschied

Es war Nacht. Lygius, der die Fackel hielt, wurde unruhig. »Camilla«, flüsterte er. »Es wird Zeit.«

Die Sklavin nickte. Sie schloss Berenike noch einmal fest in die Arme. »Und du bist dir ganz sicher, dass das der richtige Weg für dich ist?«

Die junge Frau nickte.

Camilla ließ nicht nach. »Meinst du nicht, dass du ihm eine Erklärung schuldig bist?«

»Ich habe ihm einen Abschiedsbrief geschrieben, das weißt du. Ich habe ihn dir gezeigt.« Berenike sah die Zweifel in Camillas Gesicht. »Bitte versteh doch. Wie soll ich etwas erklären, das er doch nicht verstehen würde? Wie ihm etwas sagen, was er nicht hören will? Du weißt, wie er dazu steht. Ich habe es dir erzählt. Niemals würde er dulden, dass ich Christin bin. Niemals! Weißt du noch, wie er sich gegenüber Quintus Varus verhalten hat, als dieser nach dem Brand bei uns wohnte? Auch wenn Marcus Toleranz gezeigt hat, so geschah es nur um der Freundschaft willen. Immer wieder hat er versucht, ihm den Glauben auszureden. Hätte es in seiner Macht gestanden, hätte er ihm, seinem besten Freund, den Glauben verboten. Quintus ist deswegen früher aus Rom abgereist, als er ursprünglich geplant hatte.« Sie sah Camilla eindringlich an. »Verstehe doch! Marcus darf nicht erfahren, dass ich Christin bin. Glaubst du nicht, dass er dann nicht auch andere im Hause in Verdacht hätte? Und dich als Erste? Es hätte für euch alle Folgen.«

»Ja, das mag sein«, gab Camilla widerwillig zu.

Berenike nahm noch einmal ihre Hände. »Ich bitte dich nur, mit Claudius zu reden. Er darf nicht glauben, dass ich seinetwegen gehe oder dass es mir leichtfällt, ihn zu verlassen. Ich liebe ihn wie einen eigenen Sohn. Und ich werde ihn vermissen. Bitte versuche, ihn zu trösten.«

Camilla seufzte. »Ja, das werde ich. Ich werde es zumindest versuchen.« Die beiden Frauen umarmten sich ein letztes Mal.

»Ich danke dir für alles«, sagte Berenike leise »Ohne dich wäre ich verloren gewesen. Gott segne dich.«

»Gott segne dich, Berenike, Gott segne dich.« Camilla wandte sich an Miran, der geduldig neben dem Pferd wartete und es am Zügel hielt. »Und du, pass gut auf sie auf. Bring sie heil ans Ziel. Und lass es mich wissen, wenn ihr angekommen seid.«

Miran nickte. »Hab keine Angst, Camilla. Gott ist mit uns.« Dann half er Berenike auf den Wagen. Sicher lenkte er diesen aus dem engen Hinterhof, in dem sie sich getroffen hatten. Berenike drehte sich noch einmal zu Camilla und Lygius um.

Es tat weh, es tat so unendlich weh. Aber sie sah keinen anderen Weg.

Marcus starrte auf das Stück Papier in seiner Hand. Er konnte es nicht glauben. Was sollte das bedeuten?

Wieder und wieder las er die wenigen Sätze: »Lebe wohl, Marcus Dequinius. Verzeih mir, aber ich kann nicht mehr mit dir leben. Ich weiß, dass ich dir versprochen habe, dir zu sagen, wenn mich etwas von dir trennen würde. Aber dieses Versprechen kann ich nicht halten. Bitte verlange keine Erklärung. Du würdest es nicht verstehen. Glaube mir, dass es besser ist, wenn ich gehe. Und erinnere dich daran, dass du mich freigegeben hast. In Dankbarkeit, Berenike.«

Besser? Und ohne Erklärung? Was sollte er nicht verstehen können?

Wut stieg in ihm hoch. Sie war weg. Sie hatte ihn verlassen. Auch wenn er das immer für möglich gehalten hatte, dann doch nicht so. Nicht auf diese Weise!

Wo war sie jetzt? Wohin war sie gegangen? Irgendjemand musste ihr geholfen haben. Und das konnte nur eine Person sein.

Er stürmte durch das Haus, suchte in jedem Raum, öffnete jede Tür. Schließlich fand er die Sklavin in der Vorratskammer hinter der Küche.

»Wo ist sie?« Er packte Camilla an den Armen.

Aber die Sklavin senkte nur den Blick. »Das kann ich dir nicht sagen, Herr.«

»Das kannst du mir nicht sagen?« Er fasste sie am Kinn, zwang sie, ihn anzusehen. »Oder darfst du es mir nicht sagen?«

Camilla erwiderte trotzig seinen Blick. »Du selbst hast ihr die Freiheit gegeben. Sie kann gehen, wann und wohin sie will. Sie ist dir keine Rechenschaft schuldig.«

Marcus ließ die Sklavin los. »Nein, nein, das ist sie nicht. Aber du bist es«, fuhr er sie heftig an. »Und ich verlange von dir, dass du mir alles erzählst.«

Camilla straffte die Schultern. »Nein, mein Herr. Zum ersten Mal in all diesen Jahren verweigere ich dir den Gehorsam. Es war Berenikes Wunsch, dass ich schweige. Ich habe es ihr versprochen. Und dieses Versprechen werde ich nicht brechen.«

Der Prätor starrte die Sklavin an, so als könnte er sie mit seinem Blick durchdringen. Aber sie sagte kein Wort mehr, erwiderte nur seinen Blick, ohne mit der Wimper zu zucken.

Verzweifelt rang er seine Hände. »Warum?«, rief er. »Warum?« Dann drehte er sich um und ging in schnellen Schritten durch das Haus, direkt zu seinem Stall. »Sattelt mein Pferd. Sofort!«

Ungeduldig lief er hin und her, bis sie seinen Rappen zu ihm brachten. Dann saß er auf. Claudius kam aus dem Haus gelaufen. »Vater, was ist los? Wohin reitest du? Was ist passiert?«

Aber Marcus sah ihn nur schweigend an und ritt los. Seine Sklaven, die hastig das Tor geöffnet hatten, starrten ihm erschrocken hinterher. So hatten sie ihren Herrn noch nie erlebt.

Camilla legte ihren Arm um den Jungen. »Claudius! Es ist etwas geschehen, was auch dich betrifft.«

Der Junge hob den Kopf, sah sie fragend an.

»Berenike hat uns heute verlassen.«

Claudius schluckte. »Verlassen?«, flüsterte er. »Aber ...« Wieder schluckte er. »Aber sie wird doch wiederkommen? Nicht wahr, Camilla, das wird sie doch?«

Camilla schüttelte den Kopf. »Nein, Claudius. Sie ist für immer gegangen. Und sie hat nicht vor, jemals nach Rom zurückzukehren.«

Sie sah, wie der Junge langsam begriff. Wieder schluckte er. Er kämpfte mit seinen Tränen. »Das ist nicht wahr«, schluchzte er. »Sag, dass es nicht wahr ist.« Camilla wusste nicht, was sie antworten sollte. Traurig nahm sie ihn in ihre Arme. »Komm, mein Junge«, sagte sie schließlich leise. »Lass uns hineingehen. Ich habe dir noch etwas von Berenike auszurichten.«

Marcus ritt hinaus aus der Stadt. Er achtete nicht darauf, wohin er ritt, nahm nicht wahr, wie die Menschen vor ihm zur Seite sprangen. Vor der Stadt verließ er die Straße, lenkte seinen Rappen über die Felder, vorbei an den Bauern und den Sklaven, die dort arbeiteten. Er trieb sein Pferd an. Aber er spürte weder den Wind, der ihn umwehte, noch die Hitze, die ihn umgab. Er wusste nicht, wie weit er geritten war, als er schließlich sein Pferd zügelte und erschöpft abstieg. Er war auf einem Hügel angelangt. Ein einzelner Baum spendete hier Schatten. Marcus ließ sein Pferd grasen und setzte sich selbst unter den Baum. Er hatte Durst. Aber noch mehr quälte ihn der Schmerz, der seine Brust zu zerreißen drohte. Er hatte damit gerechnet, hatte immer befürchtet, dass es eines Tages geschehen würde. Aber jetzt, da es so weit war, konnte er, wollte er es nicht glauben.

Immer wieder sprang er auf, ging unruhig hin und her, um sich dann wieder in den Schatten zu setzen. Aber er fand keine Ruhe.

Schließlich stand er da, starrte in die Ferne, wo Rom in der Sonne lag. Das Rom, das er kannte, wo er geboren und aufgewachsen war. Auf einmal erschien es ihm so fremd, so leer. Nichts würde mehr sein, wie es war. Er spürte, wie die Einsamkeit nach ihm griff, und wie er trotz der Hitze zitterte. Er wollte schreien, aber seine Kehle war wie zugeschnürt. Wie sollte er jetzt weiterleben? Woher die

Kraft nehmen, um seinen Pflichten nachzugehen? Und wie sollte er seinem Sohn begegnen? Claudius. Er war jetzt alles, was ihm geblieben war. So wie schon einmal.

Sie hatte ihn verlassen, mit ein paar nichtssagenden Worten, ohne eine Erklärung. Das konnte nicht sein. Er brauchte Antworten, musste wissen, warum. Er wollte ihre Gründe verstehen und nicht nur vermuten, was sie zu dem Schritt veranlasst hatte.

Jetzt erst, da sie weg war, begriff er, wie wenig er ohne sie leben konnte. Wie sehr er sie brauchte. Hatte er das nicht schon damals gemerkt? An dem Morgen nach dem Brand? Wie konnte er das vergessen? Und wie hatte er glauben können, dass er damit fertigwerden würde, wenn sie ging? Ja, Camilla hatte recht. Und Berenike hatte recht, wenn sie in ihrem Brief darauf hinwies. Er hatte ihr die Freiheit gegeben zu gehen, wann und wohin sie wollte. War er so blind gewesen, dass er nicht merkte, wie wenig das seinen Gefühlen entsprach? Wie unerträglich es für ihn sein würde? Er hatte sie nicht an sich binden wollen. Aber hatte er sich nicht längst selbst an sie gebunden?

»Nein«, rief er schließlich laut. »Mag es auch mein Schicksal sein, ich werde es nicht so einfach hinnehmen.« Nein, dieses Mal würde er nicht so schnell aufgeben. Er würde nach ihr suchen. Und er wusste auch, wo er damit anfangen würde.

26. Griechenland

Die Reise war lang und beschwerlich gewesen. Marcus hatte sich, wie ein Händler gekleidet und ausgestattet, zusammen mit Lygius auf den Weg nach Griechenland gemacht. Es war um die Mittagszeit, als sie die kleine Provinzstadt erreichten. Die Sonne brannte heiß vom Himmel, und sie sehnten sich nach einem kühlen Bad und klarem, frischem Wasser.

In einer Herberge stiegen sie ab. Dort erfrischten sie sich und nahmen eine kleine Mahlzeit zu sich.

Der Wirt war neugierig und sehr gesprächig. »Ihr kommt aus Rom?«, rief er überrascht. »Sucht ihr etwas Bestimmtes in unserer Stadt? Kann ich euch behilflich sein? Ich kenne jeden Mann und jedes Haus hier. Und wenn ihr etwas braucht oder sucht, kann ich euch sicher die gewünschte Auskunft geben.«

»Dann kannst du mir sicher sagen, wo das Haus ist, in dem einst der Lehrer Emaios mit seiner Tochter wohnte.« Marcus brachte es nicht über sich, ihren Namen auszusprechen.

»Emaios? Bist du sicher, dass du dieses Haus suchst, Herr?«, fragte der Wirt zögernd.

Marcus nickte.

»Nun, Herr, ich weiß, wo es ist. Aber es ist nicht ratsam, dorthin zu gehen. Seit Emaios nicht mehr unter uns ist und seine Tochter verschwunden ist, hat niemand mehr das Haus betreten. Es ist verboten. Ich würde dir raten, lieber nicht danach zu suchen.«

Marcus sah den Mann nur an.

Schließlich seufzte der Wirt und beschrieb ihm genau den Weg.

Es war eine schmale Straße, in der das Haus stand. Es war bereits von Weitem zu erkennen. Die Fenster und der Eingang waren mit Brettern vernagelt worden, die aber zum großen Teil schon zerbrochen oder abgefallen waren. Marcus entfernte noch ein letztes großes Holzbrett und trat die Tür dahinter ein. Dann stieg er durch die entstandene Öffnung. Lygius folgte ihm.

Sie befanden sich in einem schmalen Gang, der in eine steinerne Treppe mündete, die nach oben führte. Rechts gelangte man durch eine schmale Tür in einen größeren Raum. Es war die Küche, die wohl auch als Ess- und Aufenthaltsraum gedient hatte. Ein großer Tisch und ein Stuhl deuteten darauf hin. Links des Ganges war ein weiterer, kleinerer Raum. Reste von kleinen Bänken zeigten, dass das der Raum gewesen sein musste, in dem Emaios seine Schüler unterrichtet hatte. Es gab nicht viel, was auf das Leben, das in diesem Haus geführt worden war, hindeutete. Aber das wenige war zerstört worden. Scherben, Stofffetzen und zerbrochene Möbel zeugten von brutaler Gewalt. Alles war mit Staub und Schmutz überzogen.

Marcus stieg die schmale Treppe hinauf. Oben gab es zwei Kammern. In der einen war noch ein Bett und eine Truhe, in der anderen ein halbhoher Schrank. Aber auch hier war alles zerstört, unbrauchbar gemacht und zerbrochen worden. In dem kleineren Raum lagen auf dem Boden verstreut Fetzen von Kleidern. Marcus hob einen auf. Es war das Kleid einer Frau. Man konnte erkennen, dass es an verschiedenen Stellen geflickt worden war.

Marcus sah sich in der kleinen Kammer um. Hier hatte sie also gelebt. In diesem kleinen Haus. Das wenige, das sich noch in den Räumen befand, zeugte von der Armut, die an diesem Ort geherrscht haben musste. Und trotzdem war sie hier glücklich gewesen. Trotzdem hatte sie sich hierher zurückgesehnt.

»Herr!« Lygius, der unten geblieben war, rief ihn.

Marcus verließ den Raum und kam zur Treppe, immer noch das alte Kleid in der Hand. Unten neben Lygius stand ein kleiner, untersetzter Mann, der neugierig zu ihm hochsah. »Wer seid ihr?«, fragte dieser. »Und was sucht ihr hier? Es ist verboten, dieses Haus zu betreten.«

Marcus stieg die Treppe hinab. »Und du bist hier, um uns hinauszuwerfen?«, fragte er spöttisch.

»Nein, Herr«, antwortete der Fremde. Er musterte Marcus mit seinem wachsamen und intelligenten Blick. »Aber es hat noch niemand gewagt, in dieses Haus zu gehen, seit Emaios tot ist und Berenike verschleppt wurde.«

Zum ersten Mal seit seiner Ankunft hörte Marcus ihren Namen. Für einen Moment schloss er seine Augen. »Du hast sie gekannt?«, fragte er leise.

»Ja, Herr. Ich kannte sie sehr gut. Emaios war ein guter Freund. Und Berenike war alles, was er hatte und wofür er lebte.« Er deutete auf das Kleid in Marcus' Hand. »Dieses Kleid trug sie am liebsten. Sie hat es immer und immer wieder geflickt, weil sie sich nicht von ihm trennen konnte. Es war eine Erinnerung an ihre Mutter.«

»Warum erzählst du mir das?«

Der Fremde zuckte mit den Schultern. »Du siehst nicht aus, als wärst du gekommen, um hier etwas Böses anzurichten.«

»Wie heißt du?«

»Man nennt mich Milos. Ich wohne im Haus gegenüber. Und wer bist du?«

»Mein Name ist nicht wichtig. Ich kam nur hierher, um …« Er sprach nicht weiter, schüttelte nur den Kopf. Was hatte das alles für einen Sinn?

Milos hatte ihn aufmerksam angesehen. »Falls du gekommen bist, um Berenike zu suchen, sie ist nicht hier. Du wirst sie nicht in dieser Stadt finden.«

»Ich weiß«, sagte Marcus leise. Er legte das Kleid auf die Treppe. »Und dennoch hatte ich es gehofft.«

Milos sah ihn noch immer nachdenklich an. Dann fasste er den Entschluss, offen zu sprechen. »Du also bist der Prätor Marcus Dequinius.«

Marcus sah ihn überrascht an. »Du weißt, wer ich bin?«

Milos nickte und antwortete ruhig: »Wärst du vor zehn Tagen gekommen, dann hättest du sie hier angetroffen.«

Marcus starrte ihn an. »Sie war hier? Hier in diesem Haus?«

»Nein, in diesem Haus war sie nicht. Ich habe ihr davon abgeraten.

Es hätte ihr das Herz gebrochen. Das, was sie von außen sehen konnte, war schon genug.«

»Wo ist sie jetzt? Kannst du mir das sagen?« Marcus packte Milos an den Schultern. »Bitte, ich muss wissen, wo ich sie finde.«

Aber der Grieche schüttelte den Kopf. »Es tut mir leid, Herr, aber ich kann dir da nicht weiterhelfen. Sie hat die Stadt wieder verlassen, um nach Rom zurückzukehren.«

Marcus ließ seine Arme sinken. »Aber nicht zurück zu mir«, murmelte er. Müde ließ er sich auf die Treppe sinken.

Milos betrachtete ihn abwartend. Dann sah er Lygius an. Dieser hob unschlüssig die Schultern.

»Kommt«, sagte der Grieche schließlich. »Mein Haus ist zwar einfach, und ich kann euch nicht viel anbieten, aber seid bitte meine Gäste. Ein Becher Wein und ein frisch gebackenes Brot werden euch guttun. Und es gibt vielleicht doch noch so manches, das ich dir sagen und erzählen kann.«

Marcus nahm die Einladung dankend an. Er und Lygius folgten Milos, und bald schon saßen sie hinter dessen Haus in seinem kleinen Garten. Milos' Frau brachte Wein, Brot und Oliven und ließ sie dann allein. Lygius folgte ihr. Bei diesem Gespräch hatte er nichts zu suchen.

Milos berichtete Marcus von den Geschehnissen in jenem Sommer, er erzählte ihm von Berenike und ihrem Vater, von dem Leben, das sie hier geführt hatten, vom frühen Tod ihrer Mutter. Marcus hörte all das zum ersten Mal. Berenike hatte nie darüber gesprochen. Auch wenn er ihr sehr nahegestanden hatte, hier war etwas, zu dem er nie einen Zugang erhalten hatte. Er fragte sich, wie gut er sie wirklich gekannt hatte.

Gespannt und erwartungsvoll hörte er Milos zu. Zum ersten Mal wurde ihm bewusst, was sie durchgemacht haben musste und warum sie das Leben in Rom zuerst so gehasst hatte.

Er glaubte sie in ihrem kleinen Haus zu sehen, wie sie dort arbeitete und saß, wie sie dort redete und lachte.

Schließlich war alles ausgesprochen. Und sie saßen beide schweigend da.

Nach geraumer Zeit wandte sich Marcus an Milos. »Und wie war sie, als sie hier war? War sie allein? Warum ist sie wieder gegangen?«

Milos seufzte. »Viel kann ich dir nicht dazu sagen. Aber sie kam in Begleitung eines edlen Herrn. Sein Name war Quintus Varus.«

»Quintus Varus? Bist du dir sicher?«

»Ja, das bin ich.«

Marcus fuhr sich mit der Hand über den Kopf. »Das verstehe ich nicht. Sie kannten sich, ja, und Quintus meinte es immer gut mit ihr. Aber was bringt ihn dazu, sie hierher nach Griechenland zu begleiten?«

»Das weißt du nicht?«, fragte Milos erstaunt. »Er hat in ihr seine Tochter gesehen, auch wenn er sie nicht adoptiert hat.«

»Seine Tochter? Waren sie sich so nah? Ich habe nicht gemerkt, dass zwischen ihnen eine besondere Beziehung besteht. Wie kam das?«

Milos' Erstaunen wurde noch größer. »Nimm mir das nicht übel, Herr, aber ich dachte, du hast beide gut gekannt.« Ungläubig schüttelte er den Kopf. »Kannst du dir nicht denken, was ihnen gemeinsam ist und sie miteinander verbindet?«

»Nein, das kann ich nicht.« Marcus' Stimme klang ungeduldig.

Der Grieche lehnte sich zurück. »Nun …« Er zögerte. »Dann weißt du also nicht, dass Berenike Christin ist?«

»Nein!«, rief Marcus überrascht aus. »Nein, das wusste ich nicht.« Er stockte. Dann schüttelte er heftig den Kopf. Auf einmal machte so vieles Sinn. Unwillkürlich schloss er die Augen. Wieder strich er sich mit der Hand über seinen Kopf. »Aber ich hätte es wissen müssen. Alles deutete darauf hin.« Er stand auf und lief auf und ab. Dann blieb er vor Milos stehen. »Quintus!«, rief er aus. »Ich weiß, dass er Christ ist. Wir haben über seinen Glauben gesprochen. Er weiß, wie ich darüber denke, dass ich an keinen Gott glaube und auch keinen anerkennen würde. Hat er sie dazu gebracht?«

Milos schüttelte den Kopf. »Nein, er nicht. Das waren andere. Aber bedenke, keiner wird Christ, weil ihn andere dazu überreden. Es ist immer ein eigener Weg, den Gott mit jedem Einzelnen geht und den kein anderer für ihn gehen kann. Aber du fragst nach Quintus, nach seiner Rolle bei dem Ganzen. Nun, er war ihr wie ein Vater, der sie führte und viele ihrer Fragen beantworten konnte. Und wie ein Vater seine Tochter hat er sie hierherbegleitet, ihr diese Reise erst möglich gemacht.«

Marcus ließ sich auf seinen Platz sinken. Die Erkenntnis traf ihn wie ein Schlag. »Und er hat sie aufgenommen, als sie mich verlassen hat.« Der Schmerz ließ ihn aufstöhnen. »Wie blind war ich. Wie dumm! Ich glaubte, sie zu kennen. Und habe mich geweigert, sie so zu sehen, wie sie ist.« Er sah Milos an. Dann legte er seine Hand auf dessen Schulter. »Ich danke dir, mein Freund. Ich danke dir.«

27. Ein Brief von Quintus Varus

»Ich, Quintus Varus, grüße dich, Marcus Dequinius.

Mein teurer Freund, deinen Brief habe ich erhalten.

Ich verstehe deine Verzweiflung, deinen Schmerz. Aber ich kann und werde dir keine Antwort auf deine Fragen geben.

Nur dies: Ja, ich habe Berenike ihre Abreise aus Rom ermöglicht. Aber falls du erwartest, dass du sie jetzt bei mir finden würdest, muss ich dich enttäuschen. Sie lebt an einem anderen Ort. Es geht ihr gut dort.

Warum sie gegangen ist, weiß ich. Aber ich habe nicht das Recht, es dir zu sagen. Nicht solange du dich weigerst zu verstehen, was es bedeutet, ein Christ zu sein.

Ich bin dein Freund, werde es immer sein. Und als solchen kannst du mich um vieles bitten. Aber dein Brief war anmaßend, fordernd. Mit welchem Recht? Du hast den Glauben an deine Götter verloren, und was du jetzt fühlst, ist Leere und Sinnlosigkeit. Was aber, Marcus Dequinius, gibt dir das Recht, alles über Berenike erfahren zu wollen, ohne nach ihrem Glauben zu fragen? Du bittest, nein, du forderst, dass ich dir ihre Gründe schildere, aber ohne dabei von unserem Gott, von Jesus von Nazareth, zu sprechen. Glaubst du denn, dass das eine ohne das andere möglich ist? Denkst du wirklich, dass Berenike einen Unterschied zwischen ihrem Glauben und ihrem Handeln macht?

Der Glaube, mit dem du aufgewachsen bist, den dich deine Eltern und Großeltern gelehrt haben, hat das Leben der Menschen von der Launen der Götter abhängig gemacht. Sie haben dich gelehrt, dass wir Menschen auf deren Wohlwollen angewiesen sind, dass wir opfern müssen, um Gutes zu erhalten, und dass unser Leben und der

Glaube an diese Götter eng miteinander verwoben sind. Das hast du selbst lange genug geglaubt, bis du gemerkt hast, dass es tote Götter sind.

Unser Gott ist ein lebendiger Gott. Sein Wirken reicht tief in unser Leben hinein. Er nimmt daran teil, er leitet und führt und formt. Diesen Gedanken kennst du doch. Warum klammerst du ihn jetzt aus? Nur weil deine Götter tot sind, warum soll unser es auch sein? Nur weil du ihn noch nicht kennen gelernt hast? Dann versuche es. Lass dich auf ihn ein. Erst dann werde ich dir Berenikes Gründe erklären können. Erst dann wirst du diese begreifen können.

Eines solltest du über unseren Glauben wissen. Etwas, was uns von dem Glauben an die alten Götter unterscheidet: Unser Gott verlangt keine Opfer. Er wünscht sich Hingabe. Unser Gott gibt nicht, weil wir ihm geben. Er gibt aus reiner Liebe. Aus Liebe zu uns Menschen. Und diese müssen wir uns weder verdienen noch durch Opfer erkaufen. Wir sollen ihm einfach nur nachfolgen.

Denk darüber nach, mein Freund.

Aber wisse auch eins: Komme nicht her, um nach Berenike zu suchen. Du wirst sie nicht finden. Und du wirst, solange du so ablehnend bist, von mir auch nicht die Hilfe erhalten, wie du sie dir vorstellst.

Gott segne dich, Marcus Dequinius, Gott segne dich.

Quintus Varus«

Marcus warf den Brief weit von sich. Anmaßend! Quintus hatte ihn anmaßend genannt. Was wusste er schon? Kannte er das Gefühl, ohne einen Gott zu sein? Und die gleichzeitige Gewissheit, dass kein Gott dieser Welt sich für die Menschen und ihr Schicksal interessierte?

Der Prätor schlug mit der Faust auf den Tisch.

Ich weiß es, schrie es in ihm.

Warum sollte ein neuer Glaube etwas anderes bringen? Sollten sie an ihren Gott glauben! Eines Tages würden auch sie die Leere fühlen, die er fühlte. Dann würde sich zeigen, wer anmaßend war.

Er stand auf und ging ans Fenster, starrte hinaus in die Nacht. Aber was war, wenn doch alles ganz anders war? Was war, wenn es sich lohnte, dem nachzugehen? Und wenn es nur war, um Berenike zu ihm zurückzubringen. Sollte er Interesse heucheln?

Marcus ging zu dem Brief und starrte darauf. Quintus war ihm immer ein treuer Freund gewesen. Er hatte stets seinen Rat geschätzt, seinem Urteil vertraut. Was war, wenn er auch jetzt recht hatte?

Der Prätor bückte sich und hob den Brief auf. Dann setzte er sich, um ihn noch einmal zu lesen …

Oft dachte Marcus daran, seinen Freund aufzusuchen, ihn zur zwingen, ihm Berenikes Aufenthaltsort zu sagen. Aber er wusste, dass das bei Quintus Varus unmöglich war. Den Brief verwahrte er gut, nahm ihn immer wieder zur Hand und las ihn. Aber er konnte sich nicht dazu durchringen, diesem fremden Glauben nachzugehen. Sein Leben war so leer, dass auch ein neuer Gott es nicht füllen konnte. Gewiss war auch das ein toter Gott. Wie konnte Quintus nur etwas anderes denken? Er hatte ihm doch Frau und Tochter entrissen. Und ihm, dem Prätor, die Frau genommen, die er liebte. Wie konnte Quintus nur denken, dass gerade die Tatsache, dass Berenike diesem Glauben anhing, ihn dazu bringen sollte, weiter nachzufragen? War das Ganze nicht viel mehr ein Zeichen dafür, dass Berenike verführt worden war? Dass sie einem falschen Gott vertraute und sich auf einem fruchtlosen Weg befand?

Widersprüchliche Gedanken und Gefühle bewegten den Prätor. Quintus besaß sein Vertrauen. War es möglich, dass er einem falschen Gott anhing? Oder lag er selbst falsch? Wenn Quintus das alles glaubte, sprach doch auch viel dafür, dass etwas Wahres dran sein musste. Und Berenike … War sie wirklich so leicht verführbar? Oder machte er es sich zu einfach, wenn er so von ihr dachte?

Marcus wusste nicht, was er denken, wie er handeln sollte.

Er war Prätor. Er konnte kein zweites Mal innerhalb so kurzer Zeit Rom verlassen. Die Reise nach Griechenland hatte ihn schon mehr Tage von Rom ferngehalten, als ihm in seinem Amt erlaubt war. Der Kaiser würde ihm keinen zweiten Urlaub gewähren, um seinen Freund zu besuchen.

Den Gedanken, dass er Quintus einen weiteren Brief schreiben und so mehr erfahren könnte, schob er weit von sich.

In seinen Prozessen begegnete er immer wieder Menschen, von denen er vermutete, dass sie Christen waren. Er hatte sich auch eingeprägt, wer auf der Bestattung von Quintus' Frau und Tochter zugegen war. Möglichkeiten, ihnen seine Fragen zu stellen und dem Ganzen nachzugehen, hatte er genug. Aber auch diesen Schritt wagte er nicht.

Das alles war neu für ihn. Auf diese Art und Weise innerlich zerrissen zu sein, nicht zu wissen, welchen Weg er gehen sollte, das kannte er nicht. Es beunruhigte und lähmte ihn. Er brauchte Ablenkung, widmete sich noch intensiver seinem Amt. Und war schließlich sogar froh, als der Tribun ihn wieder aufsuchte.

Es war ein kühler Tag im Spätherbst, als dieser auf ihn zukam.

Marcus war nach dem Baden in den Heißluftraum der Thermen gegangen. Dort saß er mit geschlossenen Augen auf einer Bank, mit dem Rücken an die Wand gelehnt. Er genoss die Wärme, die seinen Körper durchströmte.

Da kam Gaius Dexter auf ihn zu. »Marcus, Schwager, nur auf ein Wort. Ich bitte dich.«

Der Prätor öffnete seine Augen. »Was willst du, Gaius?«, fragte er abwehrend.

»Ich weiß, ich habe mich unsittlich verhalten. Damals, in deinem Haus. Und ich bin hier, um dich um Vergebung zu bitten. Ich weiß, Berenike ist fort. Vielleicht ist es dir möglich, mich wieder bei dir als Freund und Gast aufzunehmen.«

Misstrauisch musterte Marcus den Tribun. »Woher dieser Sinneswandel?«, fragte er, während er sich aufrecht hinsetzte.

»Nun, du magst es kaum für möglich halten, aber auch ich habe ein Gewissen und mache mir viele Gedanken. Es bedrückt mich, dass wir beide einander entfremdet sind. Du bist mein Schwager, der einzige enge Verwandte, der mir geblieben ist. Ich vermisse unsere Gespräche sehr.« Jetzt setzte sich Gaius neben den Prätor. »Dieser Schritt fällt mir überaus schwer, das musst du mir glauben. Aber ich kann einfach nicht anders. Selbst Priscilla drängt mich schon lange dazu. Sie meint, ich solle mich mit dir versöhnen. Und sie hat recht. Hier bin ich also und bitte dich um deine Freundschaft.«

»Priscilla?« Marcus hob fragend die Augenbrauen. »Seit wann hörst du auf deine Frau?«

Der Tribun seufzte. »Das hätte ich wohl längst tun sollen. Aber wie du siehst – auch ich lerne dazu.«

Der Prätor lehnte sich zurück, schloss die Augen. Es war schwer vorstellbar, dass der Tribun Reue empfand. Ebenso unglaubwürdig war, dass er plötzlich auf seine Frau hörte. Was für Ziele verfolgte er dann? Was bezweckte er? Sollte er weiter nachfragen, seine Motive erforschen? Oder seiner Bitte nachgeben?

Die quälenden Fragen, die ihn seit Quintus' Brief beschäftigten, seine innere Zerrissenheit kamen ihm in den Sinn. Wenn der Tribun ihn wieder besuchte, wäre er zumindest abgelenkt. Die Geschichten, die dieser erzählte, konnten ihn auf andere Gedanken bringen. Es könnte sein wie damals, bevor Berenike in sein Haus gekommen war. So beschloss er, das Ganze nicht weiter zu hinterfragen.

Er öffnete die Augen, sah seinen Schwager an. Dessen Blick war abwartend auf ihn gerichtet. Marcus sah aber den verräterischen Zug um den Mund. Nein, der Tribun führte nichts Gutes im Schilde. Er musste wachsam sein. Und Quintus' Warnung kam ihm wieder in den Sinn.

Schließlich antwortete er. »Es ist gut, Gaius. Wie ernst es dir ist und wie ehrlich deine Absichten sind, wirst du beweisen müssen. Sei also wieder mein Gast. Noch heute.«

Nur einen Augenblick leuchtete der Triumph in Gaius' Augen auf, was dem Prätor nicht entging.

In der Tat. Er musste wachsam sein.

So verging die Zeit. Herbst und Winter gingen ihren gewohnten Gang. Claudius besuchte die Schule, begleitet von Ulbertus. Camilla führte in bewährter und zuverlässiger Weise den Haushalt. Marcus Dequinius kam seinen Pflichten als Prätor nach. Und Gaius war wieder regelmäßiger Gast in seinem Haus, auch wenn Claudius sein Missfallen darüber deutlich zum Ausdruck brachte. Es war, wie es gewesen war, bevor Berenike gekommen war. Zumindest schien es nach außen so. Aber alle außer dem Tribun waren mit ihren Gedanken bei ihr.

Claudius, der sie so sehr vermisste, die Frau, die er gerne zur Mutter gehabt hätte. Ihre Nähe, ihre Hand, die durch sein Haar fuhr, sogar ihre Mahnungen und ihr zurechtweisender Blick, wenn er frech wurde. Wie viel Zeit hatte er mit ihr verbracht! Zeit, die jetzt leer und unausgefüllt war.

Camilla, die an die Freundin dachte, an die junge Frau, mit der sie sich anfangs so schwergetan hatte, der gegenüber sie oft unfreundlich und ungeduldig gewesen war, die ihr aber längst ans Herz gewachsen war.

Und natürlich Marcus. Nachts lag er oft wach, horchte in die Stille. Er vermisste ihr Atmen, die Wärme ihres Körpers. Wenn er allein an dem kleinen Tisch mit den Spielsteinen saß, meinte er sie vor sich zu sehen, wie sie über den nächsten Zug nachdachte. Ihm fehlte ihre Nähe, ihr Lachen, die Gespräche mit ihr. Sie hatte ihn verstanden, ihr musste er nicht viel erklären. Bei ihr hatte er sich wohlgefühlt. Und jetzt war alles so leer, ohne Sinn. Würde er je darüber hinwegkommen?

Nur einmal sprach Claudius ihn an, als Marcus ihn zu Bett brachte. »Es ist wirklich so, Vater, nicht wahr? Berenike wird nicht zu uns zurückkehren.«

Sein Vater nickte. »Du vermisst sie?«

Claudius nickte. »Sehr. Ich dachte immer, sie könnte ...« Er wagte es nicht weiterzureden. Aber der Prätor hatte ihn verstanden. Er seufzte. »Ich weiß, was du dir erhofft hast.« Er legte seinen Arm um den Jungen und drückte ihn an sich. »Es wird dich nicht trösten, wenn ich das sage, aber auch ich vermisse sie. Mehr als du dir vorstellen kannst. Aber wir werden lernen müssen, ohne sie zu leben.«

»Hab ich etwas falsch gemacht? Berenike hat zu Camilla gesagt, dass ich das nicht glauben darf. Und dass sie nicht meinetwegen gegangen ist. Stimmt das? Oder war ich zu frech? Zu gemein zu ihr? Das wollte ich nicht.«

Marcus schüttelte den Kopf. »Nein, Claudius. Dich trifft keine Schuld. Wenn jemand Schuld hat, dann allein ich.« Er strich seinem Sohn über die Haare. »Eines Tages kann ich dir das erklären. Aber dafür ist jetzt die Zeit noch nicht gekommen.« Marcus drückte den Jungen noch einmal an sich. »Versuche zu schlafen. Es ist spät geworden.« Er küsste ihn auf die Stirn und stand auf.

Die Trauer seines Sohnes schmerzte ihn. Aber noch mehr bedrückte ihn der Gedanke, den er gerade ausgesprochen hatte. War es seine Schuld? Hatte er Berenike vertrieben? Sie hatte nicht mit ihm über ihren Glauben gesprochen, hatte sich ihm nicht geöffnet und an ihrem Weg teilhaben lassen. Warum? Hatte sie so wenig Vertrauen zu ihm? Hatte er ihr nicht die Sicherheit gegeben, dass sie mit ihm reden konnte? Dann hatte er es einzig und allein sich selbst zuzuschreiben, dass sie ihn verlassen hatte. Sie hatte ihm das Gefühl von Heimat gegeben. Aber er? Was für ein Gefühl hatte er ihr vermittelt?

28. Claudius

Lygius beugte sich über den Tisch. »Ich verlange aber, dass du mich zu ihm führst.«

Der Gerichtsschreiber stand auf. »Und ich sage dir, dass der Prätor in einer Verhandlung ist und nicht gestört werden darf.«

»Es geht um seinen Sohn.«

»Ha, das kannst du gut behaupten. Weiß ich denn, ob es wahr ist? Glaubst du, ich werde den Prätor nur wegen eines Sklaven verärgern?«

»Du verärgerst ihn mehr, wenn du mich nicht vorlässt.« Lygius war wütend. Er packte den Gerichtsschreiber über den Tisch hinweg am Arm. »Begreifst du denn nicht, wie wichtig es ist?«

Ein Soldat, der Wache hielt, zog Lygius zurück. »Geh zum Prätor«, befahl er dem Gerichtsschreiber. »Ich werde hier solange auf diesen Sklaven aufpassen.«

Mit einem mürrischen Brummen entfernte sich der Mann. So eine Unverschämtheit! Auch wenn er der Sklave des Prätors war, hatte er sich hier an die Regeln zu halten.

Marcus wandte sich ihm unwillig zu, als er den Gerichtssaal betrat. Die streitenden Parteien verstummten. Was sollte diese Störung?

»Was willst du?«, fragte der Prätor.

»Draußen steht einer deiner Sklaven und verlangt dich unbedingt zu sprechen. Er behauptet, es sei wichtig.«

»Wie ist sein Name?«

»Lygius. Und er sagt, es ginge um deinen Sohn.«

Marcus erhob sich sofort. Er bedeutete einem jungen Richter, der eigentlich nur zur Beobachtung bei dieser Verhandlung anwesend war, sich auf seinen Platz zu setzen und sein Amt zu übernehmen.

Dann verließ er den Saal und folgte dem Gerichtsschreiber zum

Eingang des Gebäudes, wo Lygius wartete, immer noch festgehalten von dem Soldaten.

»Was gibt es, dass du mich bei Gericht störst? Was ist mit meinem Sohn?«, fragte der Prätor ungeduldig.

»Herr, Claudius, dein Sohn, war mit seinen Freunden am Fluss. Sie spielten, und dabei ist er ins Wasser gefallen. Er wäre fast ertrunken. Aber ein Mann hat ihn noch rechtzeitig an Land gezogen.«

»Am Fluss? Was hatte er dort zu suchen? War Ulbertus nicht bei ihm?«

»Doch, Herr, aber du weißt, wie die Jungen sind. Sie haben sich davongeschlichen. Ihre Sklaven haben es zu spät gemerkt.«

Der Prätor nickte. Auch er war als Kind seinen Aufpassern entwischt, um eigene Wege zu gehen. »Wo ist er jetzt? Wie geht es ihm?«

»Sie haben ihn nach Hause gebracht. Er war nicht bei Bewusstsein, als sie ihn brachten, und völlig durchgefroren. Der Winter ist zwar vorbei, aber das Wasser ist noch sehr kalt.«

»Habt ihr den Arzt gerufen?«

»Ja, wir haben alles getan, was wir tun konnten.«

Der Prätor wandte sich dem Gerichtsschreiber zu. »Lass mir meinen Umhang bringen. Und richte Darius aus, dass er die Verhandlung ohne mich zu Ende bringen soll. Ich werde zu Hause erwartet.«

Marcus eilte durch die Stadt. Am liebsten wäre er gerannt, aber das konnte er seiner Stellung wegen nicht. Als Prätor musste er trotz allem Ruhe bewahren, auch wenn ihn die Sorge antrieb.

Zu Hause kam ihm Ulbertus entgegen. »Herr, es ist allein meine Schuld!«, rief er. »Ich habe nicht achtgegeben. Ich hätte merken müssen, was die Freunde planen.«

Marcus winkte ungeduldig ab. »Unsere nutzlosen Götter hätten ihn beschützen müssen«, entgegnete er heftig. »Wo ist er?«

»In seinem Bett, Herr.«

Ohne seinen Umhang auszuziehen oder die Schuhe zu wechseln, lief er zu Claudius' Schlafraum und öffnete die Tür.

Dort lag sein Sohn auf dem Bett, die Augen geschlossen, das Gesicht blass. Sein Atem war kaum zu hören, die Brust hob und senkte sich kaum wahrnehmbar.

An seinem Bett saß der Arzt Athanassios, ein alter, gelehrter Mann.

»Wie geht es meinem Sohn? Was ist mit ihm?«

Athanassios stand auf. »Er ist stark unterkühlt. Dadurch sind seine Körpersäfte durcheinandergeraten. Ich habe Camilla bereits angewiesen, Melisse und Thymian zu besorgen. Zusätzlich werde ich deinen Sohn mit einem Sud aus Basilikum behandeln. Vielleicht kann ich das Gleichgewicht in seinem Körper wiederherstellen und eine Lungenentzündung verhindern.«

»Tu, was du tun musst. Ich vertraue dir. Mach meinen Sohn wieder gesund. Du wirst dich über deinen Lohn nicht zu beklagen haben.« Marcus packte den Arzt am Arm. »Du kannst ihm doch helfen? Du weißt, was das Sprichwort sagt: Für den Kranken besteht Hoffnung, solange er atmet.«

»Ja, so heißt es.« Athanassios wandte sich wieder dem kranken Kind zu. »Aber auch wenn ich mein Bestes gebe, Herr, so kann ich doch keine Wunder bewirken. Ich kann nicht für sein Leben garantieren.«

Marcus durchfuhr es wie ein Blitz. Auch wenn er wusste, dass der Tod jederzeit möglich war, es so deutlich und direkt zu hören war doch etwas anderes. Sein Sohn könnte sterben? Niemals! Aber was konnte er tun? Wen um Hilfe anflehen? Er war nur ein Mensch. Und einen Gott gab es nicht mehr für ihn. Wohin also sollte er sich wenden?

Camilla war ratlos. »Was sollen wir tun?«, fragte sie Lygius. »Ich ertrage es nicht, unseren Herrn so verzweifelt zu sehen. Athanassios und die Ärzte, die er noch dazugeholt hat, wissen auch keinen Rat. Und das Fieber steigt von Tag zu Tag. Was wird passieren, wenn der Junge stirbt? Wie soll es dann weitergehen?«

»Ich weiß es nicht.« Der Sklave war genauso hilflos wie sie. Aber dann straffte er seine Schultern. »Wir dürfen aber eines nicht vergessen, Camilla. Auch wenn wir nichts Greifbares für den Jungen tun können, wir können für ihn beten. Unser Gott hört uns. Er ist da. Und noch lebt Claudius. Noch besteht Hoffnung.«

Eine junge Sklavin kam hinzu. »Der Tribun ist gekommen. Er ist beim Prätor.«

Camilla stöhnte auf. »Ausgerechnet er. Er wird mit seinem Spott und seiner Kälte alles nur noch schlimmer machen. Was bedeutete ihm jemals ein Menschenleben? Warum sollte es ihn jetzt kümmern?«

Sie sah Lygius an. Aber der schüttelte nur hilflos den Kopf. Was konnten sie schon tun? Wie helfen? Doch dann kam ihm ein Gedanke.

»Camilla! Lass uns einen Boten zu Quintus Varus schicken. Sein Gut ist nur eine gute Tagesreise von Rom entfernt. Diesen Winter hat es kaum geregnet. Die Straßen sind trocken. Er könnte schon morgen Abend hier sein.«

»Das ist ein guter Gedanke, Lygius. Schau du nach dem Boten, ich werde in der Zeit eine Nachricht verfassen.«

Es war schon fast Mitternacht, als der alte Patrizier endlich das Haus betrat. »Wo ist er?«, fragte er und legte schnell seinen Umhang ab.

»In der Kammer seines Sohnes«, antwortete Lygius, der ihm die Tür geöffnet hatte und ihm bequemere Schuhe reichte. Quintus nahm diese dankbar entgegen und zog sie an. Man bot ihm etwas zu essen und zu trinken an, aber er lehnte kopfschüttelnd ab. Jetzt gab es Wichtigeres zu tun. Schnell durchquerte er das Atrium, vorbei am Wasserbecken, und betrat das Peristylium. Die Sklaven, die ihm begegneten, grüßten nur stumm. Im ganzen Haus herrschte eine fast gespenstische Stille. Athanassios und der Tribun Gaius Dexter kamen ihm entgegen.

»Er lässt niemanden mehr hinein«, sagte der Arzt. »Seit gestern Abend ist er jetzt schon allein bei seinem Sohn. Wir wissen nicht einmal, ob der Junge noch lebt.«

Quintus seufzte. »Warum sollte er euch hineinlassen? Ihr habt über den Jungen doch schon lange das Todesurteil gesprochen.«

»Er hat eine schwere Lungenentzündung. Sein Körper ist schwach und völlig aus dem Gleichgewicht geraten. Er wird sterben. Ich kann ihm nicht mehr helfen. Dabei habe ich alles versucht, was in meiner Macht steht.«

»Ja, das glaube ich dir, dass du nicht mehr helfen kannst. Aber wir Menschen sollen nicht nur auf unsere eigene Kraft und Stärke hoffen.«

Gaius lachte laut auf. »Die Götter?«, rief er. »Die Götter? Oh, die helfen nur, wem sie günstig gesinnt sind. Und Marcus hat ihnen schon lange seine Verachtung gezeigt. Warum, frage ich dich, sollten sie dann gerade ihm helfen?«

Quintus sah den Tribun an. Er hatte den Hohn in dessen Stimme gehört. Kopfschüttelnd und ohne ein weiteres Wort zu sagen ging er an ihm vorbei und betrat den Schlafraum des Jungen. Leise schloss er die Tür hinter sich.

Marcus saß neben dem Bett seines Sohnes, die Ellbogen auf die Knie aufgestützt, den Kopf in den Händen begraben. Er regte sich nicht, schien Quintus nicht einmal bemerkt zu haben.

Claudius lag mit geschlossenen Augen auf dem Bett, eingewickelt in mehrere Decken. Sein Gesicht war schweißbedeckt, sein Haar feucht. Nur sein röchelnder Atem verriet, dass er noch lebte.

Leise ging Quintus zu Marcus und legte ihm die Hand auf die Schulter.

Der Prätor hob den Kopf, und Quintus sah die Spuren, die die Tränen hinterlassen hatten, in seinem Gesicht. Nie hätte er gedacht, dass dieser harte und unerbittliche Mann weinen konnte.

»Marcus«, sagte er leise. »Es ist noch nicht zu spät.«

Doch der Prätor schüttelte den Kopf. Fast mechanisch nahm er einen Schwamm und tauchte ihn in die Schüssel mit kaltem Wasser, die neben dem Bett stand. Zärtlich wischte er seinem Sohn die Stirn, die Wangen ab.

»Er wird sterben.«

Quintus erschrak über die Trostlosigkeit und Endgültigkeit in seiner Stimme. »Warum gibst du ihn verloren? Marcus, überlass dem Tod nicht kampflos das Feld.«

Der Prätor fuhr auf. »Und? Was würdest du mir raten? Soll ich beten? Zu wem? Meine Götter haben schon lange versagt, sie sind selbst tot. Oder soll ich zu deinem Gott beten?«

»Ja, Marcus. Er ist der einzige Weg.«

»Nein, Quintus, nein. Was du da glaubst, ist nur ein Märchen, eine Geschichte, so wie man sie kleinen Kindern erzählt, die Angst vor der Dunkelheit haben und deshalb nicht schlafen können. Aber das hier ist mehr. Hier stirbt ein Kind, mein Sohn. Er ist alles, was ich habe. Wenn dein Gott wirklich lebt, warum lässt er dann zu, dass er stirbt? Ist er nicht genauso grausam, wie es die römischen Götter sind? Nur dass er sich in den Mantel der Liebe kleidet und so die Menschen betrügt. Nein, Quintus. Zu diesem Gott kann und werde ich nicht beten.«

»Ich verstehe deinen Schmerz, Marcus. Und ich weiß, wie dir zumute ist. Auch ich kann dir nicht beantworten, warum der Herr das alles zulässt. Ich kann dir nicht erklären, warum er so an dir, an deinem Sohn handelt. Aber glaube mir, wenn du zu ihm betest, wird er dich nicht im Stich lassen.«

»Was sagst du mir da? Kannst du mir versprechen, dass er meinen Sohn heilt, wenn ich ihn darum bitte?«

»Nein, das kann ich nicht. Ich weiß nicht, ob Gott deinen Sohn am Leben lässt. Aber, Marcus, er wird dich in deinem Schmerz nicht allein lassen. Mein Gott ist auch dein Gott. Er will und er kann dir Trost und Hoffnung geben. Marcus, ich bitte dich, gib dich nicht der Verzweiflung hin. Wenn du das tust, hast du alles, auch dich selbst, die Hoffnung, das Leben, verloren.«

Marcus schluckte. Er zog die Decke fester um Claudius. »Warst du nicht verzweifelt, als deine Frau und deine Tochter im Feuer starben?«, fragte er leise.

»Doch, das war ich. Und das weißt du. Es war sehr schmerzlich und glaube mir, ich kann noch immer nicht verstehen, warum alles so kommen musste. Ich habe mit meinem Gott gekämpft und gehadert. Aber dann durfte ich mich daran erinnern, dass sie beide geglaubt haben, warum also soll ich um sie trauern? Sie sind jetzt an einem besseren Ort. Und ich vertraue darauf, dass Gott weiß, was er tut, was er zulässt.«

»Und dein Schmerz? Vermisst du sie nicht?«

»Doch, sie fehlen mir sehr. Auch ich habe geweint. Oft liege ich nachts wach und kann nicht einschlafen, weil ich Valerias Atmen nicht mehr höre, weil ich weiß, dass sie nicht wiederkommen werden. Aber beweinen wir nicht nur uns selbst? Marcus, ich habe eine lebendige Hoffnung. Und ich weiß, dass nichts umsonst geschieht.«

»Quintus, hat Berenike all das auch geglaubt? Würde sie verzweifeln, wenn sie jetzt hier wäre?«

»Nein, das würde sie nicht. Sie würde beten, wenn auch unter Tränen, aber sie würde beten und die Hoffnung nicht aufgeben.«

Marcus schüttelte den Kopf. »Es gibt so vieles, was ich nicht verstehe«, sagte er leise. Dann nahm er wieder den Schwamm. »Bitte, lass mich mit meinem Sohn alleine.«

Quintus nickte und wandte sich zur Tür.

»Betest du für Claudius?« Marcus hatte den Kopf gehoben und sah seinem Freund offen ins Gesicht.

»Ja, Marcus, das tue ich«, antworte Quintus fest. Dann verließ er die Kammer.

Der Prätor beugte sich über seinen Sohn und strich ihm die nassen Haare aus dem Gesicht. Dann nahm er seine Hand und hielt sie fest in der seinen.

Was war, wenn Quintus recht hatte? Was war, wenn wirklich noch Hoffnung bestand? Er musste es versuchen. »Du, Gott, den ich nicht kenne«, sagte er laut, und er hörte selbst die Verzweiflung, die aus seiner Stimme klang. »Wenn es dich gibt und wenn es in deiner Macht steht, dann hilf meinem Sohn. Lass ihn nicht sterben. Ich flehe dich an, lass ihn nicht sterben.« Und er horchte in die Nacht hinein, so als müsste von irgendwoher eine Antwort kommen. Aber nichts geschah. Nur eine wohltuende Müdigkeit breitete sich in ihm aus. Und langsam, ganz langsam wurde er vom Schlaf übermannt.

Schweißgebadet wachte Marcus auf. Der Traum lag wie eine Last auf seinen Schultern, und die Angst nahm ihm fast den Atem. Für einen Augenblick wusste er nicht, wo er war. Dann fiel sein Blick auf sein krankes Kind. Er stöhnte laut auf. Seine eigene Machtlosigkeit drohte ihn zu ersticken. Vorsichtig legte er sich neben Claudius und nahm ihn in seine Arme. Er fühlte sich hilflos und aufgewühlt. Was hatte das alles zu bedeuten?

Das nächste Mal erwachte er, als die Sonne gerade aufgegangen war. Sie schien durch das Fenster und warf ihr sanftes Morgenlicht auf das Gesicht des Jungen. Es war noch immer blass, aber die Wangen waren mit einer leichten Röte überzogen. Claudius' Atem war flach, aber gleichmäßig.
»Er hat das Schlimmste überstanden, Marcus. Er wird leben.«
Jetzt erst bemerkte der Prätor, dass Quintus im Raum stand. Marcus legte seinem Sohn die Hand auf die Stirn. Er nickte. »Du hast recht«, sagte er leise. »Das Fieber ist gesunken.« Er drückte seinen schlafenden Sohn sanft an sich und küsste ihn auf die Stirn. Nur mit Mühe konnte er seine Tränen unterdrücken. Vorsichtig löste er sich von dem Kind und stand auf. Lupus winselte leise. »Dein Freund wird wieder gesund«, beruhigte Marcus den Hund, so als könnte dieser ihn verstehen. Dann wandte er sich dem alten Patrizier zu und drückte ihm dankbar die Hand. »Wirst du mein Gast sein, bis Claudius genesen ist?«
»Ja, mein Freund, ich bleibe gerne.«

Nach zwei Tagen saß er wieder zu Gericht. Wie nichtig kamen ihm jetzt all die Streitereien und Rechtsfragen vor, die er zu klären hatte! Und wie wenig fühlte er sich berechtigt, über andere ein Urteil zu fällen!
Dann kam der Befehl, vor dem Kaiser zu erscheinen. Missmutig

machte sich Marcus auf den Weg. Er wusste, dass alles, was er tat und sagte, dem Kaiser von jemandem hinterbracht wurde. Und inzwischen ahnte er auch, wer das war. Schließlich wusste der Kaiser auffällig viel über ihn, seit der Tribun wieder in seinem Hause verkehrte. Es war Marcus klar, dass es keinen Sinn hatte, Gaius deswegen zur Rede zu stellen. Das würde den Tribun nur weiter anstacheln. Skrupel besaß er nicht. Marcus schnaubte. Er konnte diesem Verrat nichts entgegensetzen, war machtlos ausgeliefert. Ein furchtbares Gefühl! Der Gedanke, für alles vor dem Kaiser Rechenschaft ablegen zu müssen, weil sein Schwager ihn hinterging, war ihm zuwider.

Schlecht gelaunt, aber wachsam betrat er den Thronsaal, wo Domitian bereits auf ihn wartete.

Der Kaiser saß da, sein Blick verächtlich auf den Prätor gerichtet.

»Nun, ich habe gehört, dass es deinem Sohn besser geht?«

»Das tut es, Herr. Das Schlimmste ist vorüber.«

Domitian schnaubte. »Schon seit geraumer Zeit sprichst du mich nicht mehr an, wie es sich gebührt, Dequinius. Ich bin auch dein Herr und Gott. Verweigere mir nicht die Verehrung, die mir zusteht. Auch du hast dein Amt nur für ein Jahr. Und ich kann dir nicht versprechen, dass du es für ein weiteres Jahr erhalten wirst.«

Marcus hielt es für besser, nicht darauf zu antworten. »Warum hast du mich rufen lassen?«, fragte er stattdessen.

Domitian musterte den Prätor abschätzend. Gegen ihn hatte er nichts in der Hand. Marcus hatte nie irgendwelche Vergünstigungen angenommen, sich weder bestechen noch in irgendeiner Weise bevorzugen lassen. Er galt als aufrecht und ehrlich. Der Kaiser konnte ihm nichts vorwerfen, was gegen Gesetz und Sitte verstieß.

Aber was der Tribun Gaius Dexter ihm hinterbracht hatte, war nicht uninteressant. Wie würde der Prätor wohl darauf reagieren, wenn er ihn damit konfrontierte?

»Es ist mir zu Ohren gekommen, dass du deinen Pflichten nicht mehr nachkommst. Die Urteile in deinen Prozessen fallen zu mild aus«, sagte er schließlich, seine Stimme klang lauernd.

»Das mag so scheinen. Aber warum lastest du das mir an? Vielleicht wurde auch nur zu oft zu streng geurteilt. Und wo keine Schuld ist, verlangt das römische Recht, den Beschuldigten freizusprechen.«

Höhnisch lachte Domitian auf. »Du wirst weich, Dequinius. Man erzählt sich, dass du es nicht verkraftet hast, dass dich diese Sklavin verlassen hat. Ist es nicht dieselbe, die deinen Sohn erziehen sollte?« Der Kaiser schüttelte verächtlich den Kopf. »Bis nach Griechenland bist du ihr nachgereist. Wie lächerlich! Und du willst ein Mann sein. Eine Sklavin!«

Der Kaiser beobachtete den Prätor. Wie reagierte er auf diesen Vorwurf? Verlor er endlich die Fassung? Machte er sich angreifbar?

Aber Marcus zwang sich zur Ruhe. »Kannst du mir irgendein Unrecht vorwerfen, das ich getan habe?«

Enttäuscht über diese Reaktion zeigte der Kaiser mit ausgestrecktem Arm auf den Prätor und rief wutentbrannt: »Du verweigerst mir, was mir zusteht! Du weigerst dich, da hart durchzugreifen, wo die Ordnung in Gefahr ist! Du wirst deinen Aufgaben nicht mehr gerecht! Vor allem die Christen verschonst du!«

»Ich verschone sie? Du weißt, dass ich kein Urteil fälle. Das ist allein Aufgabe der Geschworenen. Ich verkünde das Urteil nur.«

»O ja, so ist es. Aber du bestimmst, welche Klage zu einem Prozess zugelassen wird. Du leitest die Verhandlung. Und du beeinflusst die Geschworenen mit jeder Frage, die du stellst, mit jeder Meinung, die du äußerst, und mit jedem Wort, das du sagst. Du bestimmst, welche Zeugen gehört werden. Du bestimmst, wer reden darf und wie lange. Sag mir nicht, dass du nicht am Urteil beteiligt bist, wenn du es nicht sogar mit deinen eigenen Worten und Fragen vorgibst.«

»Du weißt genau, dass ich das nicht tue.«

»Das ist dein Ruf, ich weiß. Aber vielleicht machst du das auch nur so geschickt, dass es keiner merkt? Wie sonst käme es, dass gerade bei dir die Christen ohne Strafe davonkommen?«

»Willst du, dass ein Mensch nur deswegen verurteilt wird, weil er einen anderen Glauben hat?« Marcus war wütend, durfte es aber nicht zeigen. »Das war noch nie römischer Brauch und Sitte.«

»Ich bestimme, was die Menschen zu glauben haben. Ich bestimme, was Brauch und Sitte ist. Ich bin das Gesetz. Allein ihr Christsein macht sie schuldig, egal was sie getan oder nicht getan haben. Indem du sie schonst, verweigerst du mir den Gehorsam! Marcus Dequinius, es liegt in deiner Hand, das zu ändern. Aber ich rate dir zu bedenken, dass meine Geduld am Ende ist. Ich kann dir dein Amt entziehen und es einem anderen geben.«

Marcus nickte. »Das weiß ich«, sagte er und fügte mit einem spöttischen Unterton in der Stimme hinzu: »Herr und Gott.«

Domitian fuhr auf. »Treib es nicht zu weit, Dequinius!«, warnte er. »Sonst sind deine Tage als Prätor schneller gezählt, als du es für möglich hältst.«

Als Marcus später den Palast verließ, war er selbst erstaunt darüber, wie wenig ihn die Drohung des Kaisers berührte. Ihn beschäftigten andere Dinge.

29. Der Traum

Die Wärme des noch jungen Frühlings erfüllte die Luft. Claudius lag in der Sonne und schlief. Sie hatten eine Liege in den Garten gestellt und ihn dort in Decken eingewickelt. Es ging ihm von Tag zu Tag besser. Jetzt lag er da, seinen Hund dicht an sich gekuschelt.

Quintus und Marcus saßen neben ihm und unterhielten sich leise.

»Lupus ist ihm ein treuer Gefährte geworden«, meinte der alte Patrizier.

Marcus nickte. »Du hast recht. Er weicht ihm seit seiner Erkrankung keinen Augenblick mehr von der Seite. Wenn ich bedenke, dass Claudius ihn zuerst nicht wollte …« Er wandte sich an seinen Freund. »Ich danke dir, dass du diese Tage bei mir geblieben bist. Es war gut zu wissen, dass du da warst. Auch mit deinen Gebeten.«

»Und dennoch kannst du nicht wirklich etwas damit anfangen, nicht wahr?«

Der Prätor schüttelte den Kopf. »Ich habe mich immer für weise gehalten. Erhaben über alles, was mit Glaube zu tun hat. Dass unsere Götter tot sind, davon bin ich immer noch überzeugt. Aber dein Gott …« Er sah seinen Freund kurz an. Es war nicht leicht, das zu sagen, was er jetzt sagen wollte. »Quintus, ich sagte mir immer, dass ein Gott, der hört, auch antworten muss. Das hätte ich als einzigen Beweis gelten lassen. Glaubte ich.« Er lachte leise. »Und jetzt bin ich hin und her gerissen zwischen dem, was ich dachte, und dem, was ich erlebte.«

»Was hast du denn erlebt?«

Marcus fuhr sich mit der Hand über den Kopf. »In der Nacht, als du zu mir kamst und sagtest, ich solle die Hoffnung nicht aufgeben, habe ich zu deinem Gott gebetet. Es war ein schwaches, ein verzweifeltes Gebet. Und ich bekam keine Antwort. Aber ich wurde ruhig und bin eingeschlafen. Und dann hatte ich einen Traum. Ich war in einem großen Saal, angehäuft mit großen, schweren Steinen. Und obwohl sie mir kaum noch Platz zum Stehen ließen, trug ich noch weitere auf meinen Schultern, um auch diese hier abzuladen, nur um dann zu gehen und die nächsten zu holen. Ich stöhnte unter der Last, fühlte mich eingeengt und unfrei. Und sehnte mich danach, diese Steine loszuwerden. Ich nahm mir selbst den Platz zum Atmen, aber ich konnte nicht aufhören damit. Die ganze Zeit klopfte es an die Tür. Aber ich hörte nicht darauf, ich war viel zu beschäftigt. Das Klopfen wurde immer lauter. Schließlich drang es bis zu mir durch. Ich aber wollte nicht gestört werden und öffnete die Tür nur einen kleinen Spaltbreit. ›Wer ist da, und wer wagt es, mich bei meiner Arbeit zu stören?‹ rief ich. Da sagte eine Stimme: ›Ich bin gekommen, um dir deine Last zu nehmen. Du musst mich nur einlassen.‹ Schnell schlug ich die Tür wieder zu. Und fühlte eine unbändige Angst in mir. Ich sah die Steine vor mir, die den Saal bis zur Decke füllten und die ich nicht mehr loswurde. Und hinter der Tür stand jemand, der mir versprach, mich davon zu befreien. Aber anstatt erleichtert zu sein, fürchtete ich mich.« Marcus stand auf. Er setzte sich an den Rand des Wasserbeckens und tauchte seine Hand hinein. Das Wasser war kühl und erfrischend. Dann sah er Quintus an. »Ich glaube, ich habe deinen Gott gehört. Aber jetzt wage ich es nicht, die Tür aufzumachen. Weil ich nicht weiß, was diesen Saal füllen wird, wenn er die Steine entfernt hat.«

Quintus nickte. »Ich verstehe, was du meinst. Du warst immer ein Mensch, der die Dinge mit seinem Verstand begreifen wollte. Du wolltest schon immer alles selbst in der Hand halten, selbst darüber bestimmen, was wann passiert. Und jetzt stehst du vor der Frage, ob du einem anderen die Macht über dein Leben geben sollst. Du fragst dich, ob du deine eigene Sicherheit, das, was dein Leben bisher ausgemacht hat, aufgeben sollst, um es einem Gott anzuvertrauen, den du nicht kennst. Und dieser Gedanke macht dir Angst.« Quintus sah seinen Freund nachdenklich an. »Aber, so frage ich dich, hast du nicht schon zu oft erfahren müssen, dass du dir selbst keine Antwort geben kannst? Dass du dir selbst keine Sicherheit, keinen Halt bieten kannst? Wie machtlos du in Wirklichkeit bist? Hast du dir da nicht gewünscht, dass da einer wäre, der dir die Last abnimmt? Der dich befreit?«

Der Patrizier zögerte einen kurzen Augenblick. Dann sprach er weiter. »Marcus, du weißt selbst, wo du schuldig geworden bist. Du sehnst dich nach Vergebung, die du bisher vergeblich gesucht hast. Und die du dir selbst nicht geben kannst.« Er lächelte seinen Freund an. »Zu deinem Traum brauche ich dir nicht viel zu sagen, du weißt selbst, was er bedeutet. Aber ich glaube, dass es Zeit ist, dir von meinem Gott und seinem Sohn Jesus Christus zu erzählen. Ich glaube aber auch, dass Rom nicht der geeignete Ort dafür ist. Warum begleitest du mich nicht zusammen mit Claudius auf mein Gut? Die frische Luft dort, das Meer würden auch ihm und seiner Genesung guttun. Und du wärest weg von deinen Pflichten. Domitian würde deine Abwesenheit begrüßen. Und du brauchst Zeit zum Nachdenken. Die könntest du dort haben.«

Marcus nickte. »Ich danke dir, mein Freund. Und ich nehme die Einladung gerne an.«

30. Die Gemeinde am Meer

Wenige Tage später machten sie sich auf den Weg. Marcus hatte sein Haus in der Obhut von Lygius und Camilla zurückgelassen. Er ritt neben dem Wagen her, in dem sie für Claudius ein Lager gerichtet hatten, damit der Junge so bequem wie möglich die Reise verbringen konnte. Er genoss es, durch das weite Land zu reiten und die Enge Roms hinter sich zu lassen. Vielleicht hatte Quintus recht, und er würde hier endlich zur Ruhe kommen.

Das Gut lag über dem Meer und ließ einen weiten, freien Blick zu. Claudius ging es besser. Er hielt sich viel im Freien auf, und immer war Lupus bei ihm.

Marcus und Quintus gingen oft im Garten umher. Ihre Gespräche wurden immer tiefer gehend.

Einmal fand Quintus seinen Freund auf einem Stein sitzend, den Blick aufs Meer gerichtet.

»Woran denkst du?«

Marcus schüttelte leicht den Kopf. Er bückte sich und pflückte eine Blume, die zwischen zwei eng zusammenliegenden Steinen emporwuchs. »Weißt du, Quintus, mir geht jetzt erst auf, wie viel ich falsch gemacht habe. Und wie sehr ich in den Menschen, die mir am nächsten standen, nur das gesehen habe, was ich sehen wollte. Vor Gericht kann mir keiner etwas vormachen. Da stehen sie alle so klar vor mir, als wären sie aus Glas. Aber in meinem Heim habe ich mir wohl mein eigenes Reich aufgebaut und alle, die darin waren, dieser Vorstellung angepasst.«

Quintus nickte. Er hatte den Prätor nie darauf angesprochen, aber jetzt musste er es tun. »Und du glaubst, dass Berenike dich deswegen verlassen hat?«

»Ja.« Kurz und bestimmt kam die Antwort.

»Marcus«, der Patrizier wählte seine Worte sorgfältig. »Du glaubst also, dass sie gegangen ist, weil sie dich nicht mehr lieben konnte? Du glaubst, sie hatte keine Wahl, und dass du es selbst verschuldet hast?«

Marcus nickte. »Du sagtest zu mir, dass ich ein Mann sei, der immer alles selbst in seinen Händen halten will.« Er drehte die Blume in seiner Hand. »Siehst du diese zarte Blüte? Ihre Schönheit und ihre Zerbrechlichkeit? Sie hat sich ihren Weg gebahnt, zwischen zwei starken Steinen hindurch. So war auch Berenike. So zart sie auch wirkte, so stark war sie innerlich. Wie hätte sie neben einem Mann leben können, der letztendlich immer die Macht in seinen Händen halten möchte?«

»Du liebst sie noch immer«, stellte Quintus fest.

Marcus seufzte. Und sah wieder hinaus aufs Meer. »Wie sollte ich je aufhören damit?«, fragte er leise.

Der alte Patrizier betrachtete seinen Freund lange. Er sah die Veränderung, die die letzten Wochen bewirkt hatten. Sein Blick war nicht mehr hart, sein Gesicht wirkte ruhiger. Die Leere war daraus verschwunden. Aber es zeigte auch deutlich die Einsamkeit, die er in diesem Augenblick empfand.

»Was ist, wenn Berenike dich verlassen hat, weil sie dich liebte? Was ist, wenn sie gegangen ist, um dich freizugeben?«

»Mich?« Marcus sah Quintus überrascht an. »Ich verstehe dich nicht.«

»Dann versuche zu verstehen. Es gab für Berenike nur zwei Möglichkeiten. Entweder sie trennte sich von dir oder sie verlangte die Ehe. Denn sie hat erkannt, dass die Art, wie ihr zusammengelebt habt, nicht so von Gott gewollt ist, und sie fühlte sich unglücklich deswegen, so glücklich sie zur gleichen Zeit mit dir war. Aber sie wollte dich nicht zur Ehe drängen. Und sie wusste, dass du ihr diese nicht von selbst anbieten würdest.«

»Wie auch?«, rief Marcus erregt und rang die Hände. »Wie hätte ich sie so endgültig an mich binden können? Ich habe mich trotz allem nie ihrer sicher gefühlt. Ich weiß, dass sie mich geliebt hat.

Aber ich weiß auch, wie ich bin! Ich weiß auch, wer ich immer war! Und ich habe damit gerechnet, dass sie eines Tages merken wird, wie wenig liebenswert ich bin.« Er ließ die Hände sinken. Und atmete tief ein. »Was soll ich tun, Quintus?«, fragte er verzweifelt. »Was kann ich tun?«

Quintus sah ihn lächelnd an. »Ich glaube, es ist an der Zeit, dass du dein Leben einem anderen übergibst. Christus ist bereits in dir. Und er will in dir wirken. Er will dir vergeben und dir Frieden in dein Herz geben. Und er will dir helfen, dich selbst und die Menschen um dich herum in seinem Licht zu sehen.«

Am nächsten Abend besuchte Marcus zusammen mit Quintus die Versammlung der Gemeinde. Sie fand im Haus des Aulus Simplius statt, einem wohlhabenden Kaufmann, der gleichzeitig die Leitung der Gemeinde innehatte. Er begrüßte Marcus und hieß ihn in der Gemeinschaft willkommen.

Es waren über dreißig Männer und Frauen gekommen, Sklaven und Freie, wohlhabende Bürger und einfache Arbeiter.

Marcus erlebte hier etwas, das er nie für möglich gehalten hätte. Da saßen Menschen aus den verschiedensten Ständen, bunt gemischt. Alle hörten sie auf die Stimme des Aulus Simplius, der von Jesus erzählte und ihnen seine Worte auslegte. Er erlebte, wie diese Menschen gemeinsam beteten und sich gegenseitig den Segen Gottes zusprachen. Sie brachen miteinander das Brot und aßen und tranken, ohne dass es eine Trennung zwischen ihnen gab. Er sah den Sklaven, dem der Freie den Becher füllte, und den Schafhirten, der mit dem Prediger über dessen Worte redete. Alle traditionellen Grenzen, die Marcus kannte, schienen aufgehoben. Und er war mittendrin, freundlich aufgenommen, ohne sich erklären zu müssen, als Gleicher unter Gleichen.

Das Ganze war neu für ihn. Aber er empfand es als wohltuend. Er wusste, dass die Standesunterschiede damit nicht aufgehoben waren, aber er spürte und sah, dass der Umgang untereinander völlig anders war, als er es kannte.

Ihm war bewusst, dass es auch in dieser Gemeinschaft Unstimmigkeiten geben musste. Aber er verstand auch, dass hier ein anderer Geist wehte – Gottes Geist.

Er sprach kaum ein Wort, hörte den Gesprächen der anderen zu und ließ sich die Worte des Aulus durch den Kopf gehen. Und er beobachtete.

Marcus begriff immer mehr, was diesem Gott, den er jetzt neu kennenlernen durfte, möglich war. Ja, er wollte diesem Gott sein Leben widmen. Und er spürte hier deutlich und unumstößlich, dass das der einzige und richtige Weg war.

Schweigend trat er mit Quintus den Heimweg an. Es gab so vieles, das er nicht wusste, aber hier würde er die Antworten, die er suchte, finden.

»Nun«, sprach ihn sein Freund nach geraumer Zeit an. »Wie ist es dir heute ergangen?«

Marcus lächelte. »Was möchtest du hören, Quintus?«

Der alte Patrizier lachte. »Du hast recht. Meine Frage war überflüssig. Dein Gesicht und deine Augen sagen genug darüber aus, was in deinem Inneren vorgeht.«

»So? Und was ist das?«

Quintus wurde ernst. »Marcus, ich kenne dich, seit du ein kleiner Junge warst. Ich habe deine Wege und Irrwege gesehen und miterlebt. Du bist mir ein enger Freund geworden, um den ich mich in all den Jahren gesorgt habe. Aber jetzt, jetzt ist es gut. Du hast endlich das gefunden, nach dem du immer gesucht hast: Vergebung und Frieden. Deine Last ist dir genommen.«

Sie hatten das Haus des Quintus erreicht. Marcus blieb davor stehen. Nachdenklich sah er seinen Freund an. »Es war ein langer Weg«, sagte er leise. »Aber es ist, wie du sagst. Jetzt bin ich endlich angekommen.«

Aulus hatte sie zusammen mit Claudius für den nächsten Tag eingeladen. Er hatte selbst zwei Söhne, denen sich der Junge sogleich anschloss.

Der Kaufmann bat Quintus und Marcus in den Garten. »Nun, Marcus«, sprach er den Prätor an. »Vermisst du Rom? Unser Leben hier verläuft doch um einiges ruhiger.«

Marcus schüttelte den Kopf. »Noch vor einem Jahr hätte ich es so empfunden. Aber jetzt«, er lachte, »jetzt glaube ich nicht mehr, dass Rom noch der richtige Ort für mich ist.«

»Dann willst du dich aufs Land zurückziehen? Soweit ich weiß, hast du einen Besitz im Landesinneren.«

Marcus nickte. »Ja. Aber ich überlege, ob ich ihn aufgeben soll. Ich habe mich nur selten dort aufgehalten. Genauso gut könnte ich mich hier niederlassen.«

»Du wärst uns sehr willkommen.«

In diesem Augenblick wurde Aulus gerufen. Ein Händler aus der Gegend war gerade angekommen. »Verzeiht, dass ich euch allein lasse. Aber diese Sache duldet keinen Aufschub.« Er und Quintus wechselten einen kurzen Blick. Dann ging Aulus zurück ins Haus.

»Komm«, forderte der Patrizier seinen Freund auf. »Dieser Garten ist groß und herrlich angelegt. Lass uns ein paar Schritte darin gehen.«

Sie folgten einem schmalen Weg, der auf einen Sitzplatz zuführte. Mehrere steinerne Bänke bildeten dort einen Kreis. In der Mitte war ein kleiner Brunnen. Hohe Bäume schützten vor der brennenden Sonne, gaben aber zwischen ihren Stämmen den Blick aufs Meer frei.

Auf einer der Bänke saß, mit dem Rücken zu ihnen, eine Frau. Ihr langes dunkles Haar schimmerte rötlich.

Marcus blieb stehen. Ihm stockte der Atem. Träumte er? Er wandte sich seinem Freund zu. Quintus legte ihm die Hand auf die Schulter. »Geh nur hin zu ihr. Sie weiß, dass du hier bist.« Dann ließ er ihn allein.

Langsam näherte sich Marcus dem kleinen Platz. Er wagte kaum zu atmen, wusste nicht, was er tun sollte.

»Berenike.« Leise, kaum hörbar sprach er schließlich ihren Namen aus.

Sie blickte sich um zu ihm. Dann stand sie auf und wandte sich ihm zu. Sie sagte kein Wort, stand nur stumm da, abwartend.

Jetzt erst sah er, dass sie in ihren Armen ein kleines Bündel hielt. Unwillkürlich machte er einen Schritt zurück. »Ein Kind?«, flüsterte er. Dann begriff er. »Mein Kind?«

Sie nickte. »Ja, es ist deine Tochter.«

Marcus schloss die Augen. Mit der Hand fasste er nach dem Baum, der ihm am nächsten stand. War das wirklich wahr?

Er sah Berenike an. Sie hielt ihm das Kind entgegen. Behutsam nahm er es in seine Arme. Zärtlich betrachtete er das kleine Wesen. Seine dunklen Augen, die ihn groß und fragend anblickten. Die kleinen Hände, die seine Finger umfassten. Und dann lachte er. »Ist das wirklich wahr?«, rief er. »Bin ich so reich beschenkt?« Er sah sie an. »Ich dachte, ich würde dich nie wiedersehen. Und jetzt stehst du vor mir, und ich halte unser Kind in den Armen. Berenike, was bedeutet das? Meint Gott es wirklich so gut mit mir? Oder wirst du wieder von mir gehen?«

»Möchtest du das denn?«

Er schüttelte den Kopf. »Nein, ich will, dass du bei mir bleibst.« Sanft berührte er ihr Haar, ihre Wangen. Sie nahm seine Hand und hielt sie an ihre Lippen.

Dann sah sie ihn an. »Claudius ist auch hier, nicht wahr?«, fragte sie.

»Das ist er, und er wird glücklich sein, dich wiederzusehen.«

Sie lächelte froh. »Dann bring mich zu ihm. Du ahnst nicht, wie sehr ich mich auf ihn freue.«

Sein Blick hielt den ihren fest. »Dann komm«, sagte er leise. »Aber ich bitte dich, lass Aulus noch heute den Segen über uns sprechen.« Berenike wurde ernst.

»Marcus Dequinius, du warst mein Herr, ich war deine Sklavin. Du bist Prätor. Ich bin eine Frau von niederem Stand. Du bist reich. Ich habe nichts, das ich dir bieten kann, außer meiner Liebe und meiner Treue. Rom wird über dich lachen, wenn du mich zu deiner Gemahlin machst.«

Da wurde sich der Prätor der unendlichen Freiheit bewusst, die ihm geschenkt worden war. Seine Vergangenheit hatte keine Macht mehr über ihn. Er war frei, sich neu vor Gott zu binden. »Mag Rom lachen!«, rief er. »Solange Gott mit uns ist, wird uns das nichts anhaben können.« Er sah auf das kleine Mädchen, das er in seinen Armen hielt. Ungläubig schüttelte er den Kopf. Es war wirklich wahr. Dankbarkeit erfüllt ihn. Sanft drückte er seine Tochter an sich. »Und dass Gott mit uns ist, daran habe ich keine Zweifel. Ist nicht sie der größte Beweis dafür?«

Sie kehrten nicht nach Rom zurück. Marcus legte das Amt des Prätors nieder. Domitian tobte, da Marcus ihm mit seiner Entscheidung zuvorgekommen war. Er unternahm aber nichts gegen ihn, denn im Grunde seines Herzens war er froh, diesen unbequemen Mann nicht mehr in seiner Nähe zu haben.

Marcus verkaufte sein Haus in Rom und seinen Landsitz und ließ sich in der Nähe von Quintus nieder. Seine Sklaven gab er frei und nahm die, die beschlossen zu bleiben, in seinen Dienst, allen voran Camilla, die ihnen eine treue Haushälterin war.

Als Domitian begann, die Strafen gegen die Christen zu verschärfen, ja, diese sogar aus Rom zu vertreiben, gewährten sie ihnen Unterschlupf und Hilfe. Viele führte ihr erster Weg zu der kleinen Gemeinde am Meer, um von dort aus eine neue Heimat auf dem Land zu finden, wo die Christen jetzt noch in Frieden leben konnten. Noch ging die Verfolgung nicht über die Grenzen der Stadt Rom hinaus …

Nicola Vollkommer

Die Rückkehr des Erben

Paperback, 13,5 x 21,5 cm, 320 S.
Nr. 395.785, ISBN: 978-3-7751-5785-8
Auch als E-Book e

Die Gutsherren Charlotte und Jake hoffen auf gute und unbeschwerte Zeiten. Als der entrechtete Erbe des Anwesens auftaucht, wird eine Intrige aufgedeckt. Charlotte und ihre Familie geraten in Gefahr und nur ihr Mut und ihr Glaube entlarvt ihre Widersacher.

Nicola Vollkommer

Wie Möwen im Wind

Paperback, 14 x 21,5 cm, 288 S.
Nr. 395.583, ISBN: 978-3-7751-5583-0
Auch als E-Book e

Lady Charlotte hat keine Wahl: Sie muss standesgemäß heiraten, damit die Macht der Familie erhalten bleibt. Doch dann öffnet sich die Tür eines alten Klosterturms und dunkle Geheimnisse reißen ihren Heimatort in den Abgrund.

Bitte fragen Sie in Ihrer Buchhandlung nach diesen Titeln! Oder schreiben Sie an: SCM Hänssler in der SCM Verlagsgruppe GmbH, D-71087 Holzgerlingen; E-Mail: info@scm-haenssler.de; Internet: www.scm-haenssler.de

Julie Klassen

Die Herberge von Ivy Hill

Paperback, 13,5 x 21,5 cm, 496 S.
Nr. 395.786, ISBN: 978-3-7751-5786-5
Auch als E-Book e

Der Mittelpunkt von Ivy Hill ist sein Wirtshaus »The Bell«. Als der Besitzer plötzlich stirbt, muss seine Witwe Jane die Geschäfte übernehmen, obwohl ihr das gar nicht liegt. Jane wendet sich an ihre Schwiegermutter und die Not schweißt die beiden Frauen zusammen.

Ann-Helena Schlüter

Frei wie die Vögel

Paperback, 13,5 x 21,5 cm, 288 S.
Nr. 395.865, ISBN: 978-3-7751-5865-7
Auch als E-Book e

Am 10. November 1943 wurden in Hamburg vier Geistliche durch das Fallbeil hingerichtet, weil sie öffentlich Stellung bezogen gegen die Verbrechen des Nazi-Regimes. Voller Leidenschaft für die historischen Hintergründe verwebt Ann-Helena Schlüter die vier Biografien erzählerisch miteinander.

Bitte fragen Sie in Ihrer Buchhandlung nach diesen Titeln! Oder schreiben Sie an: SCM Hänssler in der SCM Verlagsgruppe GmbH, D-71087 Holzgerlingen; E-Mail: info@scm-haenssler.de; Internet: www.scm-haenssler.de